© 강영호

김탁환

1968년 진해에서 태어나 서울대학교 국어국문학과와 동 대학원을 졸업했다. 장편소설 『조선 누아르, 범죄의 기원』, 『혁명, 광활한 인간 정도전』, 『뱅크』, 『밀림무정』, 『눈먼 시계공』, 『노서아 가비』, 『혜초』, 『리심, 파리의 조선 궁녀』, 『방각본 살인 사건』, 『열녀문의 비밀』, 『열하광인』, 『허균, 최후의 19일』, 『불멸의 이순신』, 『나, 황진이』, 『서러워라, 잊혀진다는 것은』, 『압록강』, 『독도 평전』, 소설집 『진해 벚꽃』, 문학비평집 『소설 중독』, 『진정성 너머의 세계』, 『한국 소설 창작 방법 연구』, 산문집 『읽어 가겠다』, 『뒤적뒤적 끼적끼적』, 『김탁환의 쉐이크』 등을 출간했다.

열
하
광
인

2

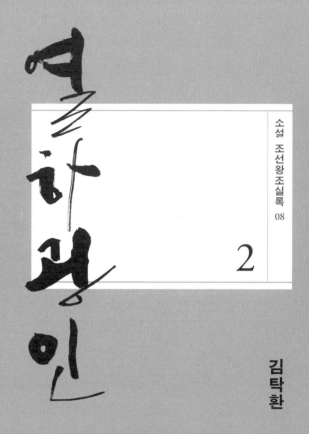

여 하 광 인

소설 조선왕조실록

08

2

김탁환

민음사

일러두기

* 본문에 인용한 박지원의 시문은 『연암집』(신호열 · 김명호 역, 돌베개, 2007)과 『열하일기』(민족문화추진회 역, 1967), 정조의 시문은 『홍재전서』(민족문화추진회 역, 1998~2003)의 번역을 따랐다.

12장

『무원록』은 하나의 실용적인 문자로서, 옛 사람이 남을 사랑하는 데 마음을 두었던 뜻을 볼 수 있다. 그러나 그 뜻이 어렵고 심오하여 이해하기 쉽지 않기에 몇 년 전에 형조로 하여금 언해(諺解)하도록 하였는데, 근래에 비로소 책을 완성하여 올렸다.

―정조, 『일득록』

형신(刑訊)이 시작되었다.

초다듬이질*을 견디며 모르쇠로 잡아떼다가 물초**가 되어 정신이 돌아왔을 때, 나는 양팔을 머리 위에 묶인 채 벌거숭이로 매달려 있었다. 발가락만 겨우 바닥에 닿고 뒤꿈치는 허공에 들렸다. 물찌똥을 쏟은 아랫도리에서 구린내가 피어올랐다.

의금부 당상들은 만나지도 못했다. 고통을 안기기 위해 고안된 도구들로 가득 찬 낯선 방에는 정만길과 동기협 그리고 나장들뿐이었다.

---

* 우선 초벌로 사람을 몹시 때리는 짓.
** 온통 물에 젖다.

쇠뭉치로 아랫배를 맞은 탓일까. 정신을 차리자마자 다시 피오줌을 쌌다. 벼락방망이를 치던 나장들은 저만치 물러났지만, 데퉁스러운 동기협은 허벅지에 표창을 맞은 것이 분한지, 나장에게서 중곤을 빼앗아 들고는 직접 치도곤을 안겼다.

"꼴을 좀 봐. 이게 사람이 할 짓이야? 당신은 의금부 도사도 종친도 뭣도 아니야. 덕천이란 걸승을 표창으로 살해하고 검서관 이덕무를 독살한 혐의를 벗지 못하면 이 방에서 죽어 나갈 테니까. 이 꾀 저 꾀 꾀바른 짓으로 의금부 관원을 죽이거나 다치게 발거리* 놓을 생각은 버려. 알겠어?"

정만길이 동기협의 칼날을 가리며 부드럽게 설득했다.

"옛정을 생각해서 간단히 끝내려 합니다. 억울하다면, 누명을 썼다면 힘껏 소명하세요."

나는 동기협을 노려보며 물었다.

"무재는? 무재는 정신을 차렸나?"

동기협이 바닥에 침을 퉤 뱉었다.

"병 주고 약 주는군. 누구 때문에 손 나장이 사경을 헤매는데 차도가 있는지 물을 염치는 있어?"

---

* 간사한 꾀로 남을 은근히 속여 해를 끼치는 짓.

사경을 헤맨다!

"깨어났냐니까?"

"아직이야. 이대로 영영 가 버릴 수도 있대. 그럼 당신은 죄목이 하나 더 느는 거지. 의금부 관원을 살해한 죄가 얼마나 무거운지는 잘 알겠지?"

의금부 형신의 모지락스러움은 우는 아이 달래는 곶감보다도 더 널리 알려졌을 정도다. 멀쩡한 사람도 하룻밤만 주리경을 당하면 없는 죄도 백 가지는 족히 불었고 계속 버티다간 죽을 때까지 반병신으로 후유증에 시달렸다.

뒤로 돌아간 동기협이 태(笞)로 등을 후려치기 시작했다. 장헌대왕(莊憲大王, 세종) 시절 태배(笞背)가 사람 목숨을 앗기 쉬워 금지시켰지만, 강단 있고 고집 센 사내를 형신하는 데는 이보다 더 좋은 방법이 없었다. 누구라도 등짝을 서너 차례 맞고 나면 온몸에 살갗이 뜨거워지면서 먹은 것이 몽땅 거꾸로 올라왔다. 연이어 구토를 하고 나면 무기력해지면서 순순히 죄를 자인했다.

말문을 닫고 버텼다. 살갗이 찢어지고 피가 흘렀지만, 덕천과 이덕무의 죽음에 대해서는 단 한마디도 응대하지 않았다. 태가 등에 닿기를 기다리거나 혹은 등을 때리고 지나간 후엔 아픔을 잊기 위해 딴생각을 했다.

내가 가장 먼저 떠올린 건, 김진이라면 당연히 갖가지 꽃이겠지만, 바람을 가르며 시원하게 날아가는 표창!

손목을 꺾어 던질 때마다 갖가지 소리를 내며 과녁으로 향했지. 물론 처음부터 그 소리를 구별한 건 아니야. 야뇌 형님이 하나하나 자세를 잡아 주며 과녁을 보지 말고 날아가는 소리에 귀 기울이라 했지. 소리만 듣고도 표창이 과녁에 박혔는지 아니면 앞이나 뒤로 엇나갔는지 안다는 말씀.

처음엔 아무리 던져도 과녁을 맞힐 수 없었지. 힘을 실을수록 오히려 더 가까이 떨어졌거든. 야뇌 형님이 충고하셨지.

표창 따로 손목 따로 마음 따로 노니까 그런 거야. 표창을 던지기 전엔 널 손목이라고 생각해. 그리고 표창을 뿌린 후엔 널 표창이라고 여겨.

나는 손목이 되었다가 날아가는 표창이 되었지.

표창 흉내를 내거나 표창을 사람으로 비유한 것이 아니라 정말 내 몸 자체가 날카로운 표창이 되어 바람을 가르는 거야. 그러다가 과녁에 깊이 꽂힐 때는 더 파고들려는 창날과 그 날을 막으려는 과녁의 부딪힘이 온몸을 떨게 하지.

적을 만나 표창을 뿌릴 때면 나는 내가 어떻게 날아갈까를 먼저 상상해. 시끄러울까 봐 소리를 지르지는 않지만 표창이 허공을 가르는 동안 내 안은 온통 웅웅웅웅 울고 있지. 물론 장검이나 장봉도 될 수 있지만 나는 표창이 좋아. 다음 세상에선 표창이 될래.

손무재가 이승과 저승을 오락가락한다. 그 표창을 내게서 선물 받았다고 증언할 이도 사라지는 것이다. 이덕무의 거실에 독을 섞은 환을 갖다 놓은 이는 누구란 말인가? 또 내가 필동에 있음을 고변한 이는? 가장 먼저 명은주의 얼굴이 떠올랐다. 두 가지 일을 쉽게 할 자리에 그녀가 있었다. 내가 붙잡힌 곳이 그녀와 잠들었던 방이고 오늘 새벽 이덕무의 서실을 찾은 이도 바로 그녀다. 하지만 그녀가 무엇 때문에 나를 의금부로 넘긴단 말인가. 그녀가 덕천과 이덕무를 죽였을 리도 없다. 이덕무를 친아버지처럼 따르지 않았던가.

명은주가 아니라면…… 누가 있는가.

한 사내의 얼굴이 떠올랐다. 그리고 서책 더미에 파묻혀 그와 보낸 즐거운 순간들이 대국 매설의 풍부한 삽화처럼 지나갔다.

아, 정녕 그이일까. 그이일 수밖에 없을까.

까무러쳤다가 차가운 물 한 바가지를 뒤집어쓴 후 마음을 고쳐먹었다.

내 몸이 상하면 이 방을 무사히 나간다고 해도 범인을 쫓는 일이 어려워진다. 최대한 몸을 아껴야 한다.

"함부로 잔채질*하지 마라. 나는 탑전의 밀명을 받들고 있다."

동기협이 비웃었다.

"일에는 베돌이 먹는 데는 감돌이**라더니, 또 무슨 잔꾀를 부리려는 게야? 널 여기서 죽여도 좋다는 명을 받았어. 판의금께서 그리 명하실 정도면 탑전에서 모를 리 없지. 밀명을 받았다면 널 이리로 잡아들이라는 명도 없었을 테고……."

나는 정만길 쪽으로 시선을 돌렸다.

"꺽다리! 내가 어명을 빙자하여 거짓을 말할 사람으로 보이나? 내가 여기서 죽으면, 또 밀명을 받았다는 내 말이 사실이라면, 너희 둘은 어떻게 될까? 당장 판의금께 전해 올려. 의금부 도사 이명방이 급히 탑전에 나아가 아뢸 일이 있다고."

정만길과 동기협이 시선을 교환했다. '방각살인'의 진범을 잡은 일과 적성 열녀 사건을 해결하는 동안 나는 내내 밀명을 받들었다. 녀석들은 그 이야기에 열광했으며 그 후로 내가 잠깐만 자리를 비워도 밀명을 받들러 갔다고 믿었다.

---

* 포교가 죄인을 심문할 때에 회초리로 연거푸 때리던 일.
** 일을 할 때에는 뺀질뺀질거리며 피하다가 먹을 때에는 더 많이 얻으려고 하는 사람을 비웃는 말.

정만길이 판의금부사에게 연통을 넣기 위해 방을 나갔다.

동기협은 때리다가 지쳤는지 태를 내려놓고 담뱃대를 피워 물었다. 나도 한숨 돌리려는데 동기협이 담뱃대를 문 채 내 앞으로 걸어왔다. 그리고 깊게 삼등초(三登草)*를 들이마셨다가 내 얼굴을 향해 내뿜었다. 커억 컥. 매운 연기 때문에 기침이 쏟아졌다. 눈물이 줄줄 흘렀다.

"한 모금 주랴? 어여쁜 계집이나 맛난 술은 참아도 담파고를 참을 순 없다 했지."

동기협이 담뱃대를 내 입 가까이 댔지만 나는 고개를 돌렸다.

"며, 몇 가지만 묻자."

동기협이 뜨거운 담뱃대를 내 어깨에 올려놓았다. 살이 타는 냄새가 코끝으로 확 밀려 올라왔다. 나는 어금니를 앙다물고 버텼다.

"지독하군. 좋다! 어차피 정 도사가 올 때까지 기다려야 하니까 들어주지. 묻고 싶은 게 뭐야?"

"걸승 덕천의 사인(死因)이 자상(刺傷)이 확실해?"

"무슨 말이야 그게?"

"다른 사인은 조사하지 않았나? 입과 목에 은비녀를 넣

---

* 평안도 삼등에서 나는 담배.

는다거나 반계법(飯雞法)을…….”

“쓸 필요가 없었지. 표창이 목에 꽂혔는데 독살인가 아닌
가를 판단하기 위해 가여운 닭 한 마리를 죽이란 말이야?”

반계법은 밥 한 덩이를 시체의 목에 넣어 두었다가 꺼내
닭에게 먹이는 것으로 독살 여부를 판단하는 검시법이다.
닭이 죽으면 독살인 것이다. 덕천이 죽은 지 한 달이 가까
웠으니 반계법을 쓰기엔 너무 늦었다.

“하면 청장관의 사인은 철저하게 살폈나?”

“누굴 바보로 알아? 허튼수작하지 말고 잘 들어. 청장
관께서 돌아가신 후 독이 담긴 환이 서실에서 발견되었지.
네가 나간 후 그 방을 다녀간 이는 없었어. 당연히 독살이
의심되는 정황이지. 초검에서 반계법을 썼더니 닭이 밥을
먹자마자 즉사했어. 즉 네가 청장관 이덕무에게 독이 담긴
환을 먹였다는 뜻이지. 알겠어?”

동기협의 차디찬 미소를 노려보며 따지기 시작했다.

“은비녀를 쓰든 반계법을 쓰든 완벽하진 않아. 이미 죽
은 사람의 입에 독극물을 넣어 둬도 반계법을 쓰면 닭은
죽어 나가지. 명백하게 가리려면 점반법(粘飯法)을 시도했
어야지.”

은비녀나 반계법이 입과 목의 독극물 반응을 살피는 것
이라면 점반법은 몸 전체를 조사하는 방법이다. 그만큼 조

사 과정이 복잡하고 긴 시간이 필요하기에 특별한 경우가 아니고는 쓰지 않는다.

"그러니까 네 말은 이런 건가? 백탑 서생이 몰려들어 상주와 함께 통곡하는 마당에서 달걀 흰자위에 찰수수밥을 섞어 주먹밥을 만들어야 했다고? 또 그것을 시신의 입에 꽉 채웠어야 했다고? 시신의 몸에 난 모든 구멍을 막는 데 쓸 종이를 사러 이리저리 뛰어다녔어야 했다고? 문상객을 위해 음식을 만드느라 바쁜 부엌에서 초를 닷 되쯤 반복해서 끓이고 솜 서너 덩이를 넣어 삶았어야 했다고? 지게미로 시체를 덮었어야 했다고? 솜까지 그 위에 얹어 둔 후 시신이 복어처럼 부풀어 오르고 입에서 악취가 풍기기를 기다려야 했다고? 그랬다가 시신도 부풀지 않고 악취도 나지 않으면? 네가 다 책임질 거야? 이 정도 정황이면 반계법으로도 충분하단 건 의금부에서 잔뼈가 굵은 네가 더 잘 알 테지…… 점반법을 해서 고인과 유족을 괴롭힐 까닭이 없었어. 안 그래?"

이와 비슷한 사건의 검시에 참여했다면 나라도 반계법에 머물렀으리라. 그러나 지금 나의 결백을 밝히는 유일한 길은 점반법뿐이다.

"더 시일을 끌면 늦어. 시신이 썩어 들어가면 점반법도 소용 없지. 내 말을 한 번만 믿고……."

"웃기지 마. 검시는 이미 끝났어."

동기협이 내 말을 무 밑동 자르듯 끊어 버렸다. 그러곤 한 걸음 다가서며 긴 담뱃대를 내 눈앞까지 디밀었다. 시선을 내리지 않고 동기협을 쳐다보았다. 이덕무에 관한 문제는 남겨 둔 채 다시 덕천에게 말머리를 돌렸다.

　"걸승 덕천 목에 박힌 표창이 내 것이라고 해도, 내가 그걸 잃어버렸을 수도 있지 않느냐?"

　동기협이 갑자기 아랫배를 디밀며 웃었다.

　"웃기는군. 기억 안 나? 우리가 처음 의금부로 왔던 날, 충고랍시고 했던 말! 흉악범일수록 빠져나갈 방법을 서너 가지씩은 가지고 있다 했지. 가령 흉기를 들이대면 대부분 잃어버렸다고 한다는 거야. 이거 미안해서 어쩌나. 이번엔 사라질 구멍이 없을걸. 왜냐하면 그때 당신이 덕천과 함께 북한산 자락에 있었음을 증명하는 문서가 우리에게 있거든. 함께 유산을 하자고 초대한 글이더군. 아쉽게도 누구한테 보낸 글인지, 그 부분만 찢겨 나갔지만, 어쨌든 상관없지. 덕천과 당신이 북한산 유람 중이었다는 건 확실하니까."

　침착하고 생각이 깊은 목석간장(木石肝腸)* 정만길이 남았다면 나는 결코 이런 식의 질문을 던지지 않았을 것이다. 그러나 동기협은 승리의 기쁨에 취해 내가 원하는 답

---

* 감정을 드러내지 않는 냉정한 사람.

을 주고도 누설한 줄을 몰랐다. 북한산 자락에 덕천과 함께 있었다는 사실을 증명하는 문서라면, 홍인태에게 왔다는 덕천의 척독밖에 없다.

역시 홍인태였어!

억권 그놈이 날 의금부에 고변하고 덕천이 썼다는 척독까지 넘긴 게야. 내가 도성에 온 건 어찌 알았을까. 아, 그 전날 청장관 댁에 병문안을 와서 은주와 만났다고 했지. 안의현에서 나랑 재회한 이야기까지 들었으니 그 밤부터 장정을 풀어 필동 은주 집 근처를 염탐했을 거야. 청장관 서실에서 발견된 독이 든 환도 억권이라면 쉽게 바꿔칠 수 있어. 홍인태와 이덕무, 책에 미친 두 사람이니 억권루와 청장관 서실을 자유롭게 내왕하는 것 역시 이상한 일이 아니지. 하면 억권이 공석 조명수와 덕천과 청장관 이덕무를 죽인 범인일까? 공석이 화살을 맞아 강에 빠져 죽을 때는 나란히 숨어 그 광경을 지켜보았는데……. 어떻게 억권이 공석을 죽일 수 있지?

갑자기 쩍 소리와 함께 등이 두 동강 날 듯 아파 왔다. 담배 한 대를 다 피우고도 정만길이 오지 않자, 기다리기에 지친 동기협이 태를 휘두른 것이다. 짐독(鴆毒)*이라도 먹고

---

* 짐새의 깃에서 얻은 독.

이 고통을 잊고 싶었다. 어깻죽지를 비틀며 아픔을 참는데, 번개 치듯 번쩍 떠오르는 것이 있었다. 물음이 이어졌다.

이 모두가 억권의 자작극이라면 어찌 될까? 억권루 근처 골목에서 우리를 미행했던 사내들을 모두 억권이 사주했다면? 그들을 시켜 공석을 붙잡게 하고 또 억권과 내가 숨어서 보는 줄 알면서도 죽였다면? 손무재에게서 표창을 소매치기해서 덕천을 살해한 후 그 죄를 내게 덮어씌우기 위해 덕천의 척독을 억권이 만들었다면? 하면 왜 이덕무를 죽인 혐의까지 내게 씌우는 걸까? 억권이 내게 무슨 원한이 있다고 이런 짓을 할까?

이 긴 물음들을 한 번에 만족시킬 장면이 그제야 떠올랐다.

억권 홍인태가 아무리 서책이 많아도 규장각 장서에는 미치지 못했다. 지난봄, 홍인태는 의금부로 나를 찾아와서 청을 하나 넣었다. 이덕무는 규장각에 속한 귀한 서책 중 상당량을 은밀히 필사해 가졌다. 홍인태는 그 필사본을 열람하고 싶은데 이덕무가 보여 주지를 않는다고 했다. 이미 한 번 거절을 당했지만 꼭 열람하고 싶으니 이덕무를 설득해 달라고 했다. 열람만 할 수 있다면 돈은 얼마가 들어도 좋다고 했다.

이덕무와 나 사이의 각별함에 비하자면 서책을 열람하

는 것은 손쉬운 일이었다. 나는 염려 말고 가서 필사할 종이나 가득 사 두라고 입찬소리까지 쳤다.

하지만 이덕무는 이 부탁만은 들어주지 않았다. 규장각 장서를 나라의 허락도 받지 않고 승두세자로 옮겨 지니는 것도 위법한 일인데, 이 책을 다시 내돌리는 건 옳지 않다고 했다. 내가 보증을 서도 안 되겠느냐고 물었지만 이덕무는 고개를 저었다. 호랑이에게 개를 빌려주고 어찌 돌려받기를 원하랴. 충고 한마디까지 곁들였다.

"억권의 책 욕심은 나보다도 열 배는 더하다네. 화광 김진 정도가 억권과 어깨를 견줄 수 있겠지. 내가 필사한 서책들을 보여 주면 억권은 당장 연경에 가서 그 진본을 사들이려고 할 게야. 그중에는 저렴한 서책도 있지만 대부분 엄청나게 비싸지. 억권이 그 책들을 사들이기 시작하면 곧 왕실과 조정 대신들도 알게 될 거야. 그런 날이 오면 누가 가장 낭패겠는가. 억권이야 불법으로 책을 들여오려 한 짓에 책임을 져야 하겠지만 청전 자네와 나는 억권과의 우정으로 인하여 작은 배려를 하려다가 큰 화를 당하는 거라네. 다시는 이 일을 거론하지 말게."

내가 거절당했음을 홍인태에게 알리자, 그는 정말 땅이 꺼져라 한숨을 내쉬었다. 평범한 사람이라면 이 정도 일로 앙심을 품지는 않겠지만 책에 미친 홍인태라면 사정이 다르다. 내가 허풍만 치고 자신의 간절한 청을 얼렁뚱땅 넘겼다고 믿었을 가능성도 크다.

청장관 서실부터 살펴야 한다. 은주가 전체 서목의 발기*를 내고 관리해 왔으니 함께 가서 분실 여부를 검토해야 한다. 이미 서책들이 억권루의 비밀 서재로 옮겨졌을지도 모른다.

영원히 이 사실을 묻어 두려면, 이덕무와의 사이에서 거간꾼 노릇을 한 나 의금부 도사 이명방부터 없애야 하고 그다음은 청장관 서목을 지닌 명은주다. 이 둘만 죽이면 청장관에서 필사본 서책들이 사라진 일 자체를 영영 묻어 버릴 수 있다.

은주가 위험해! 최대한 빨리 억권을 만나야 한다. 나를 고변한 이유부터 따지고 들면 이 끔찍한 살인을 저지른 까닭에 닿겠지. 억권이 혼자 저지른 짓인지 그렇지 않으면 배후에 누가 숨었는지는 모르겠으나, 억권에서부터 시작해야 해. 그 외엔 방법이 없어.

문이 열리고 먼저 차가운 바람이 내 몸의 피비린내를 휘감았다. 정만길이 수건으로 내 얼굴과 가슴에 묻은 피부터 거듬거듬 훔쳐 냈다.

---

* 사람이나 물건의 이름을 죽 적어 놓은 글.

키가 작고 양 볼에 검버섯이 핀 판의금부사 김내손(金內遜)이 천천히 다가왔다.

젊어 한때는 연암 박지원과 서찰도 주고받으며 지냈지만 박지원이 『열하』를 쓴 후로는 자기 집에서 기르는 개에게 '연암'이란 이름을 붙여 줬다고 한다. 그는 내가 올리는 공문의 문체를 늘 문제 삼았다. 사건을 간략하게 기록한 공문에 무슨 별다른 문체가 있겠는가. 다만 내가 박지원의 문하이고 또 이덕무나 박제가와 가깝다는 것을 탐탁지 않게 여긴 탓이다. 김내손은 내가 공문을 올리기만 하면, 내 문장들 위에 대나무를 치듯 붉은 줄을 죽죽 그어 다시 지어 올리라는 명을 내렸다.

작년 11월 6일 부교리 이동직이 백탑 서생뿐만 아니라 남인의 핵심인 체제공, 이가환과 그 추종자들까지 모두 엄벌에 처해야 한다고 탑전에서 아뢰었다. 말은 이동직이 했으되 그 뜻이 김내손으로부터 나왔음을 모르는 이는 없었다.

현재 의금부 당상들은 고문을 숭상하고 사도세자를 폐세자할 때 찬동한 이들이 대부분이다. 포도청이 일상적으로 벌어지는 크고 작은 사건을 맡는 관청이라면 의금부는 더 중요하고 더 은밀하며 더 정치적인 사안들을 전담한다. 탕탕평평, 금상께선 당파 가리지 않고 인재를 고루 쓰겠다 하셨지만, 아직 의금부가 노론의 손에서 벗어난 적은 없다.

여전히 이 나라는 사도세자를 뒤주에 가둬 죽인 자들이 조정 중론을 지배했다.

김내손이 날카로운 쇳소리로 물었다.

"아직도 변명할 거리가 남았는가? 밀명을 받들었다고 했다지? 네가 남 직각의 밀서를 품고 안의에 다녀온 건 알고 있느니라. 쥐새끼처럼 의금부 관원들을 따돌렸다며? 백탑 무리와 친한 널 선전관 대신 쓰신 게지. 한데 서찰을 갖다 주는 것 외에 또 무슨 밀명을 받았다는 게야?"

"저…… 전하께서는 제가 이곳까지 끌려온 것을 아십니까?"

김내손이 피식 비웃음을 흘렸다.

"판의금 혼자 독단으로 한 짓이길 바라는가? 아니지 아니야. 의금부 도사 이명방은 전하께서 각별히 아끼는 종친이거든. 탑전에 나아가 자초지종을 소상히 아뢰었으니 괜한 기댄 버려. 걸승 덕천의 목에 박힌 표창과 청장관 서실에서 발견된 독약 섞인 환에 대해 말씀 올리자, 의금부 도사 이명방을 엄히 문초하란 명이 내렸어. 압슬이든 치도곤이든 가리지 말라 하셨지."

금상께서 아신다. 아시면서도 내가 이런 고문을 당하도록 내버려 두신다. 증거가 너무 명명백백하기 때문일까. 나만 따로 불러 전후 사정을 묻기에는 의금부 당상들의 눈이 너무 많은 탓일까.

　"이실직고하지 않겠다면 미리 유언이라도 해 두는 편이 좋을 거야. 난 죄를 인정하는 녀석들에겐 자비를 베풀지만 끝까지 버티는 놈들은 용서하지 않아. 국법과 우리 의금부를 무시하는 처사니까. 동이 틀 때까지 범행 일체를 자백하지 않는다면 넌 뼈 마디마디가 모두 부러져 죽을 게다. 빨리 죽여 달라 애원하게 될 게다."

　"그럼 유언을 할까요."

　나는 가볍게 받아쳤다. 동기협이 두 눈을 부릅뜬 채 태를 들고 나섰다. 뼈마디를 모두 부러뜨릴 뿐만 아니라 손톱 발톱 스무 개를 뽑고 살갗을 다 벗긴다 해도 자백하지 않을 것이다. 김내손이 손을 들어 동기협을 막았다.

　"좋아. 그럼 어디 들어 볼까."

　"『평산냉연』을 구해 주세요."

　동기협이 열통적게 끼어들었다.

　"『평산냉연』? 전하께서 가장 싫어하시는 매설 책을 읽겠다고? 미쳤군. 제정신이 아니야."

　김내손이 노려보자 동기협이 입을 닫았다.

　"계속해 보게.『평산냉연』을 구해 주면?"

　"열하에서 『평산냉연』을 읽으려고요. 동 도사가 휘두르는 태가 내 등에 닿을 때마다 왜 자꾸 열하로 내리쬐는 한

25

낮의 햇빛이 떠오를까요. 맞으면 맞을수록 자꾸 이곳이 열하라는 착각이 듭니다. 가 본 적도 없는 그곳의 뜨거운 기운이 온몸을 감싸는군요."

정만길도 더 이상 참지 못하고 김내손에게 청했다.

"열하에 『평산냉연』까지 납신납신 지껄이는 건 우릴 완전히 무시하는 짓이에요. 조정 신료 그 누구도 '열하'란 두 글자를 '평산냉연'이란 네 글자를, 그러니까 이 여섯 글자를 입에 담지 않아요. 혀끝에 올리는 것만도 불경스러워 입을 헹굽니다. 한데 완전히 제멋대로군요."

"닥쳐!"

김내손이 고함을 질렀다. 동기협과 정만길이 어리뻥뻥한 표정으로 그들의 최고 상관을 쳐다보았다.

"풀어!"

"예?"

"저 팔목 묶은 걸 풀라니까. 관복을 챙겨 이 도사에게 입혀. 입궐할 채비를 갖추라 이 말이야."

"입궐이라뇨? 동이 틀 때까지 문초하란 명이 내리지 않았습니까?"

"웬 말들이 그렇게 많아? 어서어서 서두르지 못하겠나?"

키 큰 정만길이 내 손목에 묶은 끈을 풀었고, 동기협은 관복을 구하러 밖으로 달려 나갔다. 김내손은 그 자리에 꿈쩍도 않고 서서 나를 노려보았다. 그리고 입가에 미소를 머금은 채 찬찬히 말했다.

"탑전에 아뢸 일이 더 남았나 보지? 연암이 대역죄를 꾸미고 있다 고변이라도 할 텐가? 발버둥치지 마라. 넌 덕천과 이덕무를 죽였어. 흉악한 살인범을 종친이라는 이유만으로 용서하는 군왕은 없지."

둥근 장봉을 감싸 돌리듯 오른 손목과 왼 손목을 만지며 답했다.

"내가 살인범이 아니란 걸 밝히면 대감께선 판의금 자리를 내놓으실 겁니까?"

김내손이 미소를 뚝 멈췄다.

"자신만만이로군. 정 도사!"

정만길이 허리를 굽힌 채 태를 챙기다가 말고 섰다.

"우리가 이 쥐새끼를 곱게 모실 까닭은 없어. 입궐만 하면 되니까. 관복 덧입을 곳은 궐내에도 얼마든지 있어. 내 말 알아듣겠나."

김내손이 한 걸음 물러서자 정만길이 판의금부사의 바람을 헤아렸다. 하얀 천이 눈을 가리는가 싶더니 입안으로 더러운 걸레가 쑥 밀려들어 왔다. 두 팔과 다리가 한꺼번에 묶였다. 허리를 잔뜩 숙인 모양이 삼계탕에 넣기 직전

에 털을 모두 뽑히고 부엌에 걸린 닭을 닮았다. 아주 큰 보
(褓)가 내 알몸을 덮었고, 정만길과 동기협이 겨끔내기로
나를 어깨에 짊어졌다. 동기협이 지면 정만길이 발길질을
했고, 정만길이 지면 동기협이 주먹을 날렸다. 고문은 탑전
에 닿을 때까지 계속되었다. 지옥이 따로 없었다.

13장

잘 아는 글자라고 소홀히 하거나 쉽게 여기지 말고, 글자를 달리듯이 미끄러지듯이 줄줄 읽지 말며, 글자를 읽을 때 더듬거리지 말며, 글자를 거꾸로 읽지 말며, 글자를 옆줄로 건너뛰어 읽지 말라. 반드시 그 음을 바르게 읽어야 하며, 반드시 그 고저가 맞아야 한다.

—박지원, 「원사(原士)」

"열하에서 『평산냉연』을 읽으려는 이유가 무엇이냐?"

예를 갖추자마자 도끼 같은 질문이 날아들었다. 고개를 드니 옷깃에 뒷목이 쓸리고 어깨가 꽉 죄어 불편했다. 동기협의 관복인가. 품은 넉넉했지만 길이가 짧아서 큰절을 할 때 겨드랑이가 당겼다. 거기에 피떡까지 엉겨붙어 쓰라렸다.

악기고에서 관복을 갈아입고 대청을 돌아 정청 곧은 길을 따라 올라갔다. 왼편에는 우사와 당후가 있고 오른편에는 서리방이 보였다. 평소에는 시종들이 대기하는 선전관청이나 대전 내관이 있는 장방에 잠시 머물며 하명을 기다리곤 했는데 오늘은 곧바로 청기와가 고운 선정전으로 나아갔다. 최대한 빨리 탑전으로 데려오라는 명이 내린 것이다.

"이덕무는 신에게 스승과 같사옵니다. 걸승 덕천과는 돈독한 우정을 나누고 있었나이다."

네모난 벽돌인 방전(方甎)에 닿은 무릎이 낫으로 베인 듯 아렸다. 선 채로 얻어맞아 뭉치고 찢긴 근육들이 오므라들지 않고 따로 노는 것이다. 땀이 쉼 없이 흘러내렸다. 몸을 추스를 수 없으니 마음 또한 하교에 집중하기 어려웠다.

정신 차려, 이명방!

백악산 꼭대기 바위에 올라 돌부처처럼 하루고 열흘이고 꿇어앉아 호연지기를 기르던 내가 아니던가. 불타오르는 집에서도, 무너지는 동굴에서도, 꽁꽁 묶인 채 가라앉은 강물 속에서도 살아 나온 의금부의 전설이 이 정도에 굴복할 순 없지.

발끝에서부터 발목과 무릎을 타고 허벅지까지 심하게 떨리더니 곧 무감각해졌다. 다시 무릎을 펴고 설 수 있을까.

"금부에서 처결할 일이다. 너희들이 백탑 아래에서 작당하여 놀아난 이야기를 하려고 열하와 『평산냉연』을 들먹였더냐?"

차가운 기운이 기둥에 부딪치며 단둘만 남은 방을 쩌렁쩌렁 울렸다. 평소 금상께선 아무리 다급한 일이 있더라도 내 마음을 먼저 따듯하게 어루만지셨다. 한데 이번엔 다르다. 정말 내가 살인을 저질렀다 의심하시는가.

"아니옵니다. 전하!"

"하면 무엇이더냐? 과인에게 개잠*을 강요할 만큼 중한 일이 아니라면 네 목숨을 내놓아야 할 것이야."

용안을 우러렀다. 백탑 서생을 감시하라는 밀명을 내리신 금상이시다. 그만큼 날 신뢰하고 중요한 책무를 맡긴 금상이시다. 종친 중에서도 의금부 당상에 오를 인물이 나와야 한다며 격려를 아끼지 않은 금상이시다. 대국에서 새로 사들인 표창을 조선 표창과 비교하여 살피라는 명과 함께 하사하신 금상이시다.

백탑 서생들이 금상을 원망하는 말을 뱉어 댈 때도 나만은 끝까지 어심을 따라야 한다고 역설했었다. 김내손이 증인과 물증을 대며 연쇄 살인범으로 몰아세우더라도 나를 따로 불러 확인하시리라 믿었다. 내가 열하와 『평산냉연』을 들먹이며 다시 선정전으로 나아오면, 그리하여 금상과 나 둘만 남으면, 따듯한 위로라도 한마디 내려 주시지 않을까.

순진한 나만의 외사랑이었다. 지금 나는 금상의 선잠을 깨운 흉악범, 그 이상도 그 이하도 아니다.

몸은 성하냐? 어디 심하게 다친 곳은 없느냐?

이렇게만 하문하셨어도 나는 다른 방식을 택했으리라. 이 멍든 가슴 몽땅 드러내 놓고 처음부터 끝까지 의논을

---

* 아침에 깨었다가 다시 드는 잠. 두 벌 잠.

드렸을 것이다. 그러나 금상께서 의금부 도사 이명방을 의심하시니 나 역시 백이면 백 전부를 고할 수는 없었다. 미리 준비한 이야기를 시작했다.

"독회를 찾았나이다. 숨어 『열하』를 이 년 동안이나 읽어 온 무리이옵니다. 그들은 이 책에 상세한 주석을 붙인 『열하주해(熱河註解)』를 또한 펴냈사옵니다. 모임 이름은 '열하광'이옵니다."

바둑에서는 이런 짓을 자충수라고 한다. 자충수인 줄 알고도 그 자리로 들어가는 기분이 썩 유쾌하지만은 않다. 성음이 높아졌다.

"열하광? 열하에 미친 놈들이로구나. 누구누구더냐? 어떤 놈들이 대체 그런 짓을 한 게야?"

하문을 곧이곧대로 따라가지 말라고, 이덕무는 언젠가 내게 충고했었다. 물음에 답하기 위해 이런저런 준비를 하다 보면 정작 자신이 하고픈 말을 놓친다는 것이다. 하명에 답하지 않는 것만으로도 목숨이 달아날 불충이지만 이 기회를 붙들지 못하면 어차피 나는 죽는다.

"전하! 한 가지 청이 있사옵니다……."

"청이라! 무엄하구나. 네가 지금 과인에게 청을 할 처지인가?"

"용서하시오소서. 이 일을 마친 후엔 신의 목을 치셔도 기쁘게 받겠사옵니다. 하나 지금은 제 청을 하나만 들어주시오소서.”

짧은 침묵이 가을을 세 번 지나는 것처럼 길었다. 여기서 이야기가 끝나면 나는 다시 형신을 당하다가 목숨을 잃을 수밖에 없다. 군왕의 자리는 고산준령보다 높고 내가 하명을 기다리며 엎드린 곳은 나각 소리도 들리지 않을 만큼 까마득한 절벽 아래 어디다.

“알겠다. 말하라.”

첫 고비를 넘었다. 재는 넘을수록 높고 내는 건널수록 깊다고 했던가.

“신에게 하룻밤만 주시오소서. 하면 신에게 누명을 씌운 자를 잡아 오겠나이다.”

“널 풀어 달라 이 말이냐? 네가 지금 무슨 혐의를 받고 있는 줄 알고도 그런 청을 하느냐? 누명이라고? 그것이 누명이 아니란 물증을 의금부 관원에게 넌 하나도 제시하지 못하였느니라.”

철전(鐵箭)이 무더기로 날아와 가슴에 꽂혔다.

대역죄인 다루듯 하시는구나. 물증을 제시해야 믿는 관계가 되었구나. 물증과 증인을 보고 사람을 판단하는 것은 너무나도 쉽다. 하나 그것은 진정한 사귐이 아니다. 때때로 금상은 선비를 자처하시며 사사롭게는 붕우의 예절로 나 이명방과 백탑 서생을 대하시곤 했다. 하나 이젠 아니다. 물증이 없으면 내 말을 단 한 대목도 믿지 못하시겠다는 것이다.

눈물을 겨우 참고 아뢰었다.

"전하! 신을 믿어 주시오소서. 신에게 복안이 있나이다. 지금까지 신 이명방, 왕실과 조정을 위해 충심을 다하였사옵니다. 신에게 하룻밤을 주지 않으신다면, 신은 '열하광'에 참여한 자들을 결코 토설하지 않을 것이옵니다. 하룻밤만 허락하신다면, 신은 '열하광'에 속한 이들 넷의 이름을 당장 말씀 올리겠나이다."

"황소고집은 여전하구나. 네가 지난 시절 의금부에서 노력한 일들을 모르는 것은 아니지만 확실히 돌아온다는 증표가 필요해."

"의심을 품으면 어떤 증표로도 신뢰를 찾기 힘든 법이옵니다. 하오나 증표를 원하시니 신에게는 목숨과도 같은 막막강궁 하나를 맡기겠나이다. 일찍이 삼도수군통제사 이순신을 도와 수전에서 큰 공을 세운 의민공 이억기가 사용하던 활이옵니다. 하룻밤 안에 신이 오지 않으면 그 활을 문무대신이 보는 앞에서 부러뜨리시옵소서."

양손을 맞잡아 턱에 대시곤 숨을 고르신다.

"의민공의 활이라! 오 년 전인가 과인에게 보여 준 적이 있었지? 참으로 강궁이더구나. 문중에서 가장 아끼는 귀한 물건일 텐데……."

"그러하옵니다. 신의 목숨보다도 소중한 활이옵니다. 다시 오랑캐가 쳐들어온다면 신은 그 활을 들고 적진을 향해 달려들 것이옵니다. 충무공이나 의민공이 이룬 눈부신 승전의 기록을 뒤이을 것이옵니다. 도성을 버리고 몽진을 떠나는 일이 결코 없게 할 것이옵니다. 전하! 신을 믿어 주시오소서. 믿으셔야 하옵니다."

잠시 침묵하시다가 조건을 걸고 승낙하셨다.

"좋다! 네 마지막 청을 들어주마. 먼저 '열하광'에 참가한 미치광이들이 누구누구인지 밝히라."

나는 마른 침을 삼킨 후 천천히 이름을 외워 나갔다. 이름이 입술 밖으로 나갈 때마다 얼굴이 차례차례 겹쳤다.

"걸승 덕천이옵니다."

"덕천? 표창에 목을 찔려 죽었다는 괴승?"

"개성 출신 역관 조명수이옵니다. 한데 조명수는 행방불명되어 생사가 묘연하옵니다."

덕천과 나는 서빙고 강가에서 발견된 시신이 조명수임을 확인했지만, 전하께서는 아직 그 시신의 정체를 모르실 것이다.

"걸승에 역관? 어찌 이런 자들까지 이 서책을 읽는단 말인가? 과연 천하를 어지럽힐 서책이로다. 계속하라."

"검서관······ 이덕무도 함께했나이다."

"청장관까지! 집에서 기른 개에게 종아리를 물린다더니······. 하면 주해를 짓는 일은 이덕무가 도맡았겠군."

"아, 아니옵니다. 이덕무는 연행의 경험을 살려 그 책에 나오는 지명과 풍광을 살핀 정도이옵니다."

하문이 날카롭게 날아왔다.

"이상한 일이군. 셋 다 죽거나 행방이 묘연하지 않느냐? 네 사람을 토설하겠다고 했는데, 마지막도 이미 황천객이더냐?"

"아니옵니다. 전하! 그자는 아직 살아 있사옵니다. 고초를 겪긴 했으나 심장이 뛰고 팔다리도 크게 다치지는 않았나이다."

"답답하구나. 누구냐?"

"그자는 유리창처럼 『열하』를 통해 세상을 보았사옵니다. 『열하』에 등장하는 유리창에서 밤을 꼬박 새며 서책과 서책 사이를 오가는 꿈을 꾸었나이다. 그자는 이 서책이 결코 왕실과 조정에 누가 되지 않는다고 믿으며 오히려 몽롱춘추(朦朧春秋)*에 빠진 많은 서생을 훈육하는 밑거름이 되리라 믿었사옵니다. 백탑 서생을 만난 후 더욱 충심이

---

* 사물에 어두운 것. 춘추를 자주 이야기하나 정확히 알지 못하다.

돈독해진 그자는……."

이마를 바닥에 대고 큰 소리로 아뢰었다.

"그 광인은 바로 신 의금부 도사 이명방이옵니다."

귀를 쫑긋 세운 채 기다렸다.

당연히 불호령이 내리리라. 믿던 도끼에 두 발등을 동시에 찍힌 기분이시겠지. 『열하』에 주해를 단 무리를 적발하라는 명을 받든 의금부 도사 이명방이 바로 그 무리였던 것이다.

여기가 두 번째 고비다. 자충수를 어찌 받아들이실까. 성노를 누르지 못하시고 노적(奴籍)*을 내리셔도 따르는 것 외엔 다른 방법이 없다.

그런데 금상께서는 전혀 예상하지 못했던 방식으로 나를 꾸짖으셨다.

"잔꾀를 부리는구나. 이 도사, 네가 안의 현감 박지원의 문하이고 또한 이덕무나 박제가 등과 친하게 지냈으니 한두 번 그 서책을 구경했을 법도 하다. 하나 네가 주해서를 낸 '열하광'에 속했다는 것은 믿기 어렵도다. 그 독회의 일원이란 물증이 있느냐?"

이 물음에는 그래도 나를 믿고 싶다는 바람이 담겼다. 그만큼 나에 대한 신뢰가 깊고 컸던 것이다.

---

* 범죄자는 사형시키고 그 가족은 노비의 적에 올리는 벌.

"없사옵니다."

『열하』 필사본을 숨겨 두기는 했지만 『열하주해』는 조명수만이 챙겼다. 그가 죽었으니 책의 행방은 찾기 힘들다.

"증인은 있느냐?"

숨이 막혔다. 물론 증인이 있다. 억권 홍인태와 명은주라면 내가 '열하광' 광인임을 간단히 증언하리라. 하나 그 둘은 숨겨야 한다. 지금 금상께서는 살아 있는 광인들의 이름을 나 스스로 밝히도록 유도하고 계신다.

"없사옵니다."

"하면 고작 넷이 전부라는 말이더냐? 그중 셋은 이미 죽거나 행방을 알 수 없고."

"그렇사옵니다."

용안에 희미한 미소가 맴돌다가 사라졌다. 신료들은 그 미소를 제일 무서워했다. 전혀 감정을 드러내지 않다가 잠깐 웃음을 보인 후 용단을 내리시곤 했다.

"가까이 오라. 더 가까이!"

독대 자리에선 또 이렇게 신하를 입김이 닿을 만큼 다가앉게 하셨다.

"걸왕의 개는 요 임금에게 짖고 도척의 무리는 순 임금을 찌른다더니 참으로 가관이구나. 살아날 방도를 찾은 게냐? 『열하주해』를 펴낸 자들을 잡아내려다가 어쩔 수 없이 살인을 저질렀다고 주장하려는 거겠지. 죽은 자가 항변할 리 없으니까."

칼날이 또 엉뚱한 방향에서 날아들었다. 이번에는 내가 살인을 저질렀으되 공무 중 일어난 일들이라며 변명하려는 수작쯤으로 간주하신다. 손에 피를 묻힌 적이 없음을 분명히 해 둘 필요가 있다.

"아니옵니다. 신은 그들을 죽이지 않았사옵니다."

"살인 혐의를 모두 부인하겠다? 쉬운 길을 두고 어려운 절벽을 기어오르겠다? 그리 가면 네 목숨을 구해 주고 싶어도 방도가 없느니라. 지금이라도 살인을 인정한다면 공무 중 벌어진 일로 간주하여 선처할 수도 있어."

내가 바라는 것은 선처가 아니다. 무슨 일이 있어도 사건의 진실을 밝혀야 한다.

"신을 믿어 주시오소서. 진범을 반드시 잡아 누명을 벗겠나이다."

다시 침묵이 찾아들었다. 나는 섭섭한 마음을 끝내 지울 수 없었다.

이 정도에서 말휘갑*으로 적당히 타협하리라고 예상하셨을까. 나 이명방이 하지도 않은 짓을 했다고 자인하리라

---

* 이리저리 말을 잘 둘러 맞추는 일.

여기셨을까. 아니면 정말 나를 효경(梟獍)*이라고 믿으시는
가. 지난날 좋았던 기억들은 모두 잊고 증인과 물증이라는
창으로만 나라는 인간을 판단하시는가.

전하!

신 이명방은 전하께서 상상하시는 그런 인간이 아니옵니
다. 신은 옳고 그름을 따질 때 협상의 여지가 전혀 없다고
믿사옵니다. 설령 신의 목숨이 위태로울지라도 이 철칙을
바꿀 마음은 전혀 없사옵니다. 신은 끝까지 가겠사옵니다.

이윽고 허락하셨다.

"알겠느니라. 그럼 내일 새벽 묘시까지 진범과 함께 돌
아오라. 의금부로 갈 필요 없이 곧장 이곳으로 오라. 그때
네 이야기를 더 자세히 듣도록 하겠느니라. 명심하렷다!
내일 묘시까지니라."

"성은이 망극하옵니다."

하루도 길었다.

내 예상이 틀림없다면, 점심을 먹기 전에 벗들을 죽인
진범을 잡아서 다시 입궁할 것이고, 누명을 벗을 것이고,
의금부 도사로 계속 근무하게 될 것이다.

사필귀정(事必歸正)!

---

* 악인의 대명사. 어머니를 잡아먹은 인물.

14장

주자가 "책은 책으로 보고 물(物)은 물로 보아야지, 먼저 자신의 견해를 내세워서는 안 된다."라고 하였는데, 독서와 격물만이 아니라 일상적인 일에도 이렇게 해 나가야 한다.

— 정조, 『일득록』

미행이 따라붙었다. 의금부 도사 이명방을 방면하라는 명이 내렸지만, 정만길과 동기협은 나를 쫓기 위해 안간힘을 썼다.

판의금부사 김내손은 내가 붙든 마지막 기회를 과소평가했다.

"이왕 목숨을 구걸하는 거 사나흘은 달라고 하지 그랬나? 표창의 달인 이명방이래도 하루 만에 사건을 마무리 짓는 건 힘들지 않겠는가?"

나는 짧게 김내손의 물음에 답했다.

"하루도 깁니다."

미행을 따돌리기 위해 운종가를 빙빙 돌았다. 걸음을 뗄 때마다 어깨가 욱신거리고 등이 아렸으며 침이 고일 때마다 핏덩이들이 씹혔다. 천으로 코를 막았더니 피가 목구멍으로 곧장 흘러들었다. 두 발로 거리를 휘적휘적 걷는 것만도 다행이다. 압슬형부터 시작하여 허벅지에 큰 돌을 얹었다면 반년은 앉은뱅이 신세를 면치 못하였으리라. 추국을 당하는 죄인들은 압슬형을 가장 두려워했다. 인두로 지진다거나 곤장이나 태를 치는 것 역시 고통이 심했지만 다리뼈가 부러지거나 꺾이는 압슬형에는 미치지 못했다. 찢기거나 불탄 살갗은 아물면 그만이지만 부서진 뼈는 회복이 어렵다. 형신을 시작할 때는 압슬로 위협하라고 일러주었지만, 두 젊은 의금부 도사는 고맙게도 가르침을 따르지 않았다.

목멱산 아래로 향하고 싶은 마음은 꼭꼭 감춘 채 운종가 북쪽을 걷고 뛰고 숨고 또 쉬었다. 정만길과 동기협은 이십 보 내외로 간격을 유지하며 따랐다. 들킬 것을 염려하여 따로 나장들을 거느리지도 않았다.

의금부 도사가 된 후부터 특이한 습성이 생겼다.

누구도 믿지 말 것. 항상 급습에 대비하여 상대를 내 시야 안에 둘 것. 그리하여 상대를 단숨에 확실히 제압할 것.

오랫동안 무공을 닦은 이들은 등 뒤에도 눈이 달린 듯 움직이지만, 나는 거기까지 신경을 곤두세우기가 싫었다. 내 등을 숨기는 대신 많은 이들의 등을 지켜보았다. 하룻밤 이별이든 평생 이별이든, 뒤돌아서서 흐릿하게 멀어지는 등짝은 하나같이 쓸쓸했다. 사건이 완결되고 가해자나 피해자와 다시 만나지 않게 된 후에도, 나는 종종 그들의 등을 떠올리곤 했다. 애기 등부터 늙은이 등까지, 분노하는 등에서 슬퍼하는 등까지, 다양한 등에 내 삶의 흔적이 묻어 있었다. 앞모습을, 얼굴을, 눈동자를 보면, 어색한 몸짓과 함께 몇 마디 인사말이라도 건네야 한다. 내가 원하는 것은 등이다. 내 시선만이 머무는, 아무리 오래 어루만져도 말을 걸지 않는 조용한 등!

맴을 돌며 시간을 낭비할 여유가 없었다. 때마침 턱찌끼*를 구걸하는 거지 소년에게 신발차**로 엽전 한 닢을 던져 준 후 귓속말을 했다. 소년은 '야뇌'라는 두 글자를 듣는 순간 표정이 굳었다. 목숨을 걸고 전쟁터라도 나가듯 허리를 꾸벅 숙여 절한 후 인파 속으로 사라졌다.

지전(紙塵)을 돌아 좁은 골목으로 접어들자마자 힘껏 달렸다. 호리병 목처럼 좁은 길은 팔을 휘저으며 달아나기에 딱 어울렸다. 오십 보쯤 뛰다가 왼편으로 꺾었다. 뱀처럼 뒤엉킨 길들이 나를 맞았다. 누구라도 이 길에 숨으면 잡

---

* 먹고 남은 음식.
** 신발값. 심부름하는 값으로 주는 돈.

을 수 없으며 가랑잎에 불붙듯 뛰어들면 길을 잃고 만다. 지남거(指南車)*가 있다고 해도 헛수고다.

나는 구획이 분명하고 깔끔한 길을 선호하지만 김진은 오히려 변화무쌍한 미로를 즐겼다. 여행의 참맛은 뜻밖의 순간과 마주칠 때 생긴다며, 휘고 돌고 꺾이고 좁아졌다 넓어지는 길에 그냥 몸을 맡기라고 했다. 이다음에 무엇이 있을까, 무엇이 있어야만 할까, 무엇이 있지 않으면 어찌 될까 끌탕하지 말고, 어쨌든 있는 그 무엇인가에 새로운 의미를 덧붙이라고 했다. 이 세상엔 참 많은 길이 있다는 말도 잊지 않았다. 개미들이 파 놓은 작은 굴들, 벌들이 오가는 작은 집들, 송충이가 오르내리는 나뭇가지들, 달팽이가 힘겹게 지나치는 풀숲들. 반듯한 대로에 견주어 이 길들이 작고 볼품없다 비난할 수 있을까. 그것들은 길도 아니라며 고개 돌릴 수 있을까.

삶을 길에 비유하는 시는 많지만, 길 자체를 이렇듯 꼼꼼히 따진 이는 김진이 처음이었다. 나 역시 꼬리와 머리가 붙고 옆구리와 발뒤꿈치가 연결된 길들을 좋아하게 되었다.

---

* 달리는 방향과 상관 없이 항상 남쪽을 가리키는 수레. 방향을 찾을 때 사용된다.

신참 의금부 도사들을 이끌고 가장 먼저 찾은 곳이 바로 이 험난한 골목이다. 죄인이 모퉁이를 돌아 뛰기 전에 직선 골목에서 승부를 봐야 한다. 정만길과 동기협 모두 이번이 마지막 기회임을 안다. 그들은 있는 힘을 다하여 달리다가 왼편으로 꺾었다. 길 가운데 서서 기다리는 나를 보고 급히 멈추느라 엉덩이를 뺐다.

"늦어. 벌써 거미줄처럼 복잡한 길로 사라지고도 남을 시간이야. 동 도사는 느려 터졌으니 그렇다 치고 정 도사는 왜 그래? 새벽마다 뜀박질을 하라는 말, 한쪽 귀로 듣고 다른 쪽 귀로 흘려 버린 건가?"

동기협은 가슴을 치며 숨을 헐떡거리고 정만길은 긴 혀를 내밀어 마른 입술을 적셨다. 지난밤 내 등짝을 후려치던 기백은 사라지고 불편한 감정만이 얼굴에 그득했다.

"허락된 날은 단 하루뿐이오. 운종가만 세 바퀴째 왔다 갔다 하는 이유가 도대체 뭐요?"

동기협은 뜸베질*하는 차붓소**처럼 당장이라도 달려들 기세였다. 시큼한 냄새가 코를 찔렀다. 나는 즉답을 미루고 정만길을 올려다보았다.

---

* 소가 뿔로 물건을 닥치는 대로 들이받는 짓.
** 달구지를 끄는 큰 소.

"의금부로 압송된 이는 무죄 방면 되어도 보름 동안은 미행하며 행적을 살피는 것이 내규임을 모르진 않겠지요?"

"미행하는 쪽이나 미행당하는 쪽이나 서로 잘 아는 처지니 이런 숨바꼭질은 그만두세. 어젯밤 일 따윈 잊어. 자네들은 의금부 도사로서 직분에 충실했고 나 역시 누명을 벗기 위해선 이 길밖에 없었으니까. 대신 자네들에게 부탁이 있으이."

"부탁이라 했소? 우릴 엮을 작정이라면 당장 그만두시오."

동기협은 단숨에 거절했지만 정만길은 여유를 부렸다.

"무슨 부탁인지 들어나 보세. 들어 보고 거절해도 늦지 않아."

동기협과 정만길을 번갈아 보며 설명했다.

"자네들이 여전히 날 살인범으로 믿는다는 걸 아네. 아직까진 그 믿음에 오금을 박을 물증이나 증인이 내겐 없으이. 하나 오늘 자네들이 날 도와준다면 단번에 살인범을 생포하고 큰 포상을 받을 걸세."

"마치 살인범이 따로 있기라도 한 듯 말하는군요."

정만길이 토를 달았다.

"그래, 따로 있지. 그리고 난 그놈이 누군지 알아."

"누구요, 살인범이?"

동기협이 가슴을 내밀며 목을 좌우로 탁탁 꺾어 댔다.

"함께 데리고 갈 테니 너무 다그치지 말게. 내 부탁은 간단해. 셋이서 오랜만에 도거리*로 쓸어 버릴 녀석들이 있다이 말일세. 많아 봤자 스무 명을 넘진 않을 걸세. 주먹깨나쓰는 장정들이겠지만 자네들이 도와준다면 간단히 제압할수 있지."

"정말 범인이 따로 있다는 말입니까?"

정만길이 진지하게 물었다.

"그렇네. 하나 그들을 죽여서는 아니 되지. 다만 내가 그집 서실에서 주인 사내와 잠시 이야기를 나눌 수 있도록주변을 살펴만 주게나. 하겠는가?"

"싫다면?"

동기협이 짧게 물었다.

"그래도 나는 갈 걸세. 벌써 따로 도움을 청한 데도 있으이."

"도움을 미리 청했다면 그들과 하면 될 일 아닙니까?"

정만길이 말꼬리를 잡아챘다.

"그들까지 싸움에 끌어들이고 싶진 않으이. 우리 셋이

---

* 따로따로 나누지 않고 한데 합쳐서 몰아치는 일.

나서면 서너 명 뼈가 부러지는 것으로 족하지만 그들이 끼어들면 죽는 이도 여럿 나올 테니까. 자, 어쩔 텐가?"

동기협과 정만길이 시선을 나눈 후 맞소리*처럼 답했다.

"하겠습니다!"

지루한 미행을 끝낸 의금부 도사들을 데리고 곧장 억권루가 있는 교서관동으로 향했다. 조명수와 동행하다가 장정들을 만났던 바로 그 골목에는 쉰 명이 넘는 거지패들이 모였다.

"뭡니까, 저것들은?"

정만길이 이마를 찌푸려 주름을 잡았다. 나는 성큼성큼 앞서 걸으며 답했다.

"도움을 청했다고 이야기했잖은가."

"거지패랑 힘을 합친다 이거요?"

동기협이 걸음을 멈추자 정만길도 따라 섰다. 나는 뒤돌아서서 두 사람을 노려보았다.

"자꾸 거지패 거지패 하지 말게. 처음부터 거지로 살려고 작정한 사람은 아무도 없으이. 야뇌 형님과 저 광통교 거지패 왕초 협무(俠武)는 호형호제 하는 사이라네. 자네들이 저들을 무시한 사실을 알면 한달음에 달려올 거야. 야

* 서로 동시에 마주 응하는 소리.

뇌 형님의 주먹맛을 보고 싶은가?"

"아, 아니오."

머리를 산발한 채 한겨울인데도 웃통을 벗어젖힌 팔 척 엄장*이 내게 곧장 걸어왔다. 가슴에 털이 많아서 누런 피부가 보이지 않을 정도였다. 나는 협무와 반갑게 손을 맞잡았다. 때가 넉지덕지 않은 더러운 손이지만 거지패와 사귀려면 먼저 내 손과 얼굴을 만지도록 허락해야 한다. 머리털 하나로 천 균(鈞)**을 끄는, 힘으로 남을 구하는 협(俠)과 재물로 은혜를 베푸는 고(顧)***를 두루 갖춘 의인 백동수와 의형제를 맺었으니 나와도 형제 사이다.

"오랜만이군. 가끔 자네가 광통교에 내왕한단 소린 듣고 있었네."

협무는 언문도 깨치지 못하였지만 생각이 깊고 의리를 중요하게 여기는 사내 중 사내였다. 또한 그는 괴력을 지닌 거인으로 북악산 호랑이의 입을 맨손으로 찢었다는 소문이 돌 만큼 단벌가는 인물이었다. 그와 자웅을 겨룰 협객으로는 한 시절 앞선 광문(廣文)이 꼽혔다. 배오개와 소의문 쪽 거지패가 왈짜와 부마도위의 청지기들과 힘을 합

---

* 풍채 있는 큰 덩치.
** 균은 서른 근. 천 균은 곧 삼만 근.
*** 『연암집』「중일에게 보냄(與中一)」에서 인용.

쳐 협무를 죽이고자 왔을 때, 머리에 피를 철철 흘리면서도 끝까지 배오개와 소의문 거지패 우두머리 둘의 오른팔을 꺾어 놓았다. 일찍이 박제가는 양반 적자로 태어났다면 대장군이 되었을 장정 둘을 꼽은 적이 있다. 한 사람은 야뇌 백동수고 또 한 사람은 바로 거지 왕초 협무였다. 풍류에도 일가견이 있어 만석희(曼碩戱, 개성에서 유행하던 인형극)와 철괴무(鐵拐舞, 중국 신선 이철괴를 흉내 내는 춤) 솜씨는 도성 최고였다.

"나랏일을 하느라 분주했단 건 핑계입니다. 더 자주 찾아뵙지 못해 송구스럽습니다."

"아니야. 무소식이 희소식일세. 무슨 일로 내게 도움을 청했는가?"

협무의 물음에 뒤이어 동기협이 끼어들었다. 대궁*이라도 서둘러 먹고 나오던 길이었는지 협무의 소매에 밥풀이 대롱대롱 붙었다.

"저치들은 왜 부른 게요? 소맷동냥이라도 시킬 작정이오?"

나는 높은 담벼락을 손바닥으로 탁탁 치며 협무를 바라보았다.

---

* 먹다가 그릇에 남긴 밥.

"동기협과 정만길 그리고 나 이렇게 의금부 도사 셋이서 담을 넘어 들어갈 겁니다. 협무 형님은 이 집을 삥 둘러싼 후 저희들이 나올 때까지 노래를 계속 불러 주십시오."

"그게 단가? 의금부 도사 셋이 들어갈 정도면 저 벽 뒤에도 꽤 많은 장정들이 있겠군. 원하면 동행하여 도와주겠네. 언젠가 운종가에서 별감 다섯 명과 싸웠지. 나는 맨손인데 녀석들은 창도 지니고 검도 들었더군. 덕분에 여기저기 다쳤다네. 하나 난 걸어서 운종가를 벗어났고 녀석들은 개처럼 기어서 백 보쯤 걷다가 모두 실신하였다더군."

"감사합니다만 사양하겠습니다. 잡인의 출입을 막고 정문 밖에서부터 소란을 피워 주십시오. 저희는 후문으로 가겠습니다. 싸움이 시작되면 소리가 밖으로 나가지 않도록 해 주시고요."

협무와 나는 손발이 척척 맞았다. 어려운 전고나 미사여구 하나 없이 하고픈 말만 척척 주고받는 것, 이것이야말로 진정 무예를 아는 진짜 사내들의 대화다. 백동수는 조금이라도 배때 벗고* 나번득이는** 사람을 만나면 두 눈을 쏘아보며 물었다. "좋아? 싫어?" 그 외에 무슨 말이 필요하

---

* 배때 벗다. 행동이나 말이 아주 거만하고 건방지다.
** 잘난 체하고 함부로 덤비다.

겠는가.

"알겠네. 노래와 춤으로 왁자지껄 되숭대숭하게 놀면 담벼락 안에서 어떤 일이 벌어지는지 아무도 모를 걸세. 정말 셋이서 괜찮겠는가? 도움이 필요하면 언제든지 부르게."

동기협이 등에서 왜도를 꺼냈고 정만길은 양손에 창을 들었다. 나도 표창을 뽑아 든 채 다시 한 번 당부했다.

"장정들을 죽이면 일이 복잡해져. 우리들 솜씨를 보이고 땅방울같이 으르면서* 위협하면 물러날 자들일세. 꼭 상처를 입혀야겠다면 허벅지 아래를 공격하고. 알겠는가?"

"예!"

정만길은 직수굿하게 답했지만 동기협은 히죽 웃으며 비꼬았다.

"그쪽이나 잘하쇼. 괜히 표창 잘못 놀려 엉뚱한 사람 목이나 뚫지 말고."

고약한 놈!

담을 돌아 뒷문에 이르자 거지패의 노래가 정문 앞에서 시작되었다. 협무의 길게 빼는 타령은 계집을 품듯 아늑하고 죽은 부모 상여를 멘 듯 구슬프고 봉우리 너머 또 봉우리 이어지듯 질기고 굳게 닫힌 문을 우지끈 무너뜨리는 도

---

* 땅방울같이 으르다. 몹시 심하게 위협하다.

끼질처럼 힘찼다. 그 뒤를 사내들이 잔물결처럼 박자를 맞추며 나아왔다가 빠지기를 반복했다. 아이들은 깨진 사발이나 둥구나무(크고 오래된 정자나무)로 깎아 만든 조잡한 북을 치며 여치 쫓는 개구리처럼 이리 뛰고 저리 뛰면서 가댁질하고* 깔깔댔다. 아낙들은 양손을 좌우로 벌린 채 너울너울 어깻바람 나게 춤추었는데, 어깨너머로 배워 제법 무기(舞妓) 흉내를 내는 이도 있었으나 대부분은 손 따로 발 따로 엉덩이 따로 놀았다. 빌어먹을 음식을 내놓지 않으면 온종일 서서 이 집으로 굴러들어 오는 복이란 복은 모두 막을 기세였다.

노래가 뚝 멈췄다. 대문이 열렸다는 뜻이다. 협무는 밥이 적네 국이 식었네 나물이 쉬었네 트집을 잡으며 시간을 벌 것이다. 그사이에 들어가야 한다.

내가 먼저 담장을 날아 넘었고 동기협과 정만길이 뒤따랐다. 후원을 지키던 장정 둘이 대문 쪽으로 달려가는 뒷모습이 보였다.

"저기 연못 뒤 정자를 지나 왼쪽 돌길을 넘어가면 곧 서실이네. 먼저 달릴 터인 즉 이번에는 내가 서실로 들기 전에 따라잡아 보게."

---

* 아이들이 서로 달아나고 잡으려고 뛰놀며 장난하다.

말을 마치기도 전에 내달렸다. 곧 길이 붙었다.* 정만길과 동기협이 힘껏 따랐다. 연못을 넘는 순간부터 검은 천으로 얼굴 전체를 가리고 검과 창과 봉을 든 사내들이 달려들었다. 우리 셋은 한 몸처럼 움직였다. 성난 멧돼지가 되어 표창을 휘돌리고 왜검으로 베고 단창으로 찔렀다. 속전속결. 적은 수로 많은 적을 상대하는 최상의 방법은 단참에 적의 심장부로 들어가서 적장을 생포하거나 목을 베는 것이다. 밀려드는 숫자에 주눅이 들어 이리 싸우고 저리 엉키다 보면 무예를 발휘할 수 없을 만큼 겹겹이 포위되고 만다. 무춤거리지 말고 목표물을 향해 최단 거리로 달리면서 헤살꾼**들을 좌우로 흩어 놓는 것이 최선이다.

장정의 숫자는 예상보다 훨씬 많았다. 돌길에 이르니 서른 명을 넘었고 서실로 날아오르니 쉰 명을 헤아렸다. 날아오는 칼날과 창날에 허리와 어깨, 등을 찔렸지만 멈추지 않았다. 서실 문을 열자 열 명도 넘는 장정이 한꺼번에 뭉쳐 바위처럼 뛰쳐나왔다. 처음으로 그 기세를 피해 좌우로 비켜섰다. 나는 빙글 왼쪽으로 돌며 표창을 십자 모양으로 그었고, 동기협과 정만길은 오른쪽으로 날아 비키면서 등

---

* 길이 붙다. 걸음이 빨라져 지나온 거리가 부쩍부쩍 불어나다.
** 일을 짓궂게 방해하는 사람들.

을 맞댔다. 굶주린 늑대처럼 장정들이 점점 포위망을 좁혀 왔다. 검은 천에 가려진 사내들의 얼굴을 용정호목(龍睛虎目)*으로 노려보았다. 얼굴을 구별하기 어려웠지만 몇몇이 고개를 내리며 시선을 돌렸다.

내가 누군지 안다!

그 틈을 놓치지 않고 소리쳤다.

"물렀거라. 나는 의금부 도사 이명방이니라. 나와 동행한 이는 의금부 도사 동기협, 의금부 도사 정만길이니라. 어명을 받들어 억권루 주인 홍인태를 포박하러 왔으니 썩 물러서렷다."

사내들 발이 주춤거렸다. 어명을 받든 의금부 도사를 공격하는 것은 목이 달아나고도 남을 짓이다.

"지금 무기를 버리고 물러가면 죄를 묻지 않겠다."

앞선 서넛이 반 보를 물러서자 나머지도 따라 주춤주춤 물러났다. 홍인태가 열린 방문을 통해 대청마루로 나왔다. 백태가 낀 왼쪽 눈을 치뜨며 더듬더듬 이야기를 늘어놓았다.

"소, 속지 마라……. 어명을 받드는 의금부 도사가 거, 거, 거지패를…… 데리고 왔다…… 들은 적이 없다. 저 이명방이란…… 자는 어제까진…… 의금부 도사였는지 모르

---

* 용의 눈동자와 호랑이의 눈. 무서운 표정.

나 걸승 덕천과…… 거, 거, 검, 검서관 이덕무를…… 살해한 죄로 끌려갔느니라……. 무슨 연유가 있는지는…… 모르겠지만, 이명방은 사사로운 원한으로…… 나, 나를 죽이러 온 것이다. 동기협과 정만길, 저 젊은 도사들은…… 이명방이 수족처럼 부리던 자들이다. 어서 어서 어서 약속대로…… 죽여라!"

사내들은 두세 걸음 다가섰고, 홍인태가 "약속한 그…… 금액의 두 배를 주마!"라고 하자 또 두세 걸음 나섰다. 장창을 뻗으면 가슴이나 배에 닿을 거리였다. 공을 탐내 날아든 장창을 왜검으로 내리그어 피한 뒤 동기협이 분통을 터뜨렸다.

"나는 의금부 도사 동기협이다. 나는 저 이명방이란 자의 수족이 아니다. 나는 저자를 어제 포박했고 또 밤새 문초했다. 나는 저 이명방이란 자가 덕천과 이덕무를 살해했다고 지금도 믿는다. 하나 어명은 다르게 내려왔고, 의금부 도사는 자신의 생각보다 어명을 먼저 따른다. 물러가거라!"

지금까지 침묵을 지키던 정만길이 더욱 독하게 사내들을 위협했다.

"동 도사의 말은 한 치의 거짓도 없다. 동 도사와 난 오랫동안 의금부의 일을 볼 것이다. 검은 천을 둘렀다고 해서 네놈들을 모를까 보냐. 의금옥에서 압슬과 치도곤을 당하기 싫거든 오늘 날 죽여야 할 게다. 그렇지 않으면 내가 네놈들 목숨을 하나하나 취하겠다 장담하지."

사내들은 나서지도 못하고 물러서지도 못한 채 문치적 문치적 시간을 끌었다. 이윽고 나를 향해 장봉을 겨누던 사내가 왼손으로 검은 천을 뜯어냈다.

"아, 아니…… 자네는……?"

의금부에서 나장으로 일했던 길흥수였다. 진상은 꼬챙이로 꿰고 인정은 바리로 싣는다*고 했던가. 배오개 상인들에게 뇌물을 상납 받은 죄로 재산을 몰수당하고 반병신이 되어 쫓겨난 사내였다. 배오개에서 갓을 팔며 종종 투전판을 벌인다는 풍문은 들었다.

"오랜만에 뵙습니다요. 나리!"

볼에 살이 쏙 빠지고 눈빛이 더욱 날카로워졌다. 투전판에서 크게 돈을 잃었는지 몰골이 말이 아니었다.

"배오개 패거리였더냐? 아예 그쪽에서 장사를 못 하게 만들어 주랴?"

길흥수가 양 손바닥을 내보이며 휘휘 저었다.

"아닙니다요. 소인 놈들이 어찌 의금부 도사 나리께 위

---

* 진상은 꼬챙이에 꿸 만큼 작으나 그 밑의 관원에게 보내는 뇌물은 마소에 실어 보낼 만큼 많다는 뜻으로, 직접 자기에게 이해관계가 있는 일에 더 마음을 쓴다는 말. 아래 관원의 권세가 좋음을 비유적으로 이르는 말.

해를 가할 수 있겠습니까요. 저기 계신 억권께서 집에 도적 떼들이 들까 두렵다 하여 지켜 달라 청하셨습죠. 아시다시피, 억권은 배오개로 은밀히 들어오는 대국의 서책과 비단을 쥐락펴락하시니, 그 발치에 붙어 연명하는 소인 놈들이 어찌 그 청을 거절할 수 있겠습니까요. 이 일에 의금부가 연루되었다면 소인 놈들은 오지도 않았을 것입니다요. 한데 벌써 이 집을 돌아가며 지킨 지가 보름이 훌쩍 넘었는데, 고생한 값을 받지 못했습죠. 이 도사께서 그 일을 쩍말없이 처결해 주시면 소인 놈들은 물러가겠습니다요."

홍인태의 뾰족한 턱이 덜덜 떨렸다. 나는 동기협에게 턱짓을 했다. 동기협이 대청마루로 단숨에 올라가서 홍인태의 목에 왜검을 들이댔다.

"일을 시켰으면 값을 치러야지. 그게 장사 아닌가."

"어…… 없어. 아직 일이…… 끝나지도 않았고."

홍인태가 비둘기 눈을 질끈 감고 땅파기*로 버텼다.

"무슨 일? 의금부 도사들을 죽이는 일?"

동기협이 콧김을 품품 내뿜었다.

"이, 이건 아냐. 못 줘."

---

* 사리를 분간하지 못할 만큼 어리석은 사람이나 또는 그런 사람과의 시비를 비유적으로 이르는 말.

홍인태는 길홍수 패거리의 배신에 더 분노하고 있었다. 그가 품삯을 치르지 않으면 배오개 장정들과 이 좁은 서실 앞마당에서 대치할 수밖에 없다.

"정 도사! 들어가서 왼쪽 책장 제일 윗칸에서 서책들을 꺼내 오게."

홍인태가 지난겨울 유리창에서 거금을 들여 겨우 구했다며 자랑한 『합강(合綱)』 48책이었다. 금질(錦帙, 비단으로 만든 책의 표지)과 아첨(牙籤, 상아로 만든 찌)이 호화로웠다.

"이 도사! 그…… 그건 뭣하려고?"

"차례차례 태워 없앨까 하네. 『기하원본(幾何原本)』이나 『절강총목(浙江總目)』도 억권 그대가 아끼는 서책들이지?"

"그건 내, 내 귀한…… 책이야. 누구도 그 책을…… 태우진 못해."

"아니, 의금부 도사는 그 서책을 태울 수 있지. 그대도 알다시피 고가의 서책을 들일 때는 반드시 나라의 허락을 받게 되어 있으이. 한데 저 서책들, 그대가 자랑하는 억권의 서책 중 대다수는 법을 어기고 몰래 들여온 것일세."

정만길이 서책을 들고 나왔다. 홍인태가 서책을 쳐다보며 눈물을 쏟았다.

"아, 알겠어……. 주지, 주면 될 거 아냐. 서안 바로 뒤 책장 제일 아래 자개함…… 대국에서 들여온 비취와 금으로 수놓은 노리개들이야…… 품삯은 제하고도 남음이 있지……. 그러니 제발 서책들은 그냥 둬. 그냥 두라고. 이게 얼마나 소중한 유산인 줄 모른단 말이야?"

나는 길흥수를 향해 짧게 명령했다.

"들었지? 어서 가지고 사라져."

"감사합니다요. 배오개에 오시면 소인 놈이……."

"다시 내 눈앞에 보이면 오늘 몫까지 합쳐서 아예 두 다리를 부러뜨려 주지."

길흥수가 직접 서실로 들어가서 자개함을 품에 안고 나왔다. 장정들이 썰물처럼 사라지자 동기협과 정만길 그리고 홍인태와 나만 남았다.

"여기서 잠시만 기다려. 억권과 둘이서 마무리 지을 얘기가 있거든."

나는 작은 연못으로 가기 위해 홍인태의 팔을 끌었다. 그는 그곳에서 최근에 구입한 서책들을 쌓아 놓고 한 권 한 권 설명하기를 즐겼다. 동기협이 왜검을 거두지 않고 말했다.

"둘만 가게 놔둘 순 없어. 이자가 살인범이라면 당장 포박하여 의금부로 가야지."

"할 말이 있다고 하지 않았는가?"

"무슨 할 말! 난 그런 거 몰라. 하려면 여기서 해. 연못

주위를 어슬렁거리다가 저 밖의 거지패 도움을 받아 달아날 심산인 걸 누가 모를 줄 알고."

동기협의 의심은 끝이 없었다. 정만길이 중재안을 내놓았다.

"그럼 이렇게 하지요. 우린 서실 앞마당에서 기다리겠습니다. 두 사람은 서실에서 간단히 이야기를 나누도록 하시죠. 이야기가 끝나면 곧장 의금부를 거쳐 입궐하는 겁니다."

"좋아. 그리하지."

답답한 서실보다는 거침새* 없이 탁 트인 연못이 나았지만 동기협을 떼어 놓으려면 별수 없었다. 홍인태는 서실로 들어서며 정만길의 품에서 『기하원본』을 앗듯이 잡아당겼다. 정만길은 헛웃음을 흘리며 어깨를 으쓱 들어 보였다. 살인범으로 내몰릴 마당에 서책에 집착하는 꼴을 납득하기 어려운 것이다. 서책에 대한 홍인태의 지극한 마음을 헤아리지 못한다면 앞뒤 사정 모르는 멍청이쯤으로 간주하리라. 그러나 이덕무는 홍인태의 바로 그 서책에 대한 지독한 갈증을 아꼈다. 계집이나 노리개나 혹은 소리나 돌에 빠지는 것보다는 서책에 미치는 것이 백배 더 낫다고

---

* 중간에 걸리거나 막히는 상태.

발을 달기도* 했다.

홍인태를 끌고 들어가서 서안을 가운데 놓고 마주 앉았다. 동쪽과 남쪽과 서쪽으로 모두 창을 냈다. 햇빛의 방향에 따라 몸을 돌려가며 서책을 읽는다는 간서치(看書癡) 이덕무를 본받기 위함이었다.

홍인태는 내 눈을 쳐다보지도 못한 채 떨었다. 위로의 말이 필요했겠지만 내게는 여유가 없었다.

"내가 필동에 있단 걸 고변하고 덕천 대사가 썼다는 서찰을 의금부에 건넨 까닭이 대체 무엇이오?"

홍인태는 머리를 심하게 흔들었다. 핏발 선 두 눈은 지금 그가 끔찍한 공포에 사로잡혔음을 드러냈다.

"날…… 죽일 테니까."

"죽이다니? 내가 왜 억권 그대를 해친단 말이오?"

머리를 약간 앞으로 내밀며 따졌을 뿐인데도 홍인태는 벌렁 뒤로 쓰러졌다. 부축하여 일으키려고 팔목을 잡자 거칠게 뿌리친 후 엎어진 자라처럼 서실 구석까지 물러나 웅크렸다. 들릴 듯 말 듯 작은 소리로 뇌까렸다.

"차례차례 죽어 갔어……. 공석…… 덕천…… 청장관! 남은 사, 사람이라야 고작 셋이야. 공석이 죽을 때도 덕천

---

* 발을 달다. 끝난 말이나 이미 있는 말에 말을 덧붙이다.

이 죽을 때도 청장관이 죽을 때도……. 청전, 그대가 있었어. 다, 당신은 은주 낭자를 아끼니까…… 어쩜 둘이 짰을 수도 있지……. 다음 차롄…… 바로 나야. 앉아서 당할 순 없었어…….”

“무슨 소리야? 대체 무슨 소릴 하는 거야?”

숨이 막혔다.

어젯밤 나는 억권 홍인태가 조명수와 덕천과 이덕무를 죽이고 그 죄를 내게 뒤집어씌웠다고 확신했다. 그런데 홍인태는 오히려 나를 흉악한 살인마라고 단정했다. 자기 집 담장이 무너진 것이 상대방 집 쇠뿔 탓이라고 서로 믿은 셈이다. 그래서 내가 있는 곳을 의금부에 알리고 길흥수 패거리까지 끌어들여 만약의 상황에 대비했던 것이다.

“그렇다고 서찰을 조작해서 날 복대기 쳐?”

“아니야…… 조작한 적 없어. 그 서찰은…… 내가 받은 그대로야.”

홍인태의 멱살을 잡아 오둠지진상*을 했다.

“잘 들어. 홍인태! 내가 아니라 너라고. 공석과 덕천과 청장관까지 살해하고 그 죄를 내게 뒤집어씌운 건 바로 너야. 날 옭아매기 위해 있지도 않은 서찰을 만들어 의금부

---

* 상투나 멱살 따위를 잡고 번쩍 들어 올리는 짓.

에 건넨 거지. 함께 걸려들까 염려하여 '억권' 두 글자를 모두 잘라 내기까지 했다더군. 내 말이 맞지?"

"'억권'을…… 잘라 낸 건 맞아. 널 가둬야 하는데…… 네가 살인범이란 증거를 의금부에…… 내야 하는데…… 나까지 걸려들 필욘 없지……. 억권…… 그 두 자만 없애면 감쪽같으니까. 그 정도는 살인마를 고변한 자가 누릴 특권이지. 그게 다야. 살인마는 너야."

턱부터 후려쳤다. 나뒹굴었다가 일어서는 명치를 무릎으로 찍고 뒷덜미를 잡아 책장에 처박은 후 주먹을 내질러 코피를 내고 돌려차기로 옆구리를 갈겼다. 홍인태는 피투성이가 되어 큰대자로 뻗었는데, 나는 다시 그의 가슴을 힘껏 밟고 관자놀이를 두 번 걷어찬 다음 손에 잡히는 대로 서책들을 집어 찢고 던지고 침 뱉고 패대기쳤다.

왼눈은 퉁퉁 부어 아예 감겼고 숨이 가빠서 고개를 들지도 못하는 홍인태가 거북처럼 기어서 서안 아래 숨겨 둔 단도를 집어 내 발등을 찍었다. 나는 그의 뒷머리를 왼손으로 움켜쥐고 표창을 들어 코끝에 갖다 댔다. 그가 단도를 떨어뜨렸다.

"날…… 죽이러 온 게 맞아. 살인마는 너야 너!"

왼손을 놓자 그는 털썩 무릎을 꿇고 엎드려 내 발을 양손으로 감쌌다.

"살, 려, 줘! 죽고 싶지 않아……. 제발!"

홍인태를 데리고 입궐한다고 해도 살인마는 이명방이라고 계속 주장한다면 상황은 더욱 악화될 것이다. '열하광'에 속했다는 사실이 탑전에 알려지면 홍인태는 조금이라도 죄를 덜기 위해 명은주까지 고변할지도 모른다. 나는 누명을 빗지 못하고 명은주만 포박되어 끌려오는 일은 그야말로 최악이다.

홍인태!

정말 이자가 아니란 말인가. 이자가 아니면 누가 공석과 덕천과 청장관을 죽였는가. 또 누가 내게 누명을 뒤집어씌웠는가. 아니다. 홍인태의 말을 순순히 믿을 순 없지. 서실을 뒤지는 게다. 물증을 찾아야 해. 탑전에 끌려가서도 부인할 수 없는 결정적인 물증!

나는 홍인태를 구석으로 밀쳐 놓고 책장에 꽂힌 서책들을 집어 들기 시작했다. 처음에는 한 권씩 살피다가 점점 서책을 획획 등 뒤로 내던지며 나아갔다.

없었다! 어디에도 홍인태가 살인범이란 흔적은 없었다. 물증이 없으면 나는 목숨을 내놓아야 한다. 홍인태 이 사람 외엔 다른 대안을 고려하지 않았다. 나는 미로에 갇혔다. 옴치고 뛸 수도 없는, 출구가 사라진 길이다.

홍인태가 양손으로 머리를 감싸 쥐며 울부짖었다.

"그……만! 제발 그만해……. 내 서책들, 내 소중한 서책들한테…… 무, 무슨 짓이야?"

나는 손에 잡힌 책을 마저 내던진 후 성큼 뒤돌아 와서 홍인태의 턱에 표창을 갖다 댔다.

"네 서책은 소중하고 내 목숨은 하찮다는 말이야? 이깟 서책들이 다 뭔데…… 죽고 나면 이런 것들이 무슨 소용이 있다고."

나는 다시 왼손을 뻗어 책장에서 서책을 집었다. 대국의 매설집 『우초신지(虞初新志)』였다. 홍인태가 허리를 젖히며 양손으로 내 왼팔을 붙들었다. 표창끝에 턱을 찔려 피가 흘렀다.

"어, 이 손 놓지 못해? 죽고 싶어?"

홍인태가 팔에 더욱 힘을 주며 더듬거렸다.

"내 서책…… 내 서책…… 내 삶…… 내 몸……."

창날이 턱밑으로 파고들었다. '虞初新志' 네 글자 중에서 '虞'와 '初'가 핏물에 덮여 흐려졌다. 그 피를 보며 홍인태는 오히려 한 걸음 더 다가섰다. '新'과 '志'까지 젖어들면 목숨 줄이 끊어지고 말리라. '虞'에 핏방울이 떨어질 때 서책도 건네고 표창을 거뒀어야 옳았다. 사람 목숨을 소중히 여기는 것은 의금부 도사가 지켜야 할 가장 중요한 덕목이었다. 그렇지만 나는 팔을 빼지도 물러서지도 않았다.

홍인태의 광기에 전염된 탓일까. 이 사내의 목숨을 구하는 것보다 여기서 이 사내를 죽여 서책에 관한 순교자로 만드는 편이 낫지 않을까 하는 생각까지 들었다. 사악한 목소리가 내 오른팔을 자꾸 밀었다.

'찔러! 깊숙이, 한 번만 찌르면 돼. 그 후론 긴 평안이 찾아오지.'

눈을 감고 고개를 휘휘 저었다.

'안 돼. 지금 억권을 죽이면 나는 정말 살인자가 돼.'

목소리가 더 빠르고 굵어졌다.

'어차피 넌 누명을 벗을 수 없어. 억권이 척독을 의금부에 넘기는 바람에 함정에 빠진 거야. 네게 무슨 짓을 저질렀는지도 모르고 서책만 귀하다 여기는 꼴이 얄밉지도 않아? 창끝에 턱을 들이대는 저 모습을 봐. 찌를 테면 찔러 보라고 지금 널 위협하는 거야. 억권은 처음부터 널 싫어했어. 이게 다 널 싫어했기 때문에 벌어진 일이야. 확실히 보여 줘. 찔러!'

그 순간 방문이 부서질 듯 쾅 소리를 내며 열렸다. 내 눈을 의심했다.

"아니, 자네는…… 화광!"

개골산으로 갔던 화광 김진이 차렵두루마기 차림으로 서 있었다. 그는 나와 눈이 마주치자마자 황급히 뛰어와 표창부터 내려놓게 했다. 홍인태가 그 틈에 잽싸게 서책을 채갔다. 그리고 아기 어르듯 서책을 품에 안고 아랫목 구석에 쪼그려 앉았다.

"뭐야? 대체 왜 이러는 건가?"

동기협이 따라 들어와서 내게 물었다.

"이자가 친구 맞소? 꽃미치광이 친구가 있단 소린 들었지만……."

동기협이 뒤에서 김진의 왼 어깨를 잡아 꺾으려고 했다. 그 순간 김진이 두 발을 떼고 빙글 돌면서 그의 턱을 후려쳤다. 일격을 당한 동기협은 엉덩방아를 찧으며 저만치 나가떨어졌다.

"뭐엇!"

김진이 외치며 문지방을 넘었다. 영문도 모른 채 나도 김진을 따랐다. 거대한 폭음이 들린 것은 우리가 마당을 가로질러 낡은 절구통 뒤에 몸을 숨긴 직후였다. 서실 천장을 뚫고 솟구친 화염이 곧 건물 전체를 휘감았다. 홍인태와 동기협을 구하기 위해 일어서려는 내 어깨를 김진이 짚었다.

"늦었네. 자네와 억권이 있던 바로 그 방에서 폭약이 터진 걸세. 이미 몸은 산산조각이 났으이."

나는 고개 돌려 김진을 보고 물었다.

"이, 이게 어찌 된 일인가? 자넨 언제 왔어? 억권의 서실에 폭약이 있는 건 어찌 알았는가?"

김진이 대답 대신 빙긋 웃었다. 나는 주위를 둘러보며 다시 물었다.

"정만길은 어디 있나? 밖에서 기다리겠다고 했는데……."

김진은 내 이마에 묻은 돌가루를 털어 주며 답했다.

"내가 왔을 땐 한 사람뿐이었네. 아마도 두 사람 사이에 마음이 어긋났던 모양일세."

"그건 또 무슨 소린가? 하면 그들도 이 방에 폭약이 설치된 걸 알았단 말인가?"

"알았을 수도 있고 아닐 수도 있지. 하나 확실한 사실은 누군가 저 방에 폭약을 미리 숨겨 두었고 도사들에게 시켜 자네와 억권을 저 방에 들도록 한 걸세."

"아니야. 그럴 리 없어. 억권루에 닿기 전에는 그 누구에게도 홍인태를 진범이라고 믿는다는 뜻을 밝히지 않았으니까. 말도 하지 않았는데 내가 이리로 올 줄 어찌 미리 예측한단 말인가. 어림도 없는 일이지."

김진이 내 얼굴을 조용히 쳐다보다가 내 말을 받아쳤다.

"드물긴 해도 아주 가끔은 그런 일이 일어나기도 한다네."

15장

하늘을 보니 푸르고 푸른데 하늘 '천(天)'이란 글자는 왜 푸르지 않습니까?

— 박지원, 「창애에게 답함」

협무를 비롯한 광통교 거지패가 폭음을 듣고 우리를 구하기 위해 뛰어들어 왔다. 조금 더 머물면 좌우 포도청에서도 관원들이 몰려올 것이다. 사람들 눈에 띄어 좋을 까닭이 없었다.

협무를 따라 광통교 아래 쥐대기*로 지은 그들의 거처에 잠시 머물기로 했다. 평소라면 의금부 도사 체면에 거지 소굴까지 들어가는 것은 사양했겠지만 김진은 협무야말로 내 목숨의 은인이라며 팔을 잡아끌었다. 김진이 억권루 서실로 달려들기까지 과정을 소상히 알려 준다는 조건으로 나는 퀴퀴하고 더러운 다리 밑으로 들어갔다. 이 복

---

* 여기저기서 마구 모으는 일.

잡한 상황을 정리할 수만 있다면 무덤 속인들 대수랴.

소광통교 아래 움막은 의외로 따듯하고 아늑했다.

누비처네*며 덕석이며 수건 따위를 겹겹이 쌓고 돌로 고정시켜 바람이 들어오는 것을 막았으며 바닥에는 먹서리를 깔아 땅의 차가운 기운을 방비했다. 김진은 협무에게 문방사우를 청하여 간략한 척독을 한 장 써서 거지 소년에게 건넸다. 소년은 꾸벅 절을 한 후 맨발로 뛰어나갔다.

마침 점심때인지라 이것저것 나물과 밥을 뒤범벅으로 섞은 바가지 셋이 들어왔다. 생선 머리도 있고 살점이 거의 없는 돼지뼈도 보였다. 썩은 내가 콧속으로 밀려들었다. 나는 얼굴을 찌푸리며 배가 고프지 않다고 했지만 김진은 협무가 내민 박달나무를 깎아 만든 숟가락으로 양볼 가득 음식을 퍼 넣었다.

"정말 끼니를 건너뛰어도 되겠는가? 어젯밤부터 줄곧 굶었을 텐데…… 장정들하고 제법 크게 싸움판도 벌였을 테고……"

몹시 배가 고팠다. 그러나 가을에는 이 집에서 얻고 겨울에는 저 집에서 훔친 바가지 밥을 먹기는 싫었다.

"아닙니다. 저는 일을 할 땐 차라리 굶는 편입니다. 배가

---

* 누벼서 만든 처네. 처네는 이불 밑에 덧덮는 얇고 작은 이불.

부르면 머리가 잘 돌아가지 않거든요."

뻔한 거짓말인데도 김진은 모른 체하고 바가지를 벅벅 긁어 먹은 다음 물을 담아 단숨에 비웠다. 협무는 그런 김진이 미더운지 만수받이[*]처럼 넉넉한 웃음과 함께 농담을 걸었다.

"광통교 거지 왕초보다도 더 바가지 밥을 맛나게 먹는군."

김진이 웃으며 받았다.

"개골산을 떠돌면서 협무 형님 흉내를 냈습니다. 시를 원하면 시를 지어 주고 노래를 원하면 실솔곡(蟋蟀曲)을 불러 주고 춤을 원하면 학무(鶴舞)를 춰 보인 후 한 끼를 때웠답니다."

"몸을 원하면 육보시까지 하였는가?"

"못 할 일도 없지요."

마음이 급해졌다. 홍인태까지 폭사했으니 이제 어디서 범인을 찾는단 말인가.

"내가 억권루에 있는 건 어찌 알았어?"

"개골산 구경을 마치고 황해도로 가서 백화암(百花菴)에

---

[*] 아주 귀찮게 구는 말이나 행동을 싫증내지 않고 잘 받아 주는 일. 또는 그런 사람.

들렀네. 꽃들이 나를 민주고주*로 여기기에 상경하여 어제 점심 즈음에 대묘동으로 갔다네. 도성으로 돌아왔으니 청장관께 인사를 먼저 드리는 것이 당연한 도리지. 청장관 댁에 도착하기 전, 근처 골목에서 울고 있는 은주 낭자를 만났지. 낭자는 왜 이리 소식도 않고 늦게 나타났느냐며, 청장관께서 진시에 돌아가셨다고 했으이. 참으로 큰 충격이었어. 올해 춘추 쉰셋. 한창 일할 나이인데 이렇듯 허망하게 가시다니, 삶의 무상함이 참으로 지독하더군. 한데 곧 이상한 느낌을 받았다네. 상을 당했다면 당연히 청장관 댁 부엌에서 이런저런 음식을 장만하며 슬픔도 잊을 만큼 바빠야 할 낭자가 멀리 청장관 댁이 보이는 골목에, 그것도 주위를 자꾸 살피며 겁먹은 표정으로 서서 울고 있었으니까. 무슨 일이 있느냐 물었지. 낭자는 울음을 삼키며 방금 의금부에서 낭자를 잡으러 도사 하나와 나장 다섯이 다녀갔다더군. 겨우 청장관 댁을 나와서 필동으로 갔지만 청전 자네가 괴한들에게 납치되다시피 끌려갔다는 소식만 들었다고 했어."

"무사한가?"

필동 명은주의 거처에서 내가 붙잡혔으니, 의금부 관원들

---

* 지긋지긋하도록 귀찮은 일.

이 그녀를 찾기 위해 백방으로 돌아다니는 것은 당연하다.

"걱정 말게. 낭자는 안전하다네."

"하면 그동안 벌어진 기막힌 살인 사건에 대해서는 대략 들었겠군."

"그렇다네. 금강산으로 떠날 때는 공석과 덕천 그리고 청장관과 이별주를 마셨는데, 개골산에서 돌아와 보니 셋다 이승을 떠났네그려. 그때 자넨 그 시주회(詩酒會)도 급히 붙잡을 범인이 있다며 빠졌었지?"

나는 문득 궁금해졌다.

"자네도 은주와 나 사이를 알고 있었는가?"

"당연하지."

"어떻게? 우리 둘이 만나는 걸 보기라도 했어?"

"꼭 봐야 아는 건가. 청전 자네 시 쓰는 솜씨가 이 년 전부터 무척 달라졌다는 걸 모르나?"

"달라지다니?"

"예전엔 석별의 아쉬움을 노래하는 시가 대부분이었는데, 그즈음부턴 가까이 두고도 더 잘해 주지 못하는 미안함과 그리움이 묻어났네. 아예 시 안에서 여인의 목소리로 울고 웃고 걷고 누운 적도 많았지. 낭자의 심정을 헤아리고 싶었는지도 모르겠으이. '나는 몰랐네. 그대 없는 밤이 이다지 긴 줄을, 그대 곁에 머무는 낮이 이다지 뜨거운 줄을.' 이렇게 시마다 가득 적어 놓았는데 어찌 모를 수 있겠는가. 돌아오는 봄쯤이면 자네와 은주 낭자가 혼인하리라고 예측했다네."

"오호, 드디어 청전도 장가를 가게 되는가?"

협무가 앞뒤 가리지 않고 끼어들었다.

하루 안에 진범을 잡지 못하면 내 인생은 끝이다. 봄도 없고 결혼도 없다.

"무슨 말을 들었는지 모르겠지만 난 그들을 죽이지 않았네."

자초지종을 이야기할 힘도 없었다.

"낭자도 강조하더군. 자네가 덕천 대사와 두미포에 있었다고 우기는 게 이상하긴 해도, 살인을 저지를 사람은 아니라고 말일세."

"난 분명히 두미포에서 덕천 대사와 헤어졌으이."

다시 가슴이 답답해졌다.

"그 문제는 천천히 따지도록 하고! 나는 의금부에 아는 이들을 통해 자네가 어디로 끌려갔는지 알아보려고 애썼네. 의금옥에는 없더군. 정만길과 동기협. 자네를 믿고 따르던 젊은 의금부 도사 둘도 행방이 묘연했어. 의금부 관원들이 종종 은밀히 이용하는 집으로 끌려간 게지."

의금부에서 몰래 쓰는 집이 도성만 해도 네 채다.

"계속하게."

"낭자의 설명대로라면, 청전 자넨 완전히 궁지로 몰렸네. 공석은 그렇다 쳐도 덕천 대사나 청장관을 살해한 혐의는 벗기 힘들겠더군. 저들은 돌림매*를 칠 테고 자넨 끝까지 버티겠지. 마음이 급했다네. 날이 밝기도 전에 형신을 이기지 못하고 자넬 잃지나 않을까 두려웠네. 사람을 풀어 자넬 찾기로 했지."

김진이 고개를 돌리자 협무가 이야기를 이어받았다.

"그때 난 대취하여 쓰러져 자고 있었다네. 한참 무하향(無何鄕, 이상향, 유토피아)에서 선녀들이랑 노는데, 화광이 도움을 청한다지 않는가. 뭔지는 모르지만 화광은 우리 식구나 마찬가지니 무조건 도와주겠다고 했지."

다시 김진이 날 보며 말했다.

"한양을 구석구석 빠르게 훑는 솜씨야 광통교 거지패가 최고지. 밤새 뒤졌는데도 성과가 없었네. 한데 아침에 협무 형님께서 연통을 주셨다네. 자네가 멀쩡하게 운종가를 걸어가다가 광통교 거지 소년을 붙들고 야뇌 형님 운운했다고 말일세."

이번에는 내가 맞장구를 쳤다.

---

* 한 사람을 여러 사람이 돌아가며 때리는 매.

"시끄럽게 춤추고 노래하는 솜씨는 광통교 거지패가 최고니까."

김진이 협무에게 농담을 걸었다.

"형님은 좋겠우. 한양에서 으뜸으로 잘하는 것도 많으니."

협무가 웃으며 맞장구를 쳤다.

"그럼, 좋고말고."

"청전 자넨 협무 형님께 거지패를 모두 데리고 억권루로 와 달라고 청했지."

"맞네. 담벼락 안에서 나는 시끄러운 소리를 왕방울 통 노구 가시는 소리*로 막을 작정이었다네. 협무 형님밖엔 그 일을 할 사람이 없더군."

"자네가 억권루로 향했다는 연통을 받는 순간 나는 읽고 있던 『분서(焚書)』**를 놓쳐 버렸다네. 그리고 미친 듯이 달렸지. 억권루 서실에서 자네가 죽는 걸 막아야 했으니까."

"자, 자, 잠깐."

나는 김진의 말을 끊었다.

"억권루로 가고 있다는 소식만 듣고 내가 죽을 수도 있다고 추측했다고?"

---

* 쇠로 만든 솥을 왕방울로 가실 때처럼 왁자지껄하게 떠드는 소리를 비유적으로 이르는 말.
** 명나라 학자 이지(1521~1602)의 저서. 호는 탁오(卓吾).

협무가 나를 거들었다.

"나도 그게 이상하게 들리는군. 화광 자네가 종종 미래를 맞히는 경우를 보아 왔네만 이번엔 너무 심해. 개골산에서 온 지 하루밖에 안 된 사람이 억권루에 폭약이 묻혀 있는 걸 어찌 아누?"

김진이 양손을 비비며 협무에게 청했다.

"형님! 이야기만 계속하니 목이 텁텁한데요. 시원한 남령초 한 모금 들이켰으면 합니다만……."

협무가 김진의 어깨를 힘껏 치며 웃었다.

"역시 자넨 언제 원하는 걸 얻어야 하는지 아는 사람일세. 이렇듯 궁금하게 만들어 놓았으니 남령초 아니라 금덩이라도 내놓아야지."

협무는 손뼉을 쳐 거지 소년을 하나 불러들였다. 소년이 가져온 담배를 한 모금 피운 후 그 맛에 만족한 듯 김진은 고개를 끄덕였다.

"자자, 이제 소원 들어줬으니 계속해."

협무가 재촉했다.

"간단한 겁니다. 지금까지 전체 상황을 보면, 다시 한 번 강조하지요. 청전이 살인을 저지르지 않았다는 것을 전제로 한다면, 그동안 일은 청전에게 살인 누명을 씌우는 쪽으로 진행되었습니다. 그들은 공석을 죽이고 덕천 대사를 죽였습니다. 청전이 다녀간 다음 청장관의 서실에 독이 든 환약을 두었지요. 그들은 처음부터 억권 홍인태가 독회 광인임을 알고 있었습니다. 공석을 죽인 자들과 청전에게 누명을 씌우려는 자들이 동일범이라면, 억권루 앞에서 청전과 난투극을 벌인 자들 역시 같은 자들이기 때문이죠. 결론부터 당겨 말하자면 저들은 억권루에 폭약을 묻어 놓고 청전이 그곳으로 가도록 유도한 겁니다.”

나는 즉시 반박했다.

“아니야. 그럴 리 없어. 억권에게 간 건 어디까지나 내 뜻이었어.”

김진이 흥미롭다는 듯 허리를 젖히며 두 팔을 깍지 껴 뒷머리에 댄 채 나를 쳐다보았다.

“왜 자네는 억권루로 가려고 했나?”

“그야 억권이 내게 누명을 씌웠다고 생각했기 때문이지. 북한산에서 덕천이 썼다는 척독은 분명 거짓일세. 나와 덕천은 그즈음 북한산에 간 적이 없어.”

김진은 내 감정이 가라앉을 때까지 기다렸다가 능쳤다.

“억권이 자네가 필동 은주 낭자 집에 있다고 고변한 것이나 척독에서 자기 이름만 지우고 의금부에 보낸 건 친구로선 정말 할 짓이 아닐세. 하나 그런 일들을 했다고 억권이 곧바로 공석과 덕천 대사와 청장관을 죽인 살인마가 될

순 없지."

"무슨 소린가? 살인마가 아니라면 왜 내게 죄를 뒤집어
씌우고, 왜 내가 있는 곳을 고자질한단 말인가?"

"두려움 탓이지."

김진이 짧지만 단호하게 말했다.

"두려움이라고 그랬나?"

"그래. '열하광' 광인은 여섯인데 그중 셋이 의문의 죽음
을 당했어. 다음 차례는 내가 아닐까. 억권도 청전 자네도
또 은주 낭자도 겁을 먹었던 걸세. 아닌가?"

역시 김진의 예리함은 녹슬지 않았다.

"그런 생각을 하긴 했지."

"'열하광' 밖에 있는 사람의 소행으로 보기에는 어색한
부분이 많아. 억권루에 모인다는 걸 저들이 알았다는 사실
부터가 수상하지. 청장관 댁 서실을 드나들 뿐만 아니라 백
탑 서생들이 건천동에서 환을 구해 먹는다는 것까지 아는
자라네. 셋은 이미 죽었으니 이제 남은 사람은 셋이네. 억권
이 보기엔 청전 자네가 가장 의심스러웠을 걸세. 덕천 대사
를 마지막으로 본 게 자네인데도 그 장소를 가리산지리산*
하고 또 청장관 댁에 마지막으로 병문안을 간 사람도 자네

---

* 이야기나 일이 질서가 없어 갈피를 잡지 못하는 것을 이르는 말.

니까. 결국 억권은 자넬 고변하여 자기 목숨을 구하는 쪽을 택했네. 은주 낭자도 혹시 내통했을지 모르니 둘이 함께 있을 때 잡혀가면 금상첨화였겠지.”

거기까진 나도 예상할 수 있었다. 물론 억권이 살인마가 아니라는 전제가 필요하겠지만.

“자넨 억권이 범인이라고 생각하고 억권은 자네가 범인이라고 단정 짓는군. 여기서부터가 중요한데, 내 생각엔 저들이 억권과 자네가 서로를 의심하도록 꾸민 것 같아.”

“저들? 저들이 도대체 누구이고 또 뭘 꾸민단 거야? 다시 한 번 말해 두는데 그날 내가 금상께 독대를 청하지 않았다면 저들은 날 죽였을 거야.”

“아니지. 그게 그렇게 간단하지 않네. 우선 저들은 자네가 형신에 못 이겨 죽는 걸 원치 않아. 자백도 없이 자네가 절명하면 금상께선 당연히 이 일을 쉽게 납득하지 않으실 테니까.”

“독대를 청한 건 나였다니까.”

다시 한 번 강조했다. 김진이 담배를 깊게 들이마신 후 천천히 내뱉었다.

“그래 분명 자네가 독대를 청했겠지. 하지만 저들이 자네가 독대를 청하도록 만들었을 수도 있으이. 억권이 범인이란 확신을 자네에게 심어 주었으리라고 보네. 혹시 자네와 덕천 대사가 북한산에 있었다는 결정적인 문서가 있다며 떠보지 않던가?"

형신을 하던 방에 와 본 것처럼 물었다.

"그랬네. 하나 그거야 내가 어리석은 동기협을 이리저리 흔들어 얻어 낸……."

"동 도사는 어리서을지 모르나 저들은 영악하기가 여우보다 더하다네. 청전 자넨 억권에 대한 배신감과 분노 때문에 마음이 더 급해졌지. 억권만 잡으면 모든 누명이 벗겨진다고 쉽게 여긴 게야. 그래서 독대를 청했겠지."

협무가 얼굴을 찡그렸다.

"머리 아파. 세상을 뭐 그리 복잡하게 사누. 실국수든 메밀국수든 끼니 잇고 잠 편히 자면 그만인 것을."

"물증은 없지만…… 화광 자네 추측이 옳다고 해 두세. 난 탑전에 나아가서 간곡히 청한 끝에 겨우 하루 말미를 얻었지. 그리고 억권을 만나러 간 거고. 한데 왜 저들은 폭약을 묻어 둔 걸까?"

"동기협과 정만길부터 보세나. 저들은 젊은 도사들을 죽일 생각이 없었어. 다만 억권과 자네가 화약을 감춘 방에 얌전히 들어가기까지 그들을 붙여 둔 걸세."

"동기협과 정만길도 자네가 주장하는 소위 '저들'에 속하는가?"

"그럴 수도 있고 아닐 수도 있지. 그건 좀 더 상황을 지켜봐야 알 듯하이. 하여튼 내가 방으로 뛰어들지 않고 폭약이 터졌다면?"

"억권과 내가 폭사했겠지."

"저들은 이 일을 탑전에 어찌 아뢰겠나?"

전율이 등줄기를 타고 머리끝까지 올라왔다.

"『열하』와 같은 서책을 탐독한 결과라고 하겠군. 서로 무례를 범하다가 결국 의금부 도사 이명방이 앙심을 품어 차례차례 살인을 저지르고 마지막으로 자폭하였다 아뢰면 사건 끝이겠군."

얼굴 하나가 또렷하게 떠올랐다. 정말 그 사람일까. '열화광'의 모든 문제를 함께 의논했던, 내 마음과 몸까지 모두 가져간, 아! 정녕 그이인가. 등잔 밑이 어두운 법이라더니.

협무가 말했다.

"이런 소리 해서 되는지 모르겠지만…… 정말 뒤처리가 멋지고 깔끔해."

"멋지고 깔끔하죠."

김진이 다시 한 번 저들이 원했던 결말을 반복했다.

"하면 화광 자네가 말하는 저들이란 누군가? 이 도사에게 형신을 명한 의금부 당상들인가? 백탑 아래 노니는 서생들을 미워하는 자들 말이야."

"물증이 없습니다. 연루되었다고 해도 직접 살인을 저지르지는 않았습니다. 살인범을 잡아야 동조자들도 확실히 책임을 물을 수 있습니다. 그나저나 상황은 우리에게 유리하게 돌아가고 있습니다."

"그건 또 무슨 소리인가? 억권이 죽어 버렸으니 청전의 회망도 사라진 게 아닌가?"

"억권까지 살았다면 더 좋았겠지만 그땐 자초지종을 설명할 겨를이 없었습니다. 지금쯤이면 저들이 와서 억권루의 무너지고 불타 버린 서실을 살피고 있겠네요. 산산조각나고 그을린 시체 두 구를 꺼내 놓고 안도할 겁니다. 억권과 청전이 폭사했다 믿겠지요."

협무가 물었다.

"문밖에서 억권과 청전을 지키던 동 도사의 행방도 묘연하지 않은가? 하면 그 시신 중 하나를 동 도사의 것으로 의심할 만도 하네."

김진이 구석으로 밀쳐 둔 문방사우를 미소 띤 얼굴로 쳐다보았다.

"동기협은 살아 있다고 생각할 겁니다. 방금 전에 동기협과 절친한 정만길에게 척독을 보냈거든요. 딱 한 줄만 썼습니다. '몇 가지 의심 가는 일이 있어 움직이네.' 이렇게 말입니다."

나는 더 이상 참지 못하고 벌떡 일어섰다. 협무와 김진도 따라 일어섰다. 김진을 노려보며 말했다.

"앞장서게."

협무가 내 팔을 붙들었다.

"청전 이 사람, 갑자기 왜 이러나. 좀 더 의논을 하고 움직여도 움직여야지……. 진범이 누군지도 모르는 판에……."

"살인마가 누군지 알았습니다. 화광 자넨 벌써 알고 있었지?"

김진이 협무에게 읍을 한 후 뒤돌아서서 움막을 나왔다. 인창방을 왼쪽으로 끼고 안암으로 접어들 때까지 앞서 걷는 그도 뒤따르는 나도 말이 없었다.

16장

나는 근일에 신하들이 서양 학설을 애써 배척하는 것을 보고 정성으로 정학을 밝히는 것이 이단을 물리치는 근본이 된다고 여기고 있다. 또한 일찍이 명나라 말기, 청나라 초년의 서책에 대하여 정학을 거칠게 하는 것이라고 하였다. 저들 속학의 포복하면서도 수치를 모르는 것이 어찌 다만 지식이 모자라고 견해가 비속하기 때문이겠는가.

— 정조, 『책문』, 「속학(俗學)」

마지막까지 살아남는 것 자체가 무엇인가를 증명한다는 말은 정녕 옳다.

사모하는 마음이 의심의 눈을 가렸을까. 그 속삭임 그 웃음 그 손짓과 발짓 그 다정한 눈빛에서 어찌 살기(殺氣)를 느낄 수 있으리.

슬픔과 분노와 안타까움이 뒤섞였다. 그녀가 아니라고, 그럴 리가 없다고 부인하고 싶었지만, 한번 시작된 의심은 망설이고 주저할 겨를도 없이 눈덩이처럼 커졌다.

'열하광'에 참여한 여섯 광인 중에서, 저들의 의도대로 홍인태와 내가 억권루에서 폭사했다면 살아남는 이는 명은주뿐이다.

기억을 더듬으니 의심 가는 대목이 한두 군데가 아니다.

청장관 댁에서 발견된 독약이 든 환부터 따져 보자. 나는 그 밤 청장관 댁에 병문안을 다녀온 후 필동으로 가서 명은주와 동침했다. 그리고 건천동에서 사온 청심환으로 응급 조치를 하여 이덕무의 목숨을 건지긴 했지만, 말문을 닫아 버렸으니 곧 큰 불행이 현실로 바뀌리라는 걱정도 함께했다. 그 밤 꽃 본 나비 물 본 기러기처럼 운우지락을 나누자고 옷고름을 스스로 푼 것도 이상했다. 스승이자 부모와 다를 바 없는 청장관이 위독한데 어찌 합방을 자청한단 말인가. 나를 안심시켜 편히 재우려는 수작이었는지도 모른다. 다음 날 새벽 명은주는 대묘동으로 갔다. 이덕무의 죽음이 임박한 상황에서 독약이 든 환을 서실에 몰래 갖다 놓을 기회는 얼마든지 있었다.

일련의 사건이 시작된 억권루 그 골목으로 장정들이 몰려든 것도 따지고 보면 그녀 때문이다. 애초 그녀가 미행을 당하지 않았다면 내가 장정들과 싸우지도 않았으리라. 만약 그녀가 저들과 짜고 장정들을 일부러 내가 있는 곳으로 데려왔다면?

명은주는 덕천이 새벽에 필동으로 찾아왔다는 사실 자체를 부인하지 않았던가. 분명히 종소리를 듣고 자기 발로 나가서 문을 열어 주었는데도 덕천을 본 적이 없다 발뺌했다. 있을 수 없는 일이다. 또한 덕천과 두미포에서 헤어졌다는 내 말을 처음부터 의심한 것도 그녀다. 청장관 댁 하인이 두미포에 다녀와서 그런 밀주집이 없다고 아뢰었을 때, 명은주는 왜 거짓말을 하느냐고 나를 질책했다.

안의현에서의 만남도 꾸민 일이 아니었을까. 내가 부여현에 들른 후 영원히 잠적할 것을 막기 위해 내려왔던 것은 아닐까. 공작관에 홀로 머문 것도 의심스럽다. 물론 나는 이 사건을 해결하지 않은 채 숨어 지낼 뜻이 없었지만, 그녀를 안의현에서 만난 후 더더욱 한양으로 돌아가고픈 마음이 커졌다.

억권 홍인태에게 내가 곧 한양으로 돌아올 것이라고 귀띔한 것도 명은주다. 홍인태는 그녀의 말을 듣고 필동에 사람을 붙여 감시하게 했으며 결국 나를 고변했다.

내게 홍인태를 의심하도록 부추긴 것도 명은주다. 덕천에게서 억권루로 척독이 왔으며 그 내용은 이러이러하다고 알려 주지 않았던가. 그때부터 나는 홍인태가 척독을 조작하여 만들었다고 추측하기 시작했다.

내가 조명수와 덕천과 이덕무와 홍인태를, 그들의 죽음 직전에 만난 것이 이상하다면, 그 자리에 명은주가 동석한 적이 없다는 것 역시 이상한 일이다. 그녀는 죽음으로부터 가장 멀리 떨어져 있었기에 의심을 사지 않았다. 길을 걷는 내내 명은주가 내게 들려준 이야기들이 머릿속을 맴돌았다.

'개인적으로 고르라면 토끼털 붓을 가장 좋아해요. 천자 (天子)니 조원(朝元)이니 금마(金馬)니 옥당(玉堂)이니, 갖가지 이름을 붓에 붙이기도 하지만, 그렇게까지 멋을 낼 생각은 없고요. 그냥 토끼털이면 돼요. 아, 얼마나 가벼운지 먹을 묻혀 손에 쥐어도 들었는지 아닌지도 모를 정도랍니다. 한 올 한 올 가려 묶을 때면 들판을 즐겁게 달리는 토끼가 떠올라요. 이 붓을 쓰는 사람도 그 토끼처럼 서책의 벌판을 자유롭게 뛰놀았으면 좋겠어요.'

'열하 서쪽에는 무엇이 있을까요. 연암 선생이 생생하게 그려 내신 라마승을 상상하자면, 그 서쪽 나라엔 우리가 상상할 수 없는 사람들이 상상할 수 없는 방식으로 살 것 같아요. 『산해경』이나 『신이경』을 읽었죠. 하나 그렇게 상상으로 떠나는 여행 말고 정말 그 아득한 나라들을 둘러볼 기회는 정녕 없을까요. 꼭 한 번 같이 가요. 늙어 병들면 가고 싶어도 여행하기 힘드니까요. 마흔을 넘기지 마요. 아니 내년 겨울쯤 가는 건 어때요. 난 준비가 다 끝났으니, 당신만 결정하면 돼요. 아셨죠?'

'서녀도 옛날엔 정실 부인이 될 수 있었대요. 불과 삼백 년 전 일이거든요. 적자와 서자가 다르고 서자와 서녀는 또 달라요. 서자들은, 백탑 서생을 보면 알 수 있겠지만, 서로 어울려 한 목소리를 낼 기회라도 있잖아요. 연암 선생

이나 담헌 선생처럼 적서 차별을 없애야 한다고 힘을 실어
주시는 분도 있고요. 하나 서녀들은 말하는 벙어리요 눈뜬
장님처럼 살아야 하죠. 조심조심 예법을 지켜 평생을 지내
도 서녀치고는 품행이 방정했다는 평이나 듣는 게 전부죠.
차라리 중인 집안에서 태어나는 게 나을 뻔했어요.'

'사검서의 시야 팔팔 살아 움직이죠. 그 시들에는 바로
지금 여기의 풍광과 느낌이 생생해요. 오늘 아침 둘러본
한양의 모습이 그득그득 담겼으니까요. 구태여 대국의 어
느 시절 도읍지와 비교하는 짓 따윈 안 하죠. 나라가 다르
고 시절이 다르면 삶이 다른 것 또한 당연하니까요. 나는
그런 시를 짓고 싶고 그런 삶을 살고 싶어요. 어제나 내일
을 위해 살긴 삶이 너무 짧잖아요. 모르겠어요. 하여튼 난
사검서의 시들이 제일 좋아요.'

'왜 책을 좋아하느냐고요? 처음엔 책을 좋아한 게 아
니라 세상이 싫었어요. 답답해서, 나를 둘러싼 모든 것들
이 너무 싫어서 도망치듯 책을 읽었죠. 책 안에서는 누구
도 나를 서녀라고 차별하지 않았으니까요. 가끔 신분을 따
지는 사람을 만나더라도 간단히 무시하면 그만이죠. 어차
피 책이니까. 그러다가 『열하』를 읽었죠. 이 책은 도피처로
도 훌륭하지만 답답함을 지울 방법을 가르쳐 줬어요. 간단
해요. 답답한 것들 앞에 서서 그것들이 얼마나 답답한가를

꼼꼼히 담는 거죠. 그리고 그 글을 답답한 것들에게 보여 주는 거예요. 통쾌한 웃음이 절로 나온답니다.'

꼬불꼬불한 산길로 접어들었다. 자칫 길을 잘못 들면 낭떠러지를 만나 목숨을 잃는다. 오죽하면 '안암 낙석(落石) 신세'라는 말까지 나왔겠는가.

"그쪽이 아닐세."

"무슨 딴생각을 그리 해? 십 보만 가면 낭떠러지야."

"벌써 잊었는가? 지난번에도 그 길로 잘못 들어갔다가 고사(枯死)한 나무 틈에 발목이 끼어 고생했지 않은가?"

세 번 지적한 후에도 내가 옆길로 들어서려 하자, 김진이 나를 제치고 앞장섰다.

"내 발만 보고 따르게."

김진의 진둥걸음은 보폭이 좁은 대신 내딛는 속도가 무척 빨랐다. 울퉁불퉁한 돌길이나 크고 작은 나뭇가지가 여기저기 흩어진 샛길에서도 평평한 부분만 찾아 정확히 디디며 나아갔다. 김진이 형신으로 몸이 불편한 나를 위해 걸음을 늦춰 주었지만 나는 자꾸만 넘어지고 비틀거렸다. 길이 험난했다기보다는 명은주와 관련된 마지막 물음이 마음을 흔든 탓이다.

처음부터 전부 거짓이었을까?

나를 사모한다는 말, 내 몸에 자기 몸을 비비며 부딪치며 때론 만지며 공감했던 감정들 모두 나를 이용하기 위한 철저한 포석이었을까. 그녀가 진범이라면 내 사랑은 버텨 낼 힘이 없다. 한데 그녀는 왜 '열하광'에 참가한 이들을 전부 죽이려고 한 걸까. 아무리 따져 보아도 조명수와 덕천 대사와 홍인태와 이덕무와 나 사이를 묶어 주는 공통점은 『열하』뿐이다. 그 서책과 살의(殺意)가 어떤 연관이 있는지 정말 모를 일이다. 명은주가 속삭인 뜨거운 밀어들이 걸음걸음 깔렸다.

'입맞춤할 땐 등도 함께 어루만져 줘요. 난 당신이 내 등을 둥글게 손바닥으로 돌리며 이곳저곳 살피는 것이 좋아요. 내가 어렸을 때 어머니가 항상 내 등을 토닥이며 재우셨대요. 당신과 처음 운우지락을 이룬 밤, 기억하기 힘들지도 모르겠지만, 그때도 당신은 내 등을 어루만졌답니다. 그 덕분에 떨리던 마음이 많이 가라앉았어요.'

'화광과 친한 건 사실이죠. 당신도 알다시피 화광은 배움이 깊고 넓어 곁에 머무르기만 해도 많은 도움을 받으니까요. 하지만 그와는 그냥 벗일 뿐이랍니다. 이렇게 손 잡고 싶고 이렇게 품에 안기고 싶고 이렇게 입 맞추고 싶은 사람은 당신뿐이에요. 내 발가락이 유난히 길다는 것을 아는 이도 당신이고 내 팔꿈치 살이 닭 벼슬처럼 오돌토돌하다는 것을 아는 이도 당신이며 내 귀밑머리가 제일 예민하

다는 것을 아는 이도 당신이니까요.'

'말하고 싶어요. 당신이 내 몸을 만질 때, 언제 좋고 언제 나쁜지를, 어디서 가장 놀랍고 어디는 그냥 지나쳐도 상관없는지를. 당신에게서 듣고 싶어요. 내가 당신 몸을 만질 때, 당신은 어떤 강을 건너고 어떤 언덕에 오르며 어떤 나무에 매달리고 어떤 구름을 바라보며 미소 짓는지를. 몸과 몸의 사귐이 지극하기 위해서는 내 몸에 대한 당신의 말과 당신 몸에 대한 내 말도 서로 섞여야 하죠. 시가 지극한 자연스러움을 추구한다 했을 때, 몸에 대한 말보다 더 자연스러운 것이 있을까요. 순간순간 유일하며 순간순간 전부로 빛나는 말들! 아름답죠, 정말.'

참나무 숲을 지나니 너럭바위가 나왔다. 이곳이 바로 김진의 이유(二酉)*였다. 바위 아래 움집을 김진이 열고 들어갔다. 바깥에서 보기에는 무척 작고 볼품없지만 안은 높고 넓었다. 겨울에도 얼음이 얼지 않았고 여름에도 땀이 흐르지 않았다. 이덕무에 따르면 책벌레가 슬지 않고 종이가 낡아 가는 것을 막기에 가장 적당한 온도라고 했다.

입구에 깔린 양탄자를 급히 밟으며 들어갔다. 고래 기름

---

* 중국 호남성에 있는 대유산(大酉山)과 소유산(小酉山)을 가리킨다. 두 산 아래 바위굴에 책이 천여 권이나 있었다.

을 붓고 등심(燈心)으로 심지를 세운 등잔이 은은한 빛으로 손님을 맞아 주었다. 만여 권의 서책이 사방 벽을 가득 채웠다. 그사이 책이 더 늘어난 듯했다.

"은주는 어디 있는가? 벌써 달아난 것 아니야?"

김진이 부엌에서 가져온 냉수를 건네며 말했다.

"주욱 한 잔 마시게. 이제부터 진짜 등산을 시작할 셀세."

"등산이라니?"

"내가 말하지 않았던가. 이 집이 너무 좁아 따로 상운루(上雲樓)라는 서실을 하나 더 마련해 두었다고 말일세. 규장각에서 일하는 동안 수십 명이 여기를 다녀갔다네. 낭자를 철저하게 숨기기 위해선 그곳이 낫겠다 싶었지. 상운루를 아는 이라곤 '열하광'에 참가한 이들이 전불세."

"얼마나 먼가?"

"오백 보 정도! 중간에 험한 계곡이 하나 있다네. 해가 지기 전엔 닿을 걸세."

단숨에 냉수를 비우고 움집을 나섰다.

물이 마른 가파른 계곡을 김진을 따라 엉금엉금 기어올랐다. 양손을 앞발처럼 땅에 붙이고 나아가는 모습이 연경에서 마술사들이 부린다는 원숭이와 다를 바 없었다. 손톱이 망가지는 것도 잊고 굴러떨어지지 않기 위해 튀어나온 돌과 움푹 들어간 홈들을 찾느라 바빴다. 두 사람이 나란히 기어오르게 되었을 때 김진이 한마디 던졌다.

"은주 낭자는 범인이 아닐세."

고개를 돌려 김진을 쳐다보았다. 김진은 앞만 보며 다시 강조했다.

"청전 자네가 혹시 상운루에 닿자마자 낭자를 공박할까 싶어 일러두는 것이네. 낭자에 대한 의심은 거두게."

이번에는 김진의 독심술이 반갑지 않았다. 명은주가 아니면 누구란 말인가. 김진도 범인이 '열하광' 안에 있다고 하지 않았는가. 이제 마지막 남은 이는 명은주와 나뿐이다. 은주가 아니라면 내가 범인이란 말인가.

"이번만은 화광 자네 뜻을 따를 수 없네. 은주를 만나면 단단히 따질 작정일세."

"가장 의심스러운 일이 뭔가?"

"공석의 시신으로 추정되는 사체가 서빙고 강가에 떠올랐다는 소식을 가지고 덕천 대사가 필동으로 왔었네. 쪽문과 연결된 종소리를 듣고 은주가 직접 나가서 맞이했네. 한데 그런 적이 없다고 시치미를 뚝 떼더군. 딴 건 다 이해한다고 쳐도 이것만은 납득하기 힘들어. 무엇 때문에 덕천 대사가 필동으로 왔다는 사실을 숨기려는 걸까?"

"종소리가 여전히 맑던가?"

그 종을 달아 준 이가 바로 김진이다.

"그래. 단잠을 앗아 갈 만큼 확실히! 자넨 은주가 왜 그 사실을 숨겼다고 보나?"

"자네도 알다시피 은주 낭자는 뭘 계산해서 숨길 사람이 아니지. 덕천 대사를 보지 못했다면 정말 보지 못한 것이야. 난 그게 진실이라고 믿네."

"하면 지금 내가 거짓을 말한다 이건가? 그 밤에 넉천 대사와 내가 필동에서 만난 적이 없다고?"

"아니지. 청전 자네 역시 거짓말은 죽기보다 싫어하는 위인일세. 선의의 거짓말을 할 때도 거짓말을 하고 있단 표시가 얼굴에 선명히 드러날 정도니까. 자네가 필동에서 덕천을 만난 것도 사실일 걸세."

"대사를 보지 못했다는 은주 말도 믿고 대사를 보았다는 내 말도 믿는다? 그런 엉터리가 어디 있는가?"

"그런 물음도 나올 법하군."

김진은 더 이상 답을 않고 날다람쥐처럼 계곡을 올랐다. 계곡의 밤은 평지보다 훨씬 빨랐다. 능선을 따라 걷는 산길은 경사가 거의 없어 부드럽고 편했다. 우리는 앞서거니 뒤서거니 걸으며 이야기를 나누었다.

"이렇듯 관애(關隘)*에 서실을 마련하면 서책은 어찌 다

---

* 관문과 요새가 있는 험한 곳.

옮길 작정인가?"

"급할 것 없으니 일 년 내내 천천히 하면 되네. 가지고 올라오는 길이 힘드니 다시 그것들을 지니고 내려갈 일도 없겠지."

"자네 혹시…… 광통교 서실을 정리하려는 것인가?"

김진이 쓸쓸하게 웃어 보였다.

"청장관도 돌아가셨고 정유 형님이나 연암 선생도 도성에 아니 계신데 나만 혼자 광통교를 지켜 무엇하누. 도성 밖으로 나갈 때가 된 듯도 허이. 내게는 이곳 안암이 백탑처럼 정겹군. 도성에서 멀지도 않으니 급한 용무가 있을 때는 새벽에 길을 나섰다가 저녁에 돌아올 수도 있음이야."

용과 뱀이 칩거하는 까닭은 목숨을 보존하기 위함이라고 했던가.

"청장관께서는 화광 자네가 규장각 일에 더욱 매진하길 돌아가시기 직전까지 원하셨다네. 자넬 당신의 후계자로 점찍어 두셨던 게지. 정유 형님이 시력을 잃어 가는 마당에 자네 외에 규장각 장서들을 정리하고 관리할 사람이 누가 있겠는가. 지금은 비록 서리지만 곧 자네를 검서관으로 특별히 올리도록 주청을 드리겠다 하셨네. 자네 글 솜씨야 금상께서도 알고 계시니 어려운 일도 아니지."

"청전!"

김진이 걸음을 늦추며 나를 쳐다보았다.

"자네의 충심은 참으로 대단하군. 이 밤이 지나면 자넨 입궐해야 하네. 누명을 벗지 못하면 그길로 죽을 수도 있음이야."

"아네."

"하면 규장각을 걱정하기에 앞서 자네 처지부터 챙길 일일세. 솔개한테 채인 병아리가 따로 없으이. 자네를 이 모양 이 꼴로 만든 것도 따지고 보면……."

나는 걸음을 멈춘 후 이야기를 받았다.

"전하이시다 이건가! 말이 지나치군. 화광 자네가 아니었다면 벌써 내 주먹이 용서치 않았을 거야. 전하께서 패관기서와 소품문을 즐기는 이들을 질책하긴 하셨지. 갑작스러운 일이라 나도 적잖이 충격을 받았으이. 하나 연쇄 살인에 내가 휘말린 것과 전하께서 문체를 바로잡고자 하명하신 것과는 전혀 별개야."

김진이 윗입술과 아랫입술을 딱 붙여 안으로 말아 넣은 후 어깨를 으쓱 들어 보였다. 그리고 『시경』의 한 구절을 인용하며 목청을 높였다.

"아름답구나, 곧고 바른 사내여. 의금부 도사 이명방! 그 이름 귀하도다."

어둠이 깊은 탓에 상운루가 정말 구름 위에 있는지는 확인하지 못했다. 확실한 것은 너럭바위 아래 새색시처럼 숨은 서실과는 달리 상운루는 봉우리의 가장 높은 곳에 대장부처럼 서 있었다는 사실이다. 솔숲이 사방을 가려 다른 봉우리에서는 잘 보이지 않지만 숲 사이로 오십 보를 들어가면 넓고 평평한 터가 나왔고, 박달나무를 어른 가슴 높이로 촘촘하게 잘라서 박은 둥근 울타리 가운데 기와집 한 채가 정남향을 바라보고 동그마니 앉았다. 북향인 뒷문은 허리를 숙이고 들어가야 할 만큼 작았지만 남향인 앞문은 어른 서넛이 함께 들어설 만큼 크고 높았다.

목을 길게 뽑아서 바자* 너머를 보니 선이 고운 그림자 하나가 등잔불에 어른거렸다. 명은주였다. 김진이 대문 앞에 서서 내게 부탁 하나를 했다.

"아무 말 말고 내가 하는 대로 조용히 지켜보았으면 하네. 그리 할 수 있겠나? 낭자를 위한 일일세."

고개를 끄덕였다.

"하면 잠시만 기다리세."

다시 울타리 너머를 보니 그림자가 보이지 않았다.

---

* 대, 갈대, 수수깡, 싸리 따위로 발처럼 엮거나 켜를 지어 만든 물건. 울타리를 만드는 데 쓴다.

침묵이 이어졌다. 무엇을 기다리는지도 모른 채 시간을 흘려보내는 것은 참으로 어려운 일이다. 더구나 묘시가 되면 입궐해야 한다. 그 전에 명은주를 문초하여 이 복잡한 연쇄 살인의 끈을 풀어야 한다. 한데 김진은 벽에 기대어 서서 담배만 빠끔빠끔 피워 댔다. 더 이상 참을 수 없었다.

"무얼 기다리는 건가? 알기라도 하세."

"그림자!"

"그림자라니?"

"말로 백 번 설명하는 것보다 눈으로 한 번 보는 게 나을 때도 있지."

김진이 담뱃대를 내리고 울타리 너머를 곁눈질했다.

"아, 이제 시작이로군."

그를 따라 울타리 너머를 살폈다. 사라졌던 명은주의 그림자가 다시 나타났다. 이불을 걷고 앉아서는 한참 동안 꼼짝도 하지 않았다. 김진이 가볍게 대문을 흔들자 종소리가 울렸다. 필동 명은주의 집에 설치한 것과 같은 소리였다. 방문이 열리고 명은주가 나왔다. 겨울바람이 찬데 얇은 치마에 저고리가 전부였다. 반가운 마음에 손을 들어 보였다. 그러나 명은주는 울타리 너머로 시선을 두지 않고 땅만 보고 걸었다. 이윽고 대문에 이르자 그녀는 문에 걸린

자물쇠를 풀지도 않고 힘으로 밀어 댔다. 그러자 다시 파사의 종이 울렸다. 그녀는 팔을 내리고 종소리에 귀를 기울이듯 가만히 서 있었다. 이윽고 종소리의 여운이 가시자 그녀는 뒤돌아서서 걸었다. 섬돌 위로 올라서기도 전에 가지런히 놓인 꽃신 한 켤레가 보였다. 맨발로 대문까지 나왔던 것이다. 그녀가 다시 방으로 들어갔고 잠시 후 그림자도 사라졌다.

"은주가, 은주가 왜 저러는 건가? 이게 대체 무슨 일이야?"

"몽유(夢遊)라네."

"몽유! 꿈속을 헤맨단 말인가?"

"그렇다네. 낭자는 몽유를 하는 병이 깊으이. 두려움과 걱정으로 잠을 이루지 못해 불면하는 병까지 겹쳤다네. 임시방편으로 파사의 종을 달았지."

"파사의 종? 방문객이 종을 울리는 일과 은주의 몽유가 무슨 연관이 있는가?"

"파사의 종은 방문객을 위한 것만이 아니야. 방금 자네 눈으로 본 것처럼 밖으로 나가려는 은주 낭자를 진정시키는 역할도 한다네. 담 안쪽은 그래도 안전하네만 담 바깥으로 가는 날엔 무슨 일이 일어날지 모르니까. 이제 덕천 대사를 보지 못했다는 낭자의 말이 사실임을 믿겠는가?"

즉답을 하기 어려웠다. 몽유에 빠진 명은주를 확인했지만 그녀의 눈동자는 꿈에 취한 사람이라고는 믿기 힘들 만큼 맑았다.

"나를 향해 웃기도 했으이."

"몽유가 심하면 웃고 울고 때론 진지한 이야기까지 주고받는다네. 하나 그건 모두 꿈에서 이루어진 것이며 깨고 나면 기억 못 하는 경우가 대부분일세."

"언제부터 자넨 그녀의 병을 알았나? 나도 감쪽같이 몰랐던 일인데……."

"파사의 종을 만들어 줬던 그즈음이라네. 새벽에 필동을 산책하는데 우연히 낭자와 마주쳤지. 한데 쓰개치마도 없이 나를 향해 환하게 웃는 거야. 느낌이 이상하더군. 그래서 '내가 누군 줄 아시는지요?' 하고 물었더니, '항우 장군이십니다.' 이러지 않겠는가. 우미인이 되어 항우와 즐겁게 노니는 꿈을 꾸었던가 보네. 그녀를 집까지 바래다준 후 며칠 있다가 파사의 종을 선물했지. 그리고 좀 더 근본적인 처방을 하기 위해 금강산으로 떠났던 거네."

"그럼 자네가 지난 가을과 겨울 금강산을 헤맨 것이 은주 때문이란 말인가?"

"그렇다네. 몽유에 좋은 약초가 내금강에 서식하고 있단 소식을 들었다네. 자, 이제 낭자에 대한 의심은 사라졌겠지. 내가 아는 낭자는 청전 자네를 자기 몸보다 더 아끼고 위한다네. 파리채도 휘두르지 못할 서그러진* 성품을 또한 지녔으이."

억권루에서 상운루까지 오는 동안 내가 쌓은 의심의 눈뭉치들이 녹기 시작했다.

그랬는가. 몹쓸 병 때문에 빚은 오해였는가. 거듭거듭 나에 대한 사랑을 속삭였지만, 한순간 의심으로 그 모두를 지워 버렸구나. 참으로 내 사랑은 옹졸하구나.

"쉬잇!"

갑자기 김진이 울타리 아래로 허리를 숙이며 몸을 낮추었다. 나도 그를 따라 울타리에 등을 댄 채 퍼더버리고 앉았다.

"기다려! 놈들이 울타리 안으로 들어올 때까지."

"대체 뭐하는 놈들이야?"

"마지막 꼬리를 자르러 온 게지."

사내들이 날렵하게 공중제비를 돌며 울타리를 넘었다. 하나 둘 셋 넷 다섯 여섯 일곱 여덟! 모두 여덟 명이었다.

"이, 이런!"

김진이 이마를 엄지와 검지로 짚었다. 명은주의 그림자

---

* 성질이 너그럽고 서글서글하다.

가 다시 일어선 것이다. 그녀가 문을 열고 섬돌 아래로 내려섰다. 장검을 뽑아 든 사내들이 명은주를 에워쌌다. 칼날은 명은주의 심장과 목을 노렸다. 목숨을 취하라는 명을 받은 것이 분명했다. 시간이 없었다.

획!

나는 울타리 위로 뛰어오르며 표창을 뿌렸다. 무예를 연마한 사내 여덟과 맞서려면 급소를 노릴 수밖에 없었다. 사내 둘이 동시에 뒷덜미를 움켜쥐며 쓰러졌다. 돌아보는 사내들을 향해 또다시 표창을 뿌렸다. 이번에는 정확하게 두 사내의 가슴을 표적으로 삼았다. 키 크고 귀밑에 혹이 달린 사내가 은주를 어깨에 얹고 뛰었고 키 작은 사내가 그 뒤를 따랐다. 나머지 두 사내는 장검을 휘두르며 달려들었다. 표창을 뽑아 던질 여유가 없었기 때문에 무릎과 허리를 동시에 굽혔다가 뛰어오르며 두 발로 칼날을 쳐 냈다. 그리고 내려오면서 나래차기로 사내들의 콧잔등을 동시에 걷어찼다.

"북서쪽 길일세."

김진이 소리쳤다.

있는 힘을 다해 울타리를 넘어 달렸다. 숲을 벗어나자마자 사내들이 다시 동쪽으로 방향을 바꾸었다. 거리가 점점 가까워졌다. 달아나던 사내들이 걸음을 멈췄다. 스스로도 놀란 듯 엉덩이를 뒤로 빼며 돌아섰다. 길이 갑자기 끊어지면서 차가운 바람이 절벽을 타고 올라왔다. 밤인 데다가 나무들이 횡으로 얼키설키 뻗어 있어 얼마나 깊은지 가늠하기 어려웠다.

귀밑에 혹이 붙은 사내는 장검을 버리고 단도를 꺼내 은주를 등 뒤에서 끌어안고 목덜미에 칼끝을 갖다 댔다. 키 작은 사내는 장검을 머리 위로 들어 올렸다.

"표창을 버려! 손이든 발이든 조금이라도 놀리면 이년 턱을 뚫어 버리겠어."

은주!

괴한의 칼날이 턱에 닿아도 명은주는 꿈에서 깰 줄 몰랐다. 시선은 공허하고 흔들림이 심했다. 나는 천천히 양손에 쥔 표창을 내려놓았다.

"이리이리 가까이 와."

나는 천천히 걸음을 뗐다.

"멈춰!"

키 작은 사내가 십 보 앞에서 소리쳤다. 내 얼굴을 찬찬히 뜯어보다가 어마지두*에 질겁했다. 뜬것**이라도 만난 것

---

* 무섭고 놀라워서 정신이 얼떨떨한 판.
** 떠돌아다니는 못된 귀신.

처럼 안색이 창백했다.

"너, 너는 이미 죽었다던데⋯⋯."

억권루에서 내가 폭사했다는 연통을 받은 것이다.

"그래. 똑똑히 잘 보아라. 나는 의금부 도사 이명방이다. 괜한 짓 말고 단도를 버려. 목숨만은 살려 주마."

키 큰 사내 눈가에 희미한 미소가 피어올랐다.

"이년을 죽이지 못하면 어차피 우린 죽은 목숨이야. 나뿐만이 아니라 식솔까지 편치 못해. 그러니 나중에 꼭 말해 다오. 이년을 죽인 건 바로 나 혹부리라고."

사내가 눈을 질끈 감고 한 걸음 물러섰다.

"안 돼!"

내가 미친 듯이 내달렸지만 사내는 그보다 먼저 허리를 젖히며 뒤로 벌렁 쓰러졌다. 사내와 명은주가 절벽 아래로 떨어졌다. 키 작은 사내도 멈칫대다가 몸을 던졌다.

"청전! 이리 오게. 빨리."

김진이 왼쪽으로 이십 보쯤 떨어진 바위 옆에서 외친 후 사라졌다. 구르고 뒹굴면서, 온몸에 생채기가 나는 것도 모른 채 절벽을 내려갔다.

내려가 보니 혹부리 사내는 목이 부러져 숨이 끊어진 뒤였고, 명은주는 혹부리 사내의 가슴을 베개처럼 베고 누워 있었다. 김진이 나를 향해 양손을 올렸다가 천천히 내리면서 조용히 하라는 뜻을 전했다. 김진이 맥을 짚고 명은주의 사지를 살피는 동안 나는 눈물을 삼키며 기다렸다.

은주!

날 용서하지 마.

어떻게 당신이 저들과 한통속이라고 생각했던 거지? 당신을 살인마로 단정 짓다니…… 부끄러운 일이야. 난 저들이 당신을 절벽 아래로 던지는 걸 막지도 못했어.

제발, 눈을 떠! 은주.

"어떤가?"

"기적이네. 사내 가슴에 머리를 대고 떨어져서 충격이 덜했던 것 같으이. 게다가 깊이 잠들었던 것도 도움이 되었고. 여기저기 멍이 들긴 했지만 부러진 곳은 없어. 정신만 돌아오면 되는데……."

혹부리 사내는 민틋한* 뒤통수가 터져 피가 흘러내렸다. 키 작은 사내는 보이지 않았다. 뒤이어 떨어졌다면 분명히 이 근처에 쓰러져 있어야 한다.

"원숭이처럼 날렵한 놈이야. 단번에 떨어지지 않고 틀림없이 나무와 나무 사이로 건너뛰며 내려왔을 걸세. 낭자와 혹부리가 쓰러진 것을 확인한 후 사라졌겠지. 이제 저들은

---

* 울퉁불퉁한 곳이 없이 평평하고 비스듬하다.

'열하광' 미치광이를 모두 죽였다고 생각할 걸세."

"나만 빼고."

"그래, 청전! 자네만 빼고. 자네까지 죽였으면 좋았겠지만 어차피 자넨 '열하광' 광인들을 살해한 혐의를 씌웠으니 그것으로 저들은 만족하겠지."

무엇인가가 내 손등에 닿았다. 따듯하고 떨렸다. 명은주의 작고 창백한 손이다. 뒤이어 눈꺼풀이 힘겹게 올라갔다. 그녀의 검은 눈동자가 오늘따라 유난히 크고 새까맣게 보였다.

"정신이 들어? 은주! 날 알아보겠어?"

"……여기가 어딘가요?"

김진이 무거운 분위기를 바꾸려는 듯 쾌활하게 답했다.

"구름 위에서 잠시 내려왔답니다. 자, 지금부터 간단한 점검을 하겠습니다. 선녀가 무사히 하강했는지 살펴야겠죠? 우선 두 손부터 들어 보세요. 좋습니다. 이번에는 두 발! 이번에는 천천히 아주 천천히 목을 들어 보시겠습니까? 고개를 왼쪽으로 다시 오른쪽으로 다시 왼쪽으로!"

김진이 나를 돌아보며 말했다.

"저기 아름드리 소나무까지 낭자를 옮기세. 계속 누워 있으면 싸늘한 땅의 기운이 낭자의 온기를 모두 앗아갈 거야. 나무에 기대 잠시 쉬었다가 상운루로 올라가도록 하지.

자, 준비되었는가."

우리는 양옆에서 명은주의 옆구리에 머리를 넣고 허벅지를 들어 소나무까지 옮겼다. 그녀는 몸이 붕 뜬 상태에서 자기 밑에 깔려 있던 사내를 발견하고 깜짝 놀라며 물었다.

"저, 저 사람…… 혹시 몽유 중에 제가 죽인 건가요?"

김진이 답했다.

"아닙니다. 저들이 당신을 죽이려고 덤벼들었습니다. 이젠 걱정 마세요. 아무도 당신을 해치진 못할 겁니다."

명은주를 옮긴 후 김진은 말갈기 담요와 냉수를 챙겨 오겠다며 자리를 비웠다. 그녀와 멀찍이 떨어져 하늘도 보고 땅도 보았지만 명은주만은 보지 않았다. 다가앉아 위로할 용기가 나지 않았다.

'난 은주 당신이 공석과 덕천과 청장관과 억권을 죽였다고 생각했어!'

이렇게 털어놓는다면 은주는 어떤 표정을 지을까.

"안아…… 줄래요?"

"……"

"등 좀…… 만져 줘요."

"……"

눈을 맞추었다. 내가 사랑하는 여인이, 내가 의심했던

여인이 숨을 할딱거렸다.

"나, 추워!"

명은주 옆에 앉았다. 왼손으로 등을 어루만져 주었다. 그녀의 얼굴이 편안해졌다.

"지금 꿈 아니지요? 필동 내 방에서 당신이 끌려갔다는 소식을 듣고…… 영영 못 보는 줄 알았어요. 한데 당신 지금 여기 있네요."

"미안해."

"내가 미안해요. 당신에게 내 몹쓸 병을 말하려고 했지만 자신이 없었어요. 화광의 도움으로 병이 다 나은 후에 우스갯소리처럼 이야기하려고 했어요. 웃기죠, 나?"

"미안해."

"긴 꿈을 꾸었어요. 열하에서 연경으로 다시 한양까지 돌아오는 꿈이었죠. 열하를 떠날 때는 열하광 광인들이 모두 코끼리에 올라탔는데, 한양에 닿으니 당신과 나 둘뿐이더군요. 그래서 제가 당신에게 물었어요. '다른 사람들은 어디 있나요?' 당신이 답했죠. '길 위에 누웠어. 『열하』를 읽고 길 위에 남는 건 멋진 일이지.' 그래서 제가 다시 물었죠. '그럼 우리도 길 위에 누울까요?' 당신이 답했어요. '나는 남겠지만 당신은 집으로 가!' 갑자기 당신의 머리와 목과 가슴과 허리가 그림자로 바뀌기 시작했어요. 발끝까지 그림자가 되면 당신은 길 위에 편히, 글자들이 종이 위에 누워 있듯이, 누울 것만 같았죠. '저도 누울래요. 혼자 책 흉내 내지 마세요.' 하고 소리치다가 잠에서 깼어요."

"미안해."

"절 두고 혼자 가지 마세요. 길 위에 눕지도 말고 도성을 떠나 멀리 여행을 가지도 말고. 혼자 남는 것도 싫지만 혼자 남았다고 혼자 깨닫는 건 끔찍해요. 부모님이 돌아가신 뒤 아주 잠깐이었지만 혼자인 적이 있었어요. 작은 방에 웅크린 채 무서워 울었죠. 엉엉 우는데, 그 울음을 듣는 이가 나 혼자뿐이란 사실이 더욱 무서웠어요."

"미안해."

"저들은 정말 누굴까요? 왜 우리를 죽이려 드는 거죠? 그 죄를 왜 당신에게 다 씌우려고 할까요?"

"미안해."

"미안해하지 마요. 설령 당신이 우리 '열하광' 일을 저들에게 일러바치는 간자라고 해도, 당신을 사랑해요. 물론 당신은 그런 간자 노릇은 못 하겠지만요."

"미안해, 정말!"

단 한 번도 금상을 원망한 적이 없었다. 목숨이 위태로웠던 적도 여러 번이었지만 어명을 따르다 죽는 것을 영광으로 알았다. 그러나 지금은 원망하는 마음이 백탑처럼 솟

왔다.

간자!

명은주는 결코 일어날 수 없는 최악의 경우로 간자를 꼽았는데, 금상께서는 내게 그 망할 놈의 간자 노릇을 명하신 것이다. 몸에 맞지 않는 옷을 입은 탓에 모든 일이 엉망진창으로 엉킨 것이다. 김진이 돌아왔지만 이 모두를 풀기는 어려우리라.

명은주는 김진이 건넨 물을 마시고 화훼를 새긴 말갈기 담요를 목까지 눌러 덮었다. 김진은 험험 목소리를 가다듬은 후 내게 물었다.

"자초지종을 들려주었는가?"

명은주가 먼저 답했다.

"미안해…… 이 소리만 열 번 백 번 하던걸요."

명은주의 까막까막* 고운 눈망울을 들여다보며 물었다.

"은주까지 알 필요가 있을까?"

김진이 받았다.

"나는 계획이 섰네만 자네들 두 사람이 따로 마음을 정한다면 말리진 않겠어. 지금까지 나 없이 흘러왔듯 마무리도 나 없이 하겠다면 받아들이겠다는 뜻이야."

---

* 눈을 연신 가볍게 감았다 떴다 하는 모양.

명은주가 끼어들었다.

"난 알아야겠어요. 특히 '열하광'과 청전 당신에 관한 일이라면 전부 다요. 나만 따로 빼돌리려는 짓은 꿈도 꾸지 마요."

결국 나는 긴 형신과 고뇌의 순간들을 짧게 요약하지 않을 수 없었다.

"묘시까지 돌아가야 해."

"묘시라고요?"

"그래, 얼마 남지 않았지. 형신을 당하는 동안 억권이 범인이라는 확신을 가졌어. 탑전에 나아가 하루만 여유를 달라 간곡히 청했지. 범인을 잡든 못 잡든 묘시까진 반드시 돌아오겠다고 맹세했어. 자신이 있었거든. 억권루에 가서 억권을 생포하여 누명을 벗으면 끝이었어. 반나절이면 족한 일이었어. 한데 억권루 서실에 폭약이 터졌어."

"폭약이라고요?"

"화광이 때마침 구하러 오지 않았다면 나도 죽었을 거야. 어쨌든 난 돌아가야 해."

명은주가 물었다.

"왜 꼭 가야 하죠?"

"탑전에서 약조를 했어. 명을 따르는 것은 신하 된 자의 도리야."

"아뇨. 가지 마요. 가면 당신은 죽어요. 억권도 폭사했으니 이제 당신의 무죄를 증명할 이는 아무도 없어요. 당신 충심은 지금까지 충분히 보였어요. 지금 돌아가는 건 개죽음이에요. 가지 마요. 함께 떠나요. 제발!"

나는 시선을 김진에게 돌렸다. 김진은 담뱃대를 입에 문 채 짧게 말했다.

"자네가 떠나겠다면 배편은 내가 마련해 줌세."

명은주가 이마에 주름을 잡아 가며 더 강하게 설득했다.

"다 죽었어요. 청장관 선생도 공석도 억권도 덕천 대사도 모두 죽었다고요. 『열하』를 가까이 하는 자들은 모두 비참한 최후를 맞을 거예요. 이 나라엔 희망이 없어요. 청전! 당신과 함께라면 어디든 가겠어요. 유구로 가요. 연경으로 가요. 파사로 가요. 조선인이 한 번도 걸음하지 않은 곳이면 어디든 좋아요."

무엇인가와 결별할 때는 여자가 더 단호하다고 했던가.

"내가 돌아가지 않으면 많은 이들이 언걸*을 당해. 연암 선생과 정유 형님께 화가 미칠 거야."

"그분들도 당신이 누명을 쓰고 죽는 걸 원하지는 않으실 거예요."

---

* 남의 일 때문에 당하는 해. 큰 고생.

명은주가 김진에게 부탁했다.

"묘시에 돌아가면 모든 게 끝이잖아요? 제발 우리가 함께 떠나도록 이이를 설득해 주세요."

"끝은 아닙니다."

김진이 그녀의 결론을 간단히 뒤집었다.

"끝이 아니라니? 난 혐의를 벗을 물증을 하나도 찾지 못했어. 증인들은 다 죽어 버렸고. 최악이지."

김진이 말꼬리를 붙들어 반대로 흔들었다.

"최악인 건 맞네. 하나 끝은 아니야."

명은주와 나를 번갈아 보며 이야기를 이었다.

"간명한 일이지. 두 사람이 아퀴 짓기* 전까지는 의견을 내지 않으려 했다네. 둘이서 떠나기로 정하면 내 의견 따윈 아무래도 상관없으니까. 그래도 의견을 듣고 싶은가? 좋네. 두 사람이 안전하게 조선을 빠져나가는 건 물론 가능해. 하나 평생 귀국하진 못해. 그리고 두 사람을 포함하여 '열하광' 광인들의 이름은 짓밟힐 테지. 패관기서와 소품문을 즐기면 어떤 최후를 맞게 되는가를 설명할 때 가장 유용한 예가 될 걸세. 그래도 두 사람에겐 들리지 않고 보이지 않으니 상관없다 하면 그만이야. 다시 한 번 강조하

---

* 아퀴를 짓다. 일의 가부를 결정하다.

지만 이대로 떠나면 청전 자네는 연쇄 살인범으로 역사에 남을 걸세."

"돌아가더라도 누명을 벗을 기회는 없어요. 불명예에 목숨까지 잃죠. 게도 잃고 구럭도 잃을 바에야 다른 방도를 찾아요."

명은주의 반박을 김진도 즉시 인정했다.

"맞습니다. 누명을 쓴 채 죽을 가능성이 크죠. 하나 그렇다고 끝은 아닙니다. 내가 너무 늦게 도성으로 왔지만 아직 완전히 절망하기엔 이르다는 거죠. 몇 가지 확인할 일이 있습니다. 짧으면 열흘, 길어도 보름이면 충분하죠. 그때까지 청전이 버틴다면 희망은 있습니다."

"하루를 얻는 대신 묘시까지 혐의를 벗을 결정적인 증거나 증인이 없으면 따로 형신을 받지 않고 회술레*까지 감수하겠다 맹세하였다네. 허무하게 하루를 날려 버렸군. 부끄럽네. 의금부 도사로 그 오랜 세월을 보내 놓고 가장 친한 벗들을 죽인 범인을 찾아내지도 못하고 오히려 누명만 뒤집어쓴 꼴이 부끄러워. 시퍼런 칼날이라도 밟고 싶은 심정이라네."

---

* 목을 벨 죄인을 처형하기 전에 얼굴에 회칠을 한 후 사람들 앞에 내돌리던 일.

"알고 있네. 청전! 지금은 뭐라 설명하긴 어렵네만 자넨 그 하루를 헛되이 쓴 것만은 아닐세."

"화광! 난 지금 애꾸 말을 타고 깜깜한 밤에 깊은 물가에 서 있으이."

김진이 입가에 미소를 머금으며 받았다. 『열하』에 담긴 뼈 있는 농담 중 우리가 뻔질나게 자주 낄낄대며 웃던 대목이었다.

"소경은 눈이 멀었으니 위태로움을 못 느끼지."

"두 눈 멀쩡한 사람만이 그 소경을 보고 위태로움을 안다네. 화광 자넨 내가 처한 위태로움도 보고 또 그 위태로움에서 벗어날 길도 어렴풋이 본 게지?"*

김진은 즉답 대신 고개를 끄덕여 보였다.

"아무나 올공금팔자(兀孔金八字)**인 건 아니에요. 떠나면 간단히 끝날 문제라니까요. 복잡하게 범인을 잡고 말고 할 까닭이 없다니까요. 그런다고 뭐가 달라지죠?"

---

* 이 일화는 『열하일기』 「막북행정록」에 자세히 나온다.
** 올공금은 장구의 양쪽 마구리 가죽 테에 줄을 연결하는 쇠로 만든 고리. 전주의 한 장사치가 평양 기생에 빠져 가져갔던 귀한 생강을 모두 탕진하고 기생의 머슴이 된다. 괴로움을 견디지 못하고 작별을 고하니 기생이 녹슨 장고의 올공금을 준다. 그 올공금이 금보다 비싼 오금(烏金)으로 밝혀져 장사치는 크게 부자가 된다. 전화위복이나 새옹지마와 비슷한 이야기. 유몽인의 『어우야담』에 자세히 나온다.

명은주는 마지막까지 떠나기를 쇠 먹미레같이* 고집했다. 김진이 답했다.

"세상이 달라질 거라고 나도 믿지 않습니다. 하나 이것 하나만은 짚고 넘어가야 합니다. 청전이 살인마가 되느냐 아니냐 하는 문제 말입니다. 이 세상에서 청전이 죄를 짓지 않았다고 확신하는 사람은 낭자와 저 그리고 청전 이렇게 셋뿐입니다. 만약 이 셋만으로도 족하다면, 그래요 떠나도 좋습니다. 하나 셋뿐만이 아니라 서른, 삼백, 삼천, 삼만, 조선에 사는 모든 이들에게 청전의 무죄를 인정받고 싶다면 달아나선 안 됩니다. 청전! 결정은 자네가 하게. 어떤 결정을 해도 자넬 비난하는 일은 없을 걸세. 돌아갈 텐가 떠날 텐가?"

김진과 명은주의 시선이 내 이마에 꽂혔다. 나는 명은주의 손을 꼭 쥐고 물었다.

"날 믿어?"

그녀의 얇고 붉은 입술이 열렸다.

"……믿어요."

"의금부 도사의 자질이 무엇인지 알아? 범인은 놓치더라도 사건의 시작과 끝을 한눈에 가지런히 꿰차는 재주지.

---

* 쇠 먹미레 같다. 고집이 몹시 센 사람을 비유하는 말.

난 지금까지 확신을 가지고 내 벗들을 죽인 범인을, 그러니까 살아남은 벗들을 하나하나 의심하며 잡아들이려고 했어. 그들도 비명에 죽어 갔고 결국……."

명은주가 말을 잘랐다.

"청전 당신과 저 둘만 남았네요. 물론 당신은 저도…… 의심했겠군요."

"미안해."

"그런 소리 마요. 당신은 의금부 도사예요. 제가 당신이라도 명은주란 여자를 의심했겠네요."

우리는 동시에 미소를 주고받았다.

"은주! 당신 말이 맞는지도 몰라. 아무리 노력해도 난 완벽하지 않아. 공자도 맹자도 석가도 노자도 예수도 완벽하진 않았을 거야. 그러니 날 완벽하다 여기지 말았으면 해. 약점만 그득한 날 믿어? 정말 믿어?"

"믿어요."

"덕천과 술을 마신 후부터 중요한 기억들이 가려지거나 뒤틀려서 아주 천천히 떠올라. 아예 사라진 것들도 있을지 몰라. 그러니까 내 말은……."

이것은 정말 불길하고 두려워 입에 담기 싫은 이야기였다. 그러나 대궐로 돌아가면 다시는 명은주와 만나지 못할지도 모른다.

"……내 말은 그 기억 더미에서, 그런 일은 정말 없겠지만, 내가 공석이나 덕천, 청장관과 억권의 죽음에 연루되어 있다면…… 난 당신을 실망시킬지도 몰라. 알겠어 내 말?"

명은주의 눈에서 기어이 눈물이 흘러내렸다.

"알겠어요. 완전하지 못한, 어쩌면 끔찍한 일을 저질렀을지도 모른다고 말하는 당신을 믿어요. 형신을 당해 기짓을 말하지 않을 것임을 믿고 양심에 따라 끝까지 올바름을 지킬 것임을 믿고 끝까지 정직하리라는 것을 믿어요."

그리고 나는 돌아서서 김진에게 말했다.

"너무 기다리게 하진 말게."

김진이 웃으며 답했다.

"청전, 자넨 아주 오래 살 걸세. 옛날부터 글 짓는 장수들은 무병장수하였으이. 손무와 염파, 오기와 악의, 왕전과 반초, 조충국에 심경지와 한세충까지. 이 고비만 넘기세."

17장

그대들은 강산도 모르고 그림도 모르는구려. 어디 강산이 그림에서 나온 것인가. 그림이 강산에서 나왔지. 흔히들 흡사하다느니[似] 같다느니[如] 유사하다느니[類] 닮았다느니[肖] 똑같다느니[若] 하는 말들은 모두 같다는 의미를 말함일세. 그러나 비슷한 것으로써 비슷한 것을 비유함은 실은 같은 듯해도 같은 것이 아닐세.

— 박지원, 「관내정사」

궁궐 서북쪽 요금문에 닿았다. 약속한 묘시였다.

문밖에서 기다리던 정만길은 나를 보자마자 주먹으로 명치를 후려쳤다. 차분하고 침착하던 품성은 사라지고 뱀 같은 표독스러움이 넘쳐흘렀다.

"억권루에서 억울하게 죽은 동 도사의 복수를 꼭 내 손으로 해 주마."

상운루에서 내가 표창을 던졌다는 소식을 듣자마자, 저들은 억권루에서 거둔 시신을 다시 살폈을 것이다. 의금부 도사 이명방이라고 믿었던, 시커멓게 타 버린 손과 발, 내장과 머리의 주인이 의금부 도사 동기협임을 확인했으리라. 친형제처럼 우정을 나누었으니 결기*를 낼 만도 하다. 하나 나는

* 성을 내거나 왈칵 행동하는 성미.

동기협을 죽음의 구렁텅이로 몰아넣은 적이 없으니, 이것이 야말로 종로에서 뺨 맞고 빙고(氷庫)에서 눈 흘기는 꼴이다.

표창을 모두 꺼내 정만길에게 주었다. 솜씨 좋은 나장들이 머리부터 발끝까지 보(褓)를 겹으로 씌웠다. 작은 가마에 실려 궁궐로 들어갔다. 덜컹대는 좁은 가마에 쭈그리고 누운 것이 몹시 불편했지만 한편으로 안도했다. 입궐한다는 사실은 곧 용안을 우러러뵌다는 뜻이다. 최악의 경우는 입궐도 못 한 채 아무도 모르는 곳으로 끌려가는 풍광까지 상상했었다.

봉모당이나 열고관은 너무 멀다. 가마가 곧장 가다가 오른편으로 틀어 협문 하나를 지난다면 습취헌(拾翠軒) 아니면 창송헌(蒼松軒)이겠어. 사시사철 늘 푸른 소나무로 둘러싸인 아름다운 집이지.

내 예측이 옳았다. 가마가 멈추고 강제로 끌려 나와 보자기를 벗었을 때, 창송헌이 굵은 소나무 사이에 수줍은 듯 숨어 있었다. 조복을 입은 김내손이 작은 눈을 껌벅이며 반기는 척했다.

"죽을 자리를 찾아들어 왔군. 뭔가? 아직도 살아서 나가겠다는 망상을 품은 건 아니겠지?"

아기똥한* 김내손을 따라 창송헌으로 들어섰다. 내관과

---

* 말이나 행동 따위가 매우 거만하고 엉큼한 데가 있다.

궁녀들은 멀리 물리친 듯 마당에도 전각에도 인기척이 없었다. 허리를 꼿꼿하게 세우고 서책을 넘기는 그림자 하나만이 내 눈을 사로잡았다.

"도성 한복판에서 폭약이 터졌으니 민심이 크게 동요하는 것은 당연한 일이다. 과인은 오늘 이 자리에서 의금부 도사 이명방과 관련된 사건을 마무리 짓겠다. 시일을 끌수록 흉흉한 풍문만 더 무성히 더 고약하게 퍼질 테니까."

하교를 멈추고 잠시 나를 노려보셨다.

"이 도사는 자신이 누명을 썼고 하루만 주면 진범을 잡아들일 수 있다고 앞짧은소리*를 하였느니라. 진범을 생포했는가?"

"아니옵니다."

"시신이라도 거두었는가?"

"아니옵니다."

"하면 진범을 놓쳤는가? 이 도사가 생각하는 진범은 누구인가?"

하문은 짧고 빈틈이 없었다.

"모, 모르겠사옵니다."

"모른다? 어제 이 시간에 출궁을 청할 때는 하루 안에

---

* 하지도 못할 일을 하겠다고 미리 장담하는 말.

범인을 잡아오겠으니 기회를 달라 청하였느니라. 그때는 누가 범인인지 똑똑히 알았으나 지금은 모르겠다 이 말이냐? 하루 만에 어찌 그럴 수 있느냐?"

하문에 답할수록 점점 더 궁색해졌다. 이렇듯 하교가 집요해질 때는 차라리 중벌을 청하는 게 낫다. 어차피 목숨을 내놓아야 할 상황인 데다가 오늘 죽느냐 며칠 더 연명하느냐 하는 것은 어심에 달렸다.

"전하! 신 이명방 지난밤 약조를 지키지 못하였나이다. 죽여 주시오소서."

금상께서 이번에는 김내손에게 하문하셨다.

"판의금은 이 도사가 범인이란 것을 분명히 하는 증인들을 다수 확보하였다 들었느니라. 그들을 데리고 왔는가?"

"그러하옵니다. 명을 받들어 은밀히 입궐시켰나이다. 의금부 도사 이명방이 저지른 범행을 대질을 통해 하나하나 밝히겠사옵니다. 또한 지금부터는 이 도사를 의금부의 유능한 관원이 아니라 연쇄 살인을 저지른 흉악범으로 간주하고 추국하도록 윤허하여 주시오소서."

"그리하라."

김내손이 잠시 바장이다가* 다시 아뢰었다.

---

* 마음에 걸리는 것이 있어서 머뭇머뭇하다.

"전하! 명을 받들어 증인들을 입궐시켰사오나 그중에는 태어난 처지가 미천하여 감히 용안을 우러를 수 없는 이도……."

그 말을 자르셨다.

"판의금! 이런 야심한 시각에 창송헌에 은밀히 모여 친국을 하는 것 자체가 나랏법에 어긋난 일이다. 하나 그와 같은 나랏법보다 살인범을 확정 짓는 것이 이 밤엔 더 중요하구나. 저들이 비록 미천하다 해도 다 과인의 백성이다. 아무 염려 말고 들이라."

내게서 새로운 물증과 증인이 없음을 확인하였으니 친국은 당연한 수순이었다.

나장들의 부축을 받으며 첫 번째 사내가 들어왔다.

머리에 하얀 천을 빙빙 감았고 왼 손목이 안으로 꺾여 팔 전체가 떨렸으며 왼 무릎에 힘을 싣지 못해 휘청거렸다. 이틀 전 필동 은주의 집 천장에서 뛰어내리다가 표창을 무릎에 맞고 쓰러지면서 벽에 머리를 부딪쳐 어진혼이 나갔던* 손무재였다.

"의금부 나장 손무재이옵니다."

"어디서 그리 심하게 다쳤는가?"

---

* 어진혼이 나가다. 몹시 놀라거나 시끄러워서 정신을 잃다.

김내손이 나를 흘끔 노려보며 하문에 답했다.

"지난 25일 새벽, 필동에서 이명방을 포박하려다가 흉적이 던진 표창에 무릎을 맞고 쓰러져 혼절하였사옵니다. 이틀 꼬박 사경을 헤매다가 지난밤 겨우 깨어났사옵니다. 머리를 다쳐 왼쪽을 전혀 쓰지 못하옵니다. 다행히 정신은 맑사옵니다. 걸승 덕천과 관련하여 매우 중요한 증언을 할 것이옵니다."

"시작하라."

안암을 내려올 때부터 바라던 일이었다. 손무재가 죽지 않고 살아난다면 덕천을 죽인 혐의만은 벗을 수도 있겠다고 여겼다. 하늘이 이제야 나를 돕기 시작하는 것인가.

손무재는 예의를 갖춘 후 내 왼편에 앉았다. 탑전이라 긴장한 탓인지 왼쪽 수족을 놀리는 모습이 더욱 불편해 보였다.

김내손이 질문을 던졌다.

"이명방을 아는가?"

"의금부 도사이옵니다."

손무재가 곁눈으로 쳐다보았다. 나는 그 짧은 순간을 놓치지 않고 눈으로 말했다.

'무재야! 깨어나서 정말 다행이다. 사실대로만 말해 다오.'

손무재의 시선이 다시 정면을 향했다.

"걸승 덕천과 관련하여 할 말이 있다고? 시신이 발견된 북한산 현장에 너도 갔더냐?"

"그러하옵니다."

"걸승의 목에 박힌 표창도 확인했겠구나. 누구 것이더냐?"

"이 두사, 그러니까 이명방의 표창이 확실하옵니다."

"어찌 이명방의 것인 줄 아느냐?"

"창날에 '野'라는 글자가 새겨져 있사옵니다. 야뇌 백동수로부터 표창 던지는 기술을 익힌 것을 기념하여 그리 새겼다고 말한 적이 있사옵니다. 또한 꼬리지느러미를 휘돌리는 물고기 두 마리가 표창의 손잡이에 새겨져 있사옵니다. 물증이 확실하기 때문에 저는 다른 의금부 나장들과 함께 이명방을 포박하기 위하여 경상도 안의현에 다녀왔지만 흉적을 붙잡는 데는 실패하였사옵니다. 24일 상경하여 근무를 마치고 대안동 집으로 돌아가던 저녁에 이명방을 만났사옵니다. 강제로 저를 외진 골목으로 끌고 간 후 뒤를 눌렀사옵니다."

뒤를 눌렀다!*

일이 잘못 돌아가고 있었다. 자신을 불구로 만든 것에 대한 보복인가. 나도 모르게 손무재 쪽으로 상체가 기울었다.

---

* 뒷일을 걱정하여 미리 다짐받다.

주먹을 내지르면 닿을 거리였다. 손무재가 이야기를 멈추고 침 먹은 지네*처럼 섰다가 모로 쓰러졌다. 나장들이 손무재를 일으켜 앉히는 사이 금상께서 엄중히 하교하셨다.

"흉적 이명방은 들으라. 다시 한 번 증언을 방해하거나 막으려 들 때엔 용서치 않겠느니라. 과인이 묻기 전에는 바위처럼 자중하라. 단 한마디도 뱉지 말라."

"저, 전하! 그, 그게 아니오라……."

내 이야기를 끊고 김내손이 손무재에게 물었다.

"계속해라. 이명방이 무슨 협박을 하였느냐?"

"저는 표창을 무척 좋아하옵니다. 이명방에게 소수** 전부터 표창 던지는 법을 배웠사옵니다. 그에게 배운 건 표창뿐만이 아니옵니다. 투전판에도 서너 번 절 데리고 갔었는데, 꽤 많은 빚을 졌사옵니다. 이명방이 거금을 빌려줘서 겨우 투전판을 빠져나올 수 있었사옵니다. 대안동 골목에서 이명방은 대뜸 그 돈을 갚으라 했사옵니다. 돈이 없다 했더니 자신을 위해 거짓말을 하라고 강요하였사옵니다."

"무슨 거짓말이지?"

"자신이 아끼는 표창을 제게 선물로 주었고, 그 표창을

---

* 침 먹은 지네. 할 말이 있어도 못하고 있거나 겁이 나서 기를 펴지 못하고 꼼짝 못하는 사람을 비유적으로 이르는 말.
** 몇 달에 조금 넘음을 나타내는 말.

제가 저잣거리에서 잃어버렸으며, 바로 그 표창이 걸승 덕천의 목에 박혀 있는 것으로 하자고 하였나이다. 그리 하지 않으면 광통교 거지패를 풀어 빚진 돈을 받아 내겠다 하였사옵니다. 돈이 없으면 손목과 팔목을 열흘마다 하나씩 자르겠다고 하였사옵니다."

손무제가 물러갔다. 표창을 선물로 준 것은 손무재와 나 둘만 아는 일이다. 그가 저렇듯 거짓을 고하면 나는 꼼짝없이 당할 수밖에 없다. 가슴이 쓰렸다.

"흉적 이명방은 덕천과 북한산에 간 사실 자체를 부인하고 있사옵니다. 하나 두 사람을 북한산 옥천암에서 본 장사치가 있사옵니다. 범한은 들라!"

방으로 들어온 중늙은이는 고개를 들지 못한 채 이마를 바닥에 대고 엎드렸다. 붉은 뺨이 호미로 파헤친 듯 얽었다. 겹치는 얼굴이 하나 있었다.

"범한은 고개를 들어라."

중늙은이가 천천히 얼굴을 들었다.

그 사내였다. 백미를 백 번 씻어 만든다는 방문주(方文酒)를 내왔던 두미포 밀주집 곰보 주인!

"오른편에 앉은 흉적의 얼굴을 똑똑히 살펴라. 북한산 네 가게에 걸승과 함께 술을 마시러 온 사내가 분명하냐?"

범한이 고개를 돌렸다. 나 역시 그를 노려보며 눈으로

말했다.

'날 기억 못 하겠소? 덕천과 함께 두미포 그대 주점에서 방문주를 마셨다오. 그대가 직접 술상을 가져다주었다오.'

범한이 바닥에 이마를 대고 아뢰었다.

"분명합니다요. 북한산 소인 놈의 주점 봉놋방에서 방문주를 마셨습죠. 소인 놈이 직접 술상을 내왔는데 걸승이 단숨에 술잔을 비우는 풍골(風骨)이 제법 장장쾌쾌해서 똑똑히 기억납니다요."

두미포에서 북한산으로 장소만 바뀐 것이다. 답답한 내 표정을 읽기라도 한 듯 금상께서 기회를 주셨다.

"범한에게 묻고 싶은 것이라도 있느냐?"

"덕천과 방문주를 마신 것은 사실이옵니다. 하나 그 장소는 북한산이 아니라 두미포이옵니다. 또한 그날 소인이 마신 술에는 정신을 혼미하게 하는 약이 섞여 있었사옵니다. 하여 소인은 마신 술을 모두 토한 후 정신을 잃었사옵니다."

범한이 반박했다.

"아닙니다요. 소인은 두미포에서 방문주를 판 적이 한 차례도 없습죠. 또한 사십여 년 술을 팔면서 물이든 약이든 섞은 적도 없습니다요. 억울해서…… 아 정말 억울합니다요."

훌쩍이며 나가는 범한의 뒷모습을 보며 김내손이 아뢰

142

었다.

"이명방이 덕천과 함께 북한산에 있었다는 또 다른 증인이 있사옵니다."

서생 하나가 쪼르르 나아와서 예의를 갖춘 후 넙죽 엎드렸다. 튀어나온 광대뼈와 좁은 이마가 눈에 익었다. 김내손이 불길한 나의 추측을 사실로 확인해 주었다.

"성균관 상재생 이옥이옵니다."

금상께서도 무척 놀라신 듯했다.

"이옥? 매설을 흉내 내어 응제문을 지은 바로 그 이옥 말이더냐?"

이옥이 떨리는 음성으로 답했다.

"그, 그러하옵니다. 소생 성교를 받자와 깊이 뉘우치며 지난겨울 사륙문을 지었사옵니다. 소생이 본디 기이한 것을 즐겨 패관기서를 가까이 하고 소품과 매설을 즐겼사옵니다만 성균관에 들어와서는 주자의 글을 열심히 읽고 공맹의 도리를 익히고자…… 예가 아니면 보지도 듣지도 말하지도 아니하고……."

김내손이 그 말을 잘랐다.

"여긴 문체에 대한 변명을 듣는 자리가 아니다. 북한산 자락에 있는 옥천암에서 이명방과 덕천을 본 것이 맞느냐?"

"만취한 걸승을 부축하며 산길을 오르는 서생과 어깨

를 다닥뜨린 일이 있사옵니다. 감홍로인지 삼사춘인지 죽력고인지 이강주인지 삼해주인지 두견주인지 송순주인지 벽향주인지 알기는 어려웠사옵니다만, 소생은 또한 진작부터 술과 음식을 즐겨 냄새만으로도 그 종류와 솜씨를 알 수 있사온데, 그 술 냄새는 참으로 독특하였사옵니다. 「취승곡」에 뒤이어 범어도 아니고 우리말도 아닌 이상한 노래까지 불렀사옵고 등짝의 얼룩이 일본국인지 유구국인지 파사국인지 알 수는 없으나 하여튼 지도를 그린 듯하였사옵니다. 대묘동에서 다시 만났을 때도 바로 그 두루마기가 벽에 걸려 있었사옵니다."

김내손은 염병에 까마귀 소리 같은 이옥의 장광설에 질린 듯 얼굴을 찌푸리며 짧게 물었다.

"그러니까 이명방과 덕천을 확실히 보았다 이 말이지?"

"산길에서 만취한 걸승과 노래하는 서생을 만나기란 쉽지 않사옵니다. 게다가 일본국인지 유구국인지 파사국인지 알 수 없는 지도를 닮은 얼룩 또한 드문 일이옵니다. 얼굴을 보았느냐고 물으신다면 우선 그 순간에 해가 어디에 머물렀느냐 하는 것이 문제이겠사옵니다. 북한산 옥천암 근처를 유산한 적이 있으신지 모르겠사옵니다만 그 길이 남동쪽을 주로 향하고 있어 다른 산길보다도 적어도 한 점 혹은 두 점 정도 일찍 어두워지옵니다. 그러니까 걸승과 서생이 소생의 이 가냘픈 어깨를 쳤을 때도 북서쪽이었다면 얼굴에 붙은 점 하나까지 확인했겠지만 옥천암 가는 길은 어둠이 벌써 발아래 깔려 정면에서 바로 손을 뻗어 뺨을 만질 정도 거리가 아니라면 얼굴을 기억하기 어렵사옵니다. 확실히 '보았느냐'고 물으신다면 무엇을 보긴 했사오나 그것이 과연 이명방과 덕전이었는지는 확답 드리기 어렵사옵니다. 하나 꼭 누군가를 파악하는 것이 누군가를 '보아야만' 아는 것은 아니옵니다. 소생은 냄새를 맡았고 노랫소리를 들었으며 또한 그 밤에 보았던 두루마기를 대묘동에서 직접 만지기까지 했사옵니다. 본 것으론 부족하겠으나 코와 귀와 손의 감촉을 전부 모아서 판단하건대, 그 저녁 소생이 만났던 서생은 이명방이 분명하옵니다."

이렇듯 지독한 악연도 드물었다. 이옥의 기억을 반박할 물증이 내게는 없었다. 범한과 이옥의 증언으로 이제 내가 덕천과 북한산에 머물렀다는 주장은 사실로 굳어졌다.

이옥이 나간 후, 김내손은 다음 증인을 부르기 전에 아뢰었다.

"손무재의 말에 따르면, 흉적 이명방이 광통교 거지패를 동원하여 빚을 받아 내겠다 협박하였다고 하옵니다. 급히 의금부 도사들을 보내 광통교 거지패를 잡아들여 문초한 결과 흉적이 걸승 덕천을 살해하기에 앞서 한 사람을 더 죽인 사실을 확인하였사옵니다. 자칭 광통교 거지패 왕초라고 불리는 협무가 밖에 있사옵니다. 평생 거지로 산 탓에 아무리 씻겨도 더러운 냄새가 십 리 밖까지 뻗어 가옵니다. 협무의 증언을 적어 두었사오니 나중에 따로 보시겠다고 하옵시면……."

"들이라. 광통교 거지패도 또한 과인의 백성이니라."

"알겠사옵니다."

협무가 들어왔다.

머리를 곱게 빗어 넘기고 깨끗한 바지와 저고리로 갈아입으니 완전히 딴사람이었다. 하지만 좋은 의복도 몸의 고통을 감추지 못했다. 척 보자마자 나는 그가 모진 형신을 당했음을 알아차렸다. 걸음은 더뎠고 손은 자주 옆구리를 누르느라 바빴으며 왼쪽 눈두덩은 퉁퉁 부어올라 눈을 떴는지 감았는지도 구분하기 어려웠다. 예의를 갖춘 후 엎드리자 하문하셨다.

"야뇌에게 들은 적이 있느니라. 거지임에도 관부(灌夫)*의 풍모를 지녔다고? 마상 무예뿐만 아니라 궁술과 검술에도 일가견이 있다 들었느니라. 네가 그 협무가 맞느냐?"

* 중국 한나라 때 인물로 오나라와 초나라가 반역을 꾀하자 그들을 공격하여 공을 세웠다. 의협심을 발휘한 인물의 대명사.

협무가 답했다.

"그리합니다. 전하! 야뇌 백동수와 젊어 한때 어울리며 호형호제하였습니다."

김내손이 나를 노려보며 협무에게 물었다.

"흉적 이명방과는 어찌 알게 되었는가?"

협무가 또박또박 답했다.

"의형인 백동수를 통해 소개받았습니다. 표창을 잘 던지고 병법에도 밝은 의금부 도사가 있다 하여 만났지요. 과연 천하의 기남자였습니다."

"흉적이 네게 사람을 죽여 달라 청하였다는데, 사실이냐?"

방바닥을 짚은 협무의 두 손이 부들부들 떨렸다. 즉답 대신 고개를 돌려 나와 눈을 맞추었다. 흔들리는 눈망울은 내게 용서를 구하였다.

'미안하이. 하나 이 길밖에 없어! 나 협무는 협객도 뭣도 아니라네.'

"사실입니다. 조명수라는 역관을 죽여 달라 했습니다."

나는 눈을 질끈 감았다. 지금까지 참았던 눈물 두 줄기가 볼을 타고 흘러내렸다. 김내손의 집요한 물음이 이어졌다.

"죽였느냐?"

"죽였습니다."

"언제 어디서 죽였느냐?"

"지난달 28일 새벽 두미포에서 죽였습니다."

"어떻게 죽였느냐?"

"작은 배에 오른 조명수를 화살 두 발로 맞혔습니다. 한 발은 팔뚝에 맞았고 또 한 발은 가슴에 꽂혔습니다. 조명수는 배에서 강물로 떨어졌고 다시 떠오르지 않았습니다."

"조명수를 죽인 후 이명방이 사례하였느냐?"

"금덩이를 받았습니다."

"어디서 받았느냐?"

"두미포에서 받았습니다."

"이명방도 조명수가 화살에 맞고 강물에 빠지는 걸 지켜보았단 말이냐?"

"그렇습니다. 제게 직접 화살을 건네주었습니다."

"가슴과 팔뚝에 화살을 맞은 시신 한 구가 서빙고 근처 강가에서 발견되었느니라. 그 사실을 알고 있느냐?"

"소식을 듣긴 했으나 크게 괘념치 않았습니다. 나중에 이명방에게 들으니 시신의 얼굴이 심하게 손상되어 조명수인지 아닌지 구별하기 어렵다고 안심하라 하였습니다."

김내손이 이번에는 화살을 내게 돌렸다.

"흉적은 협무의 이야기를 똑똑히 들었으렷다. 역관 조명수를 살해하라 명한 적이 있느냐?"

"그런 적 없습니다. 조명수는 저와 돈독한 정을 나눈 벗입니다."

"역관 따위가 종친과 우정을 나누다니 괴이한 소리로구나. 하면 28일 새벽에 너는 어디에 있었느냐? 알아보니 그날 너는 점심때가 다 되어서야 의금부로 나왔더구나. 협무는 널 두미포에서 보았다고 하는데, 그 시각에 두미포가 아닌 다른 곳에 있었음을 증명할 수 있느냐?"

"......"

김내손이 '저들'에 속한다는 것은 진작부터 알았지만, 이 질문을 부수기에는 벽이 너무 높고 단단했다. 홍인태까지 죽어 버렸으니 내가 그 새벽 두미포에 머물렀던 이유를 어찌 설명할까.

"답하라. 그 새벽 너는 어디에 있었느냐?"

"두미포에 있었사옵니다. 하오나……"

"다음 사람을 들이라."

내 말을 자르셨다. 더 이상 변명 따위 듣지 않으시겠다는 뜻이다.

다섯 번째 증인은 의금부 도사 정만길이었다. 김내손이 우선 동기협과 정만길이 억권루까지 간 경위를 간단히 밝혔다.

"흉적 이명방이 살인범을 하루 만에 잡겠다고 장담하였

으므로, 의금부에서는 동 도사와 정 도사로 하여금 이명방을 돕도록 조처하였사옵니다."

김내손이 눈짓을 보내자 정만길이 이어서 설명했다.

"억권 홍인태의 집에 닿으니 광통교 거지들이 득실대고 있었사옵니다. 거지패가 춤추고 노래 불러 시끄러운 틈에 이명방과 저희 둘은 담을 넘어 들어갔고, 배오개 시장통 장사치들을 제압한 후 홍인태를 만났사옵니다. 이명방은 따로 홍인태와 나눌 이야기가 있다며 저희에게 서실 앞마당에서 잠시 기다리라고 요구했사옵니다. 그 청을 거절했다면 폭약이 터지는 것도 막고 홍인태나 동 도사의 목숨도 구했을 것이옵니다만, 홍인태가 진범인 물증과 확약을 받아 내겠다는 말을 믿고 둘만 들여보냈사옵니다."

"폭약이 터졌을 때 정 도사는 왜 서실 앞마당에 없었는가?"

"배오개 장사치와 광통교 거지패 사이에 마찰이 생겼기 때문이옵니다. 동 도사는 제게 상황을 알아보고 오라 했사옵니다. 제가 남고 동 도사가 갔어야 하는데……. 대문을 채 나서기도 전에 굉음을 들었사옵니다. 또 다른 폭발이 있을까 염려하여 잡인의 출입을 통제하였사옵니다. 거지패란 이런 혼란을 이용하여 남의 물건에 손을 대기 마련이기 때문에, 집으로 들어가려는 자들을 막으려고 노력하였사옵니다. 하나 저 혼자 힘으로는 역부족인지라 몇몇은 집으로 들어갔을지도 모르옵니다. 한 점 정도 지나 제가 홀로 들어갔사온데, 서실은 완전히 내려앉아 불길에 휩싸였으며 이명방도 홍인태도 동 도사도 보이지 않았사옵니다."

"처음에는 동 도사가 죽지 않고 살아 있다 여겼다던데……."

"거지 소년이 척독을 한 장 가져왔사옵니다. '몇 가지 의심 가는 일이 있어 움직이네.'라고 적혀 있었사옵니다. 나중에 알고 보니 그 척독은 동 도사가 아니라 이명방 저 흉적이 꾸며낸 것이었사옵니다."

척독은 광통교 협무의 거처에서 김진이 쓴 것이다. 지금 상황에선 척독을 내가 쓴 것으로 인정하고 가는 쪽이 나았다. 김진까지 이 늪에 빠뜨려서는 아니 된다. 김내손이 알짬*을 짚었다.

"폭약은 어찌 된 것이냐?"

정만길은 기다렸다는 듯이 설명을 늘어놓았다.

"두 가지 가능성이 있사옵니다. 하나는 홍인태가 자폭용으로 지녔을 수도 있고 또 하나는 이명방이 가져갔을 수도 있사옵니다. 전자는 납득하기 힘든 부분이 많사옵니

---

* 여럿 가운데 핵심이 될 만한 요긴한 내용.

다. 무엇보다도 서책을 제 몸보다 아낀 홍인태가 귀한 서책들이 많은 서실에서 폭약을 터뜨렸다고 보기는 어렵사옵니다.”

“이명방이 폭약을 구할 여유가 있었느냐? 너희들이 뒤따르지 않았느냐?”

정만길의 이마에 땀이 송골송골 맺혔다.

“미행을 했지만 자주 놓쳤사옵니다. 도성 지리를 누구보다도 훤히 꿰뚫고 있는지라, 이명방은 나타났다 사라지고 또 나타났다 사라지기를 반복하였나이다. 그사이 누구에겐가 폭약을 받아 품에 넣었을 수도 있사옵니다.”

“하면 이명방이 왜 폭약을 터뜨렸다고 보는가?”

“홍인태와 함께 자폭한 것으로 위장한 후 은신할 계획이 아니었나 하옵니다.”

금상께서 정만길의 추측을 막으셨다.

“한데 은신하지 않고 약조를 지켜 궁궐로 돌아왔구나. 이명방이 왜 돌아왔을까?”

정만길이 김내손의 얼굴을 살폈다. 김내손은 고개를 살짝 돌려 정만길의 시선을 피했다.

“그, 그건 솔직히…… 모르겠사옵니다. 돌아오지 않을 줄 알았사옵니다. 묘시에 요금문 앞에 서서 기다릴 때도 이명방이 벌써 강화도나 동래에서 배를 타고 빠져나가 버린 것은 아닐까 걱정했사옵니다. 하나 그는 약조한 시각에 모자라지도 넘치지도 않게 돌아왔사옵니다."

정만길은 상운루에서 벌어진 일들을 모르는 것이 분명했다. 명은주를 죽이려고 왔던 이들은 의금부 관원들이 아니란 말인가.

김내손은 정만길의 혼란스러운 모습을 감추려는 듯 급히 아뢰었다.

"마지막으로 검서관 이덕무의 늙은 하인 종남을 들이도록 하겠사옵니다. 종남은 이덕무의 집안에서 대대로 종살이를 해 온 자인데, 성실하고 충직하여 규장각 관원들 사이에서도 그 주인에 그 하인이란 칭찬이 자자하였사옵니다. 주인의 명이라면 도끼로 제 팔목을 끊는 것도 감내할 자이옵니다."

종남이 들어왔다. 두미포 밀주집에서 덕천과 내가 술을 마신 적이 있는지 확인하러 갔던 이덕무의 늙은 하인이었다. 마음으로 통하던 주인 이덕무의 죽음에 상심한 탓일까. 볼살이 빠지고 눈에 초점이 없었다.

"장례를 치르는 데 소홀함은 없었으렷다?"

김내손보다 먼저 하문하셨다. 종남이 작고 느리지만 분명하게 답했다.

"그렇습니다. 멀리 하삼도에서부터 문상객들이 끊이질

않습니다만, 법도에 어긋남 없이 정성을 다하였습니다."

"덕무보다 정확하게 서책을 살피고 덕무보다 빠르게 정리한 이는 일찍이 없었느니라. 이제 규장각도 많이 쓸쓸하겠구나."

이덕무를 추억하시는 동안 짧은 침묵이 이어졌다.

나는 속으로 되새기지 않을 수 없었다.

청장관 이덕무가 왜 죽었는가. 자송문 때문이다. 감환이 깊었다곤 하나 스무날에 자송문을 지어 바치란 명만 없었다면, 며칠 밤을 꼬박 새우진 않았을 것이고 기력을 잃어 생명줄을 놓는 일도 없었으리라. 자송문을 지으라 누가 명하였는가. 금상이시다. 비약하여 이으면, 금상께서 이덕무를 죽음으로 내몬 것이다. 물론 규장각 검서관이 자송문 한 장 때문에 고심하다 죽는 것은 흔한 일이 아니다. 금상께서도 하명하시며 거기까지 살피지는 못하셨으리라. 하나 이덕무는 자송문을 쓰고 쓰고 또 고쳐 쓰다가 죽었다. 한번 죽고 나면 다시 살아날 방도가 없으니, 그리 섬약한 줄 알았다면 명을 내리지 말 것을, 후회해도 변명해도 쓸 데 없다. 아니다. 금상께서는 이덕무가 설령 자송문 한 장 때문에 죽는 한이 있더라도 엄중히 명을 내리실 분이다. 백번 훌륭히 보필해도 한 번 눈 밖에 나면, 사문난적이 되고 살인자로 전락한다. 이덕무나 나나 마찬가지다. 우리는 평생 탑전만 바라보며 하루하루를 되살펴 최선을 다할 따름이며, 그 재주를 쓸 것인가 말 것인가는 군왕의 몫이다. 금상께서는 이덕무를 자르셨고 이제 나 이명방을 자르려 하신다. 죽음보다 끔찍한 모멸감이 찾아들지만 그건 어디까지나 우리가 감내할 문제다. 빈 찬합을 앞에 둔 순욱의 심정이 이럴까. 평생 모신 군왕의 마지막 엄명이 고작 자송문을 지어 바치라는 것이고, 연쇄 살인을 자인하라는 것이다. 그런 명을 받았다는 것 자체가 치욕이다. 이덕무는 자송문을 찢는 것으로 당당히 치욕과 맞섰다.

김내손이 여운을 자르며 종남을 몰아세우기 시작했다.

"너는 언문은 물론 한자도 제법 안다 들었다."

"서실을 정리하기 위해 조금 익혀 두었습니다."

"그 정도가 아니라던데……『서경』까지 외운다 들었다. 천민으로 시를 꽤 지었던 이단전이란 자도 네 앞에서는 머리를 조아렸다는 풍문이 있지 않느냐?"

"풍문일 뿐입니다."

"흉적 이명방이 대묘동을 자주 내왕한 사실을 모르는 이는 없다. 가까이에서 보기에 이명방의 품성은 어떠하더냐?"

"매설을 즐겨 그런지 외대는* 일에 능했습니다."

---

* 외대다. 사실과 다르게 일러 주다.

"외대는 일에 능했다? 어떤 거짓말을 하였느냐?"

"지난 초사흘 두미포에 다녀왔습니다. 덕천이란 불제자와 두미포에서 맛난 술을 마셨다고 자랑을 했다더군요. 한데 그가 설명한 두미포 초입에는 주점 자체가 없었습니다. 괜히 소인만 헛걸음질을 하였지요."

김내손이 용안을 잠깐 살핀 뒤 말했다.

"이덕무와 이명방은 아버지와 아들처럼 친했다던데 사실이더냐?"

"아닙니다. 이 도사가 자주 서실을 찾아왔지만 주인어른은 이 도사를 싫어했습니다. 서책 욕심이 너무 많았거든요."

백탑 서생치고 서책 욕심 없는 자가 있으리.

생전에 이덕무는 일이 산더미처럼 많아도 차분하게 규장각을 이끌었다. 종남은 주인에게서 사람을 아끼는 깊은 정을 배우지 못하고 마음 끄는 기술만 익힌 듯했다.

"스무나흗날 밤 이 도사가 도둑고양이처럼 찾아들었습니다. 주인어른의 병환이 위중하였기에 대문을 두드렸다면 정중히 물리쳤을 겁니다. 서실에서 시끄러운 소리가 들려갔었지요. 나쁜 일인지는 알지만 혹시나 주인어른께서 잘못되시기라도 할까 걱정하며 섬돌 위에 서서 서실 안 대화를 엿들었습니다. 주인어른은 자송문을 고쳐 쓰고 계셨으니까요. 이 도사는 계속 자송문에서 자신의 이름을 빼라고 했습니다. 패관기서와 소품문을 함께 즐긴 자들 중에 이 도사의 이름 석 자도 들어 있었던가 봅니다. 이 도사가 씩 씩거리며 나간 후 소인은 황급히 서실로 들어갔습니다. 주인어른은 거친 숨을 몰아쉬며 이렇게 말했습니다. '저놈이, 저놈이 자송문을 가져갔어.' 뒤따라갔지만 이 도사는 사라지고 없었습니다. 완성한 자송문을 이 도사가 가져가는 바람에 주인어른은 더욱 낙담하셨고 결국 다음 날 진시에 돌아가셨습니다."

"아니옵니다. 전하! 신은 이덕무의 자송문을 가져가지 않았사옵니다."

바위처럼 자중하라는 명을 받았으나 이 순간만은 참을 수 없었다. 이덕무의 죽음이 내 탓이라니, 자송문에서 내 이름을 뺄 것을 요구하고 이덕무가 거절하자 자송문을 가지고 갔다니!

하문하셨다.

"이덕무는 자송문을 남기지 않고 죽었느니라. 스무나흘 날 이덕무가 짓던 자송문을 보았느냐?"

"이, 읽었나이다."

"하면 외워 보라."

"저, 전하!"

"외워 보래도."

기억을 더듬어 이덕무의 자송문을 외웠다.

"……성은을 입어, 규장각에서 검서의 일을 맡고 또한 입연(入燕)하여 대국 문물을 접할 기회를 얻었습니다. 보고 듣고 배운 것들을 자세히 옮겨 적고 우리에게 맞도록 고칠 방도를 찾는 것이 또한 작은 즐거움이었습니다. 그러나 이 와중에 성정이 급해지고 사소한 일들에 집착하는 버릇이 생겨났습니다. 우아하고 정갈한 옛 문장을 본받기보다는 제 눈앞에서 벌어지는 순간순간의 움직임들을 담아내기 위해 때로는 비루하고 때로는 저속한 문장을 쓴 것이 못내 후회스럽습니다. 한번 적어 내린 글을 주워 담기란 불가능하기에, 앞으로는 패관기서와 소품문……."

내 말을 끊고 김내손에게 하문하셨다.

"판의금! 이 자송문을 청장관 서실에서 찾았는가?"

"아니옵니다. 더러 쓰다 만 종이들은 발견하였사오나 그처럼 참회로 가득 찬 자송문은 없었나이다."

다시 내게 하문하셨다.

"하면 그 자송문은 어디 있느냐? 네가 가져가지 않았다면 덕무가 어디에 두었어? 그런 글을 함부로 둘 덕무가 아니다."

자송문을 찢고 환하게 웃던 이덕무의 얼굴이 떠올랐다.

"이덕무가…… 찢었사옵니다. 글자를 전혀 알아보지 못

할 만큼 갈기갈기 찢었사옵니다.”

탁!

금상께서 용상을 양손으로 치며 일어나셨다. 나를 향해 급히 두 걸음 내디디며 성노를 드러내셨다.

“참으로 흉악한 마음을 지녔구나. 네 목숨 하나 연명하자고 덕무를 그렇듯 모함한단 말이너냐. 지원괴 덕무에게서 배움을 얻은 걸 큰 자랑으로 여겼던 네가 아니더냐. 수레는 뭍을 다니는 배요 움직이는 방이니 융차(戎車), 역차(役車), 수차(水車), 포차(砲車), 용미차(龍尾車), 옥형차(玉衡車) 가리지 말고 만들어야 한다고 한 박지원의 주장을 극력 지지한 이가 또한 누구이더냐.”

“저…… 저…… 전…….”

말이 자꾸 혀끝에서 갈라졌다. 저들이 파 놓은 늪에 콧구멍까지 빠진 것이다. 눈물만 하염없이 흘러내렸다. 살인자라는 누명보다도 백탑의 여러 벗들을 배신하지 않았느냐는 다그침이 더욱 아팠다.

“차라리 신을 이 자리에서 죽여 주시오소서. 신의 잘못은 신이 더욱 잘 아옵니다. 죽어 마땅한 중죄를 지었사오니 제발 제발 죽여 주시오소서.”

김진은 장대 끝에서 삼 년도 견딘다는 속언까지 인용하며 참고 버티라고 했다. 그러나 이런 굴욕을 당하느니 죽는 편이 나왔다. 증언이 하나하나 이어질 때마다 금상께서 나에 대한 믿음을 차차 거두시는 것을 분명히 알 수 있었다. 지난날의 공을 생각하여 과를 덮어 주시려는 성의(聖意)도 접으셨고 종친으로서 마지막 위신을 세워 주겠다는 배려도 지우셨다. 김내손의 추궁 따위는 두렵지 않았지만 어심이 내게서 멀어지는 풍광은 받아들이기 어려웠다. 줄 끊어진 연처럼, 허허롭게 어둠 속을 떠도는 기분이었다.

김내손이 마지막 일격을 가했다.

"전하! 흉적 이명방의 죄가 분명하게 드러났사옵니다. 죄인을 극형으로 다스리시옵소서."

'극형'이란 두 글자가 가슴을 쳤다. 금상께서 우선 의금부를 칭찬하셨다.

"금부에서 신속하게 증인들을 모은 점은 참으로 훌륭하구나. 과인 역시 이명방이 극형을 면치 못하리라고 본다. 한데 판의금이 놓친 것이 하나 있는 듯하구나."

김내손은 당황한 빛을 감추고 정중히 말했다.

"하문하시오소서."

"과인이 열하에서 『평산냉연』을 읽으려는 자가 있으면 지체 말고 데려오라 하지 않았는가?"

"그러하옵니다. 흉적 이명방이 형신을 받는 중에 열하와 『평산냉연』을 입에 올렸기에, 지난 스무이렛날 새벽 신이

160

직접 데리고 입궐하였사옵니다."

"판의금은 어찌 생각하였는가?"

김내손이 어심을 살피지 못한 채 되물었다.

"무, 무엇을 말이옵니까?"

"과인이 이명방에게 언제나 탑전에 나아올 수 있는 권한을 왜 주었다고 보는가 이 밀이다."

"밀명을 받았다 여겼사옵니다. 이전에도 의금부 도사 이명방은 중요한 밀명을 여러 차례 받지 않았사옵니까?"

고개를 끄덕이며 다시 하문하셨다.

"옳다. 하면 이번에 이명방이 받은 밀명은 무엇이라고 보는가?"

김내손이 답했다.

"신이 불민하여 거기까진 생각이 미치지 못하였나이다. 하교하여 주시오소서."

"과인은 『열하』를 몰래 숨어 읽는 미치광이들을 찾아내라 명하였느니라. 특히 주해서까지 만들어 젊은 서생들의 마음을 어지럽히는 무리를 색출하는 임무를 맡겼지. 한데 스무이렛날 새벽, 열하에 『평산냉연』을 들먹인 후 찾아와선 과인에게 실토하였느니라. 과인이 찾고 있는 바로 그 주해서를 펴낸 '열하광'에 이명방 자신이 이 년 전부터 참가하였다고."

김내손의 안색을 살폈다. 안도하는 빛이 역력했다. 내가 '열하광'의 일원인 것은 누구보다도 저들이 더 잘 안다. 이제 내게 쏟아질 불행을 천천히 음미할 일만 남았다는 표정이었다.

"그런 일이 있었사옵니까? 신은 전혀 몰랐사옵니다. 박지원의 사악한 패관기서를 읽었기 때문에 살인마가 된 것이 더욱 명백해졌사옵니다. 지금 문체를 바로 세우지 않으시오면 더 많은 살인마가 나올 것이옵니다."

이번에는 내게 하문하셨다.

"어제는 미치광이가 모두 넷이라 하더니 이제 다섯으로 늘어났구나. 역관 조명수, 걸승 덕천, 검서관 이덕무, 중인 홍인태, 이렇게 미치광이 넷을 죽였고 너만 혼자 살아남은 게냐? 미치광이가 더 있다면 살인을 더 저질렀는지도 모르겠구나. 포박된 필동 집은 붓 만드는 계집의 거처라고 하더구나. 이덕무가 친딸처럼 아꼈으니 제법 시문을 즐길 만도 하겠지. 그 집에 숨어든 것을 보면 각별한 사이가 분명하렷다. 계집의 이름이 무엇이더냐?"

"명은주이옵니다."

"그래, 명은주! 필동에서 네가 포박된 후 계집의 행방이 묘연하다 들었느니라. 계집까지 죽였느냐? 그 계집도 '열하광'의 미치광이냐?"

명은주의 고운 얼굴이 떠올랐다.

"아니옵니다. 처음부터 다섯이었사옵니다. 명은주와 가깝게 지낸 것은 사실이오나 그녀는 '열하광'에 참가한 적이 없사옵니다."

하문이 다시 김내손에게 내려갔다.

"판의금! 명온주라는 게집의 행방은 어찌 되었는가?"

"계속 수소문하고 있사옵니다."

상운루의 일을 모르는 것 같기도 하고 알면서도 모르는 체하는 것 같기도 했다.

말머리를 바꾸셨다.

"판의금! 한데 이명방이 넷을 죽인 이유가 명확하지 않구나. 자송문에서 이름을 빼기 위해 이덕무와 다투다가 독살에 이르렀다는 설명도 비약하는 부분이 있고, 역관 조명수나 걸승 덕천은 왜 죽였을까? 홍인태를 죽인 이유에 대해서도 정만길은 이명방이 멀리 은신하기 위함이라고 했지만 이렇게 궁궐로 돌아왔으니 받아들이기 힘들지. 살인 동기가 없는 연쇄 살인이 가능한가? 이명방이 미치지 않은 다음에야 아무런 이유도 없이 그런 짓을 할 까닭이 없어."

김내손이 즉답을 못 한 채 마른침을 삼켰다. 은근슬쩍 가리고 지나가려던 약점을 꽉 잡힌 것이다. 궁색한 답변을 내놓았다.

"지금부터 죄인을 엄히 형신하여 살인 동기를 찾아내겠사옵니다."

금상께서 내 얼굴을 뚫어져라 쳐다보며 하교를 이으셨다.

"의금부 도사이자 종친인 이명방은 청렴결백하기로 이름이 높았느니라. 재물이나 청탁 때문에 죄를 지었다 하면 세상이 웃을 일이다. 차라리 죽은 자들이 모두 『열하』를 위해 모였으니, 해괴한 서책으로 인해 오해와 다툼이 생기고 끔찍한 살인이 일어났다고 보는 것이 민심을 가라앉히는 데 큰 도움이 될 듯싶구나."

"전하! 박지원의 서책을 읽고 어떤 흉포한 생각도 들지 않았나이다. 오히려 그 책으로 인해 더 넓은 세상을 배웠사옵니다."

김내손이 질책했다.

"흉적은 그 입 다물지 못할까. 전하! 『열하』를 탐독하였기 때문에 살인하려는 뜻이 생겼다는 자백을 받아 내겠사옵니다. 서책을 읽는 모임은 더 큰 음모를 감추기 위한 방편이라 사료되옵니다. 서책 뒤에 숨은 불손한 세력들을 색출하겠나이다."

금상께서 크게 고개를 끄덕이신 후 말말끝*에 당부를 더

---

* 이런 말 저런 말을 하던 끝.

하셨다.

"보름이면 충분하겠지? 다음 달 열이튿날에 열리는 친시를 판의금도 알고 있으렷다. 판의금이 시관이니 모를 까닭이 없겠구나. 그날까지 자백을 받아 낸다면 과장에 흉적을 세워 『열하』와 같은 패악한 서책을 탐독한 자의 최후를 팔도 서생에게 널리 알렸으면 하느니라. 명심하렷다!"

18장

왕은 말하노라. 문체는 한둘이 아니지만, 난삽하거나 평이함이 있을 뿐이다. 말이 어려운 것은 기이하고 말이 쉬운 것은 순하다. 어떤 것을 취하고 어떤 것을 버려야 하겠느냐?

— 정조, 『책문』, 「문체(文體)」

그리하여 나는 다시 열하와 『평산냉연』을 처음으로 외쳤던 방으로 돌아왔다.

양팔을 허공에 가위 모양으로 묶인 채 무간지옥을 하루에도 열두 번씩 다녀오는 지독한 형신이 시작되었다. 목숨이 달아나는 일은 살인 동기를 알아내라는 어명으로 인해 연기되었지만 죽음보다 참혹한 날들이 닥쳤다. 김내손은 의금부에 내려온 새로운 임무 자체를 싫어했다. 창송헌에서 모든 일을 마무리 짓는 것이 저들의 바람이었으니까.

정만길은 형신에 필요한 도구를 진열해 놓고 싸늘한 웃음과 함께 나를 맞이했다. 당장 죄인의 목을 베라거나 사약을 먹이라고 했다면 그는 억울함을 참지 못하고 완적(阮籍, 죽림칠현의 하나. 혼자 멀리 가서 통곡하는 일이 잦았음)처럼 울음을 터뜨렸으리라. 친시까지 남은 기간이 겨우 보름인 것을 아쉬워하면서 최대한 시간을 아껴 최악의 고통을 선사하기 위해, 동기협의 복수를 위해, 끼니도 건너뛰고 잠까지 줄여 가며 내 곁에 머물렀다. 그는 금상께서 살인 동기를 알고 싶어 하신다는 소식을 전해 듣고 더욱 기뻐했다. 나 이명방이 『열하』로 인해 누군가를 살해할 마음을 품었다는 말을 결코 하지 않으리라 확신한 것이다. 자백을 받아 낸다는 구실로 갖가지 고문을 이어 갈 작정이리라. 아무리 어리석은 제자라고 해도 어찌 스승의 역작에 침을 뱉는 대가로 목숨을 구걸하랴.

정만길의 예상은 옳았다. 나는 살갗이 타들어 가고 거꾸로 매달린 채 콧구멍으로 더러운 물이 끝없이 밀려들어도 『열하』가 형편없는 서책이라거나 거대한 음모의 수단이라는 주장만은 인정하지 않았다.

과장(科場) 입구에 죄인 이명방을 세워 둘 예정이기 때문에 압슬형을 자제하는 것을 정만길은 내내 아쉬워했다. 혼절했다가 깨어난 내 귀에 범나방이라도 쑤셔 넣을 듯 말했다.

"비둘기 똥보다도 독한 놈! 그래, 너무 쉽게 불면 아니 되지. 다음을 기대해도 좋아. 어깨뼈가 살갗을 뚫고 나오는 걸 보여 줄게. 어차피 넌 참형을 당할 테니까, 곰배팔이로 죽든 외팔이로 죽든 상관없거든."

정만길이 쪽잠을 잘 때나 소변을 보러 잠시 나갔을 때 혹은 혼절하여 더 이상 곤장을 맞지 않아도 될 때, 나는 상운루와 김진과 명은주를 떠올리려고 애썼다. 처음에는 얼굴 하나 몸짓 하나도 촘촘히 그려졌는데 점점 그 일도 쉽지 않았다. 머릿속 전체가 웅웅대며 소리들이 뒤섞였다. 처음에는 김진의 낭랑한 목소리였는데 마지막에 명은주의 콧소리 섞인 웃음으로 바뀌었다. 어떤 순간에는 김진의 목소리에 명은주의 주장이 담겼으며, 어떤 순간에는 명은주의 목소리에 김진의 주장이 얹혔다. 그것들을 가려듣고 싶었지만 어디를 어떻게 떼어 내야 하는지, 과연 떼어 낼 수 있는지 혼란스러웠다.

명은주는 달아나자고 했다. 약조 따윈 잊고 아무도 우리를 모르는 곳에 가서 둘만의 행복을 가꾸자 했다. 김진은 단근질 참듯 견뎌 달라고 했다. 반드시 진범을 찾아낼 테니 포기하지 말고 살아만 있으라 했다. 나는 김진의 말을 믿고 명은주의 말을 따르지 않았다. 명은주의 말을 듣고 김진의 말을 따르지 않았다면 어찌 되었을까. 지금쯤 유구나 안남 혹은 천축을 향해 가고 있을까.

또 이런 황당한 풍광도 찾아들었다. 자욱한 안개 걷히니 개나리 진달래 노랗고 빨갛게 핀 들길을 손을 잡고 달려가는 남녀의 뒷그림자가 나타났다. 뒷그림자만 보고도 가슴이 콩당콩당 뛴다. 저 남녀는 내가 아는 남녀다. 남녀가 걸음을 멈추고 돌아본다. 이마가 보이고 뺨이 보이고 코가 보인다. 나는 저들을 나보다도 더 아꼈다. 남자는 김진이고 여자는 명은주다. 둘은 보란 듯이 입을 맞춘다. 짙은 안개가 지나가니 둘은 어느새 알몸이다. 알몸이 된 김진과 명은주는 선 채로 운우지락에 든다. 꽃잎이 하늘에서 비처럼 내린다.

아니다. 김진은 진범을 잡기 위해 최선을 다할 것이다. 명은주는 내가 살아 돌아오기만을 손꼽아 기다릴 것이다. 그렇지만, 둘은, 김진과 명은주는 내가 없는 동안에도 여러 번 만났다. 명은주가 몽유에 빠진 것을 나만 몰랐다. 파사의 종이 명은주를 위한 것임을 나만 몰랐다. 명은주가 대묘동 이덕무 집을 나와 머문 곳이 왜 하필 상운루인가. 정말 김진은 그녀를 우연히 거리에서 만났을까. 그래도 벗이라는 명은주의 말을 믿어야 할까. 아니 내가 왜 그 둘을 믿어야 하나. 창송헌에서 나를 살인범으로 몰았던 손무재도 협무도 내가 특히 아끼던 사람들이다. 지금 내 등을 인두로 지지고 있는 정만길 역시 "이명방 도사님과 같은 의금부 관원이 되겠다."라고 입버릇처럼 말하지 않았던가. 무엇보다도 나는 금상을 믿었다. 금상께서는 내 충심을 의심하지 않으시리라 믿었고 백탑 서생을 위하는 내 마음을 흔들지 않으시리라 믿었다. 그 믿음 때문에 지금 내 몸은 고통을 토하는 하나의 덩어리로 변해 있다.

이 순간이 어제인지 오늘인지 내일인지도 모르겠다. 햇빛은 한 줌도 들지 않았으며 정만길도 또 그를 돕는 나장도 시간을 짐작할 만한 이야기는 일부러 피했다.

날짜를 못 세게 헤라!

이것 역시 내가 정만길에게 가르친 것이다. 순간순간이 늘 똑같은 고통은 형신을 당하는 이들에게 끔찍한 절망을 안긴다. 외딴곳에 홀로 남겨져 자신이 언제 죽을지도 모른 채 고통받는 것보다 끔찍한 일이 있을까.

정만길은 정신의 창랑(滄浪)이 갓끈을 씻을 만큼 가장 맑은 순간만을 골라 숯을 피우고 인두를 달궈 내 몸 여기저기를 지졌다. 인두가 몸에 닿고 살이 타는 냄새와 함께 연기가 피어오를 때는 오로지 아픔에만 집중한 탓에 오히려 편했다. 정말 내가 참기 어려웠던 순간은 숯을 피우기 위해 정만길이 서책을 찢어 불쏘시개로 넣을 때였다. 첫날 정만길은 나장들과 함께 서책을 각자 한 아름씩 들고 와선 내 발 아래 쌓은 후 이렇게 속삭였다.

"이게 모두 『열하』 필사본들이란다. 정말 많지? 패관기서와 매설류를 읽지 말라는 어명이 내렸는데도 독버섯처럼 숨어서 읽고들 있었던 게야. 이 서책은 공맹의 도리와 예법을 갉아먹는 독충과도 같아. 단 하나의 이로움도 없는 벌레지. 깡그리 잡아내어 불태울 수밖에 없어. 아니지 아니야. 흰 종이에 글자로 있을 때는 음충한 생각들을 품었으나 한 줌 재로 돌아갈 때는 뜨거운 기운을 우리에게 선물하지. 이명방, 네가 『열하』를 목숨보다도 소중하게 여긴다고 하니, 마지막 선물 역시 빠짐없이 네 몸에 새겨 두는 게 좋겠어."

그리고 서책을 찢었다. 「도강록」도 찢고 「일신수필」도 찢고 「관내정사」도 찢고 「막북행정록」도 찢었다. 「환연도중록」도 태우고 「태학유관록」도 태우고 「옥갑야화」도 태우고 「혹정필담」도 태웠다. 열하의 모래바람 대신 검은 재가 내 몸을 휘감았다. 나는 탄광에서 나온 광부처럼 검은 눈물 검은 땀을 흘렸고, 검은 기침 검은 절규를 뱉어 냈다. 『열하』는 검은 망각의 강으로 사라질 서책이 아니다. 이게 무슨 짓이야. 차라리 날 때려라. 내 가슴을 찢어! 아, 정만길 네가 어찌 이런 짓을 한단 말이냐. 누구보다도 시문을 좋아한다고 고백하지 않았느냐. 연암체의 생경함이 두렵기는 해도 글맛은 매우 좋다 평하지 않았느냐. 그만두어라. 아서라. 서책을 찢어 네게 무슨 이득이 있느냐. 공맹의 도리를 아는 네가 어찌 분풀이를 위해 서책을 찢고 태울 수 있단 말이냐. 이건 아니다. 아아, 내 살갗이 익는구나 타는구나. 하늘이 대노하고 땅이 일어서는구나!

어명은 지엄했고 내게는 힘이 없었다. 서책이 한 권씩 불에 탈 때마다 백탑 서생의 희망도 한 뼘씩 사라졌다. 박지원은 홍대용은 박제가는 이덕무는 유득공은 백동수는 김홍도는 김영은 또 이명방과 김진은 검은 재보다도 못한 인간으로 바뀌어 갔다. 이 탁한 재처럼 허공으로 흩뿌려져 흔적도 없이 사라져야 했다. 그것이 규장각을 세우고 어진 이를 등용할 때 오직 그 재주만 볼 뿐 출신은 따지지 않겠다며 서얼허통을 약속하신 어심의 종착지였다.

다시 깨어났다.

곤을 맞다가 쓰러졌는지 장을 맞다가 기절했는지 인두가 허벅지에 닿을 때 정신을 잃었는지 태가 허리를 후려칠 때 피를 쏟았는지 헷갈렸다. 어떤 쪽이라도 상관없다. 깨어난다는 것은 내가 아직 살아 있다는 뜻이고 굴복하지 않았다는 뜻이다. 우악스러운 손이 머리채를 잡아 젖힌다. 목이 뽑힐 듯 턱이 치켜 올라가는 것도 익숙하다. 가래침이 이마에 앉는 것도 코에서 귀로 피가 흘러내리는 것도 갈라진 입술이 쓰라린 것도 일상이다. 단 한 순간도 아픔을 모르는 몸은 내 몸이 아닌 것 같다.

다시 깨어났다.

이번에는 정신을 놓던 순간이 떠오른다. 때리다가 지친 나장이 중곤을 떨어뜨리자, 정만길은 중곤을 주워 나장의 허리를 후려친 다음 내 뒤통수를 때렸다. 머릿속이 물만 가득 찬 것처럼 출렁인다. 귀와 코와 입과 눈으로 물들이 다 쏟아져 나가 버리면, 나는 죽는 것일까. 정만길이 내 머리를 중곤으로 난타한 것은 애성이* 난다는 뜻이다. 눈에 띄는 초조함은 시일이 꽤 많이 흘렀다는 의미이기도 하다. 닷새인지 이레인지 열흘인지 단정 지을 수는 없지만 어명으로 정한 기일이 끝나 가고 있음을 나는 뒤통수를 얻어맞으며 깨달았다.

다시 깨어났다.

이번에는 무척 평화롭게 눈을 떴다. 맞다가 맞다가 견디지 못하고 정신을 잃은 것이 아니라 속잠**에서 깨어난 것이다. 잠을 재우지 마라! 정만길에게 형신을 가르칠 때 가장 먼저 알려 준 문장이었다. 정만길은 양팔을 풀어 주지는 않았으나 제법 긴 잠을 허락했다. 목을 꺾어 젖히지 않고 턱끝만 검지로 까딱 밀어 올렸다.

"잘 들어. 마지막 날이야. 오늘까지 『열하』의 문체에 침윤되는 바람에 연쇄 살인을 저질렀다고 자백하지 않으면 너는 내일 과장에 서지도 못하고 곧장 형장으로 끌려간다."

---

* 분하고 성이 나서 애가 탄다. 또는 그런 감정.
** 깊이 든 잠.

피 묻은 가래를 바닥에 뱉은 후 답했다.

"정 도사! 어차피 난 죽어. 죽는 마당에 백탑 서생을 배신하긴 싫어."

"황소고집쟁이!"

정만길은 소매에서 부채 하나를 꺼냈다. 이 계절에 어울리지 않는 물건이다. 형신을 하는 자리에는 더더욱 불편요하다.

정만길은 그 부채를 콧잔등에 횡으로 얹는 시늉을 했다.

"잘 보라고. 당신에게 이걸 보여 주면 내 말을 고분고분 따를 거라고 부채 주인이 말했거든."

김진이 아끼는 제강의 부채였다. 『산해경』에 등장하는 돼지처럼 뚱뚱하고 앞뒤 구별도 없는 괴물 제강은 음악과 춤의 신이자 혼돈 그 자체였다. 제강이 구름 위로 날아오르고 호수에 내려앉는 모습이 부채 앞뒤에 담겼다.

"화광이 잡혀 왔는가?"

정만길이 주위를 살피며 목소리를 낮추었다.

"쉿! 화광만 믿고 형신을 버텨 왔다고 저들에게 알릴 일이라도 있어?"

"저들? 방금 저들이라고 했나?"

"그래, 네 그 망할 놈의 꽃에 미친 친구가 '저들'이라더군. '저들'이 의금부 관원들을 사사롭게 동원해 왔고 나 정만길 역시 그중 하나라고 말이야. 잘 들어. 난 아직도 동 도사를 네가 죽였다고 믿어. 하나 연쇄 살인범이 네가 아니라면, 난 살인범 잡을 기회를 놓치지 않을 거야."

"화광을 만났는가? 무슨 말을 하던가?"

"수다 떨 시간 없어. 잘 들어. 난 이제 나장들을 부를 거야. 지금까지 했던 형신들을 모두 보탠 것보다 더 끔찍한 형신을 가한 후 자백하라 마지막으로 권하겠어. 바로 그땐 이 부채의 주인, 그러니까 네 가장 친한 벗을 실망시키는 일이 없었으면 해. 나도 아직 전모는 모르겠지만 어쨌든 널 내일 과장에 세워 놓지 않으면 진범을 가르쳐 주지 않겠다고 했어."

"화광을 믿는군."

정만길이 소매에 부채를 다시 감추며 답했다.

"난 동 도사 외엔 아무도 안 믿어."

"동기협은 죽었어."

정만길이 등 뒤로 돌아간 후 낮은 목소리로 물었다.

"네가 시켰지?"

"뭘 말인가?"

질문의 맥락을 잡기 힘들었다. 정만길의 목소리가 조금 더 커졌다.

"의금부에 온 후로 동 도사는 늘 나와 함께였어. 하지만 그때만은 혼자 움직였더군. 그것도 밤에, 검시가 이미 끝난 시신을, 상주와 문상객들을 위협하여 모두 집 밖으로 내보낸 후 관직에서 쫓겨날 짓을 한 게야. 도대체 무슨 마음을 먹고 점반법을 썼을까."

점반법!

세 글자가 귀를 파고들었다. 그래서 피곤한 얼굴로 나타났고 시큼한 냄새가 코를 찔렀던 것이구나.

동기협의 짧은 목과 사각 턱이 떠올랐다. 성미가 급하고 무뚝뚝한 그가 내 말에 따라 이덕무의 시신을 점반법으로 검시할 줄은 솔직히 몰랐다. 고마움이 장마 때 저수지의 물처럼 그득 차올랐다.

"죽기 전에 동 도사가 대묘동으로 가서 청장관의 독살 여부를 살폈다는 말인가?"

"네가 열하에 『평산냉연』까지 외우고 탑전으로 나아간 후 동 도사가 잠깐 사라졌었지. 어디 숨어 밀린 잠이나 자나 보다 했는데 그게 아니었어."

"하면 청장관이 독살당하지 않았다는 사실을 동 도사가 그 밤에 알았다는 건가?"

정만길이 다시 내 앞으로 돌아와서 섰다. 어느새 두 눈이 촉촉하게 젖어 있었다.

"그랬다면…… 모든 게 달라졌겠지. 하나 급히 널 미행하라는 명이 내렸고, 아무리 여기저기를 찾아봐도 동 도사가 없기에 마지막 수단으로 비둘기를 날렸어. 밤에도 길을 찾도록 특수하게 훈련된 놈이었지. 아, 그 비둘기를 의금부에 사들인 이가 바로 너니까 더 잘 알겠군……. 하여튼 동 도사는 점반법을 하다 말고 달려왔던 모양이야. 네가 묘시에 입궐하기 직전, 난 동 도사의 유품이라도 챙길 겸 연화방 그의 집으로 갔어. 총각 혼자 사는 방인지라 단출하더군. 서책만 쉰 권 남짓 있고 세간도 거의 없었어. 『무예도보통지』의 핵심만 간추린 필사본에 눈이 갔어. 무심결에 서책을 넘기는데, 대묘동에서 그 밤 점반법을 한 결과가 담긴 서찰이 나왔지. 급히 어명을 받들기 위해 자리를 뜨면서 의원에게 따로 귀띔을 해 두었던 게야. 불법으로 재검시를 하는 것이니 그 내용을 의금부에 고할 수는 없었을 테고, 일단 챙겨 두고 판단할 생각이었나 봐."

"점반법 결과를 보고 화광의 청을 따르기로 한 게군."

따악!

정만길은 대답 대신 갑자기 태를 들어 내 등을 후려쳤다. 그 소리를 듣고 나장들이 급히 들어왔다. 정만길의 성마른 마음을 그들도 잘 알았다.

"형신하다 죽여도 죄를 묻지 않겠다. 오늘이 마지막이다. 죄인이 자백하지 않으면 우린 모두 절해고도에 위리안

치 될지도 몰라. 육친(六親)을 떠나 평생 낯선 땅에서 썩고
싶진 않겠지?"

정만길이 두어 걸음 물러서자 나장들의 공격이 시작되었
다. 절해고도에 위리안치 된다는 말에 독이 오른 탓일까. 종
아리와 허벅지와 엉덩이와 허리와 어깨에 내려앉는 곤과 장
과 태는 폭풍이고 벼락이고 지진이었다. 몸은 고통을 견디지
못하고 전후좌우로 출렁거렸다. 맞고 맞고 또 맞았지만 매질
은 그치지 않았다. 고개 들어 정만길을 찾았지만 그는 네댓
걸음 더 물러났다. 나장들이 곤과 장과 태를 휘두르면서 슬
금슬금 정만길의 눈치를 살폈다. 스무 대씩 때리고는 반드
시 내 상태를 철두철미하게 살피던 정만길이었다. 쉰 대가
넘었는데도 멈추라는 명령을 내리지 않았다. 죽음의 기운이
방 전체를 채웠다. 아랫입술을 깨물며 두 눈을 크게 떴다.
여기서 까무러치면 다시는 깨어나지 못할 것 같았다. 화광
의 부채까지 모처럼 보았는데 여기서 죽는 것은 억울했다.

확실한 물증을 찾은 게야. 그렇지 않고서야 정만길, 모
주 먹은 돼지 벼르듯* 복수심으로 똘똘 뭉친 녀석이 화광
과 나 사이에 전령 노릇을 할 까닭이 없어. 진범이 누구인

---

* 좋지 않게 여기는 대상에 대하여 혼자 성을 내고 계정스럽게 몹시 벼르
는 모양을 비유적으로 이르는 말.

지 알아냈을까. 하면 왜 빨리 진범을 잡지 않고 나더러 과
장에 나와 서 있으라고 할까. 내가 죽지 않고 살아 있음을
확인하기 위해서?

매질이 멈추었다. 내 몸은 복날 흠씬 얻어맞은 황구처럼
축 늘어졌다. 시야가 흐릿해지면서 새카만 먹구름이 사방
에서 밀려들었다. 북두갈고리 같은 손이 머리채를 잡아 좌
우로 흔든 뒤 젖혔다. 정만길의 가늘고 긴 턱이 보였다. 그
가 눈을 부라리며 다그쳤다.

"마지막으로 묻겠다. 언제부터 살인할 마음을 품었느
냐?"

"……석죽(石竹)!"

"석죽이라니?"

오래전 김진이 들려준 이야기가 떠올랐다. 황해도에 백
화암을 지은 유박은 석죽을 '칭얼대지 않는 아이〔不哭孩兒〕'
라고 했다고 한다. 나는 정말 그 누구를 향해서도 칭얼대
고 싶지 않다, 특히 이 순간만은.

'『열하』를 읽고 나서입니다!'

이런 답이 떠올랐지만 입술이 떨어지지 않았다. 김진을
믿지만 정말 뱉고 싶지 않은 말이었다.

"ㅇㅇㅇㅇ!"

목으로만 울었다. 멧돼지 울음이었다. 단어들이 스멀스

멀 기억 저편으로 넘어가서 잠기며 퍼졌다.

열하의 '열!'이 흐릿해지고 '하!'도 겨우 목구멍을 통과할 정도다. 입천장에 바람을 훅 불어넣어 다시 글자들을 끄집어 올린다. '열! 하!' 이 두 글자만은 지키고 싶어 여기까지 견뎠다. 내게 닥친 온갖 불행을 두 글자 탓으로 돌리는 것은 터무니없지만, 가장 쉬운 해결책을 막아 온 것은 사실이다. '열!'이라고 할 때 머리끝으로 솟아오르는 뜨거움과 '하!'라고 할 때 발끝까지 번져 가는 쩌릿쩌릿함을 저들은 알까. 두 느낌 때문에 저들은 나를 비롯한 조선의 서생들이 타락했다 여기는 것일까. '열! 하!'를 읽었기 때문에 조선의 문풍이 흐트러진 것이 아니라 '열! 하!'라도 읽었기 때문에 글자가 한낱 글자로 머무르지 않고 하늘이 되고 땅이 되고 사람이 되었다. '열! 하!'에 담겨 아우성치는 저 몸들을 보라. 손짓 발짓 눈짓 턱짓 어깻짓 어느 것 하나 또렷하지 않은 것이 없다. 하나하나 모두 하나하나다. 그러므로 '열! 하!'는 단 두 글자가 아니라 스무 글자 이백 글자 이천 글자 이만 글자다. 내가 보고 듣고 만지고 냄새 맡고 맛보는 전부다. 두려운 상상은 '열! 하!'가 없는 과거로 다시 돌아가는 것이며, '열! 하!'가 없는 미래를 살지도 모른다는 것이다. 내 모든 불행은 '열! 하!' 탓이 아니다. 나의 불행은 내 탓이며 당신의 불행은 당신 탓이다.

다만 '열! 하!'는 내가 불행하다는 사실을 깨닫게 만들었을 뿐이다.

김진의 부탁이든 뭐든 아, 나는 스승의 걸작에 비난을 퍼부어야 한다. 나장 하나가 다가와서 물었다.

"매가 부족한가 봅니다. 더 칠깝쇼?"

정만길이 즉답을 하지 않고 허리를 숙이며 오른 눈을 찡긋했다.

"다시 묻겠다. 안의 현감 박지원이 지은 『열하』가 네 성정을 해쳤느냐?"

그 살기등등한 눈동자에 핏덩이로 전락한 내가 담겼다.

조선이 얼마나 답답한 곳인지, 정 도사, 그대는 아는가?

연경에 다녀왔네, 황성도 보고 유리창도 보고 코끼리와 마술사도 보았네 자랑하려는 것이 아니야. 처음 백탑 서생을 만났을 때 내가 받은 충격을 어찌 설명할까. 내가 오직 조선 그것도 한양 그것도 무과에 급제한 몇몇 무인들만 아는 세계에 속했다면, 저들은 달랐다네. 조선이란 나라도 훌훌 뛰어넘고 대국도 쓰윽 품에 안았다가 하늘과 땅의 조화를 넘나들며 천하의 이치를 옴니암니 따졌지. 경계 없이 뻗어 나가는 생각들, 구별 없이 오가는 이야기들에 등이 휘고 두 발이 통통통 튀고 입은 있으되 한마디도 대꾸하지 못한 채 한나절이 갔어. 그토록 자유로운 이들의 발목에 우습게도 서자(庶子)라는 요(鐐)*가 채워졌더군. 길이는 한 장(丈) 무게는 세 근쯤 되려나. 지구가 스스로 돈다는 사실을 논하는 이들이 겨우 한 장 안에서 빙빙 맴도는 모습을 상상해 보게나. 붕새를 병아리 넣어 두는 광주리로 덮으려는 것과 무엇이 다르겠는가. 그들의 시문 솜씨가 조선 제일이란 사실을 모르는 이기 없건만 그들은 과장에 나아갈 수도 없고 등용을 꿈꿀 수도 없지. 그들에게 허락된 일이라곤 모여서 웃고 떠들며 노래하는 것, 춤추는 것, 그림 그리는 것, 시와 문을 짓는 것!

입술을 겨우 떼었지만 이내 닫혔다. 뾰족 내민 입술에 온 마음을 집중시킨 끝에 겨우 다시 벌렸다.

"……그렇소!"

나장들 표정이 밝아졌다. 나는 정만길을 쳐다보며 말을 이었다.

"본디 어려서부터 호기심이 많았으나…… 『열하』를 읽고 기괴한 문체에 빠진 후부터는…… 공맹의 도리가 우스워졌소. 어짊〔仁〕으로 사람을 대하지 않고…… 이로움〔利〕을 먼저 따지게 되었다오."

어짊과 이로움을 비교할 때부터 숨이 막혀 왔다.

---

* 죄인의 발목에 채우는 쇠뭉치.

어짊과 이로움을 따로 구분하지 말라는 연암 선생의 가르침이 귀에 쟁쟁거렸다. 안빈낙도. 가난 속에서도 도를 즐기며 살아가는 것은 공맹의 도리를 따르는 서생의 오랜 꿈이다. 선생은 날카롭게 지적하신다. 가난도 가난 나름이고 즐김도 즐김 나름이라고. 양반의 가난함과 상민 혹은 천민의 가난함은 처음부터 함께 견줄 수 없다. 흉년이 온 나라를 휩쓸어도 풀뿌리 나무껍질로 죽을 끓여 먹는 양반이 몇이나 되랴. 치명적인 가난은 양반에서 중인으로 중인에서 다시 상민과 천민으로 내려가기 마련이다. 양반이 끼니를 잇지 못하고 굶어 죽었다면 괴이한 일로 인구에 회자되겠으나 상민과 천민이 생화*가 없어 배를 곯다 쓰러지는 것은 이야깃거리도 아니다.

무엇이 어짊인가. 추위와 굶주림으로 죽어 가는 이들을 살리는 것이 어짊이다. 범도 궁하면 가재를 잡아먹는다고 하지 않는가. 어떻게 그들을 살릴 수 있는가. 한두 푼 적선으론 역부족이다. 나라 전체가 부강해져야 한다. 어찌 해야 나라 전체가 부강해지는가. 세상 문물을 배우고 익혀 이로운 것은 취하고 해로운 것은 버려야 한다. 이렇듯 어짊과 이로움은 따로 떨어져 적대하는 둘이 아니라 힘차게 욱건

---

* 먹고 살아가는 데 도움이 되는 벌이나 직업.

기* 위해 동시에 노력하는 오른 다리와 왼 다리인 것이다. 이용(利用)이 있은 후에 후생(厚生)이 있고 후생이 있은 후에 정덕(正德)이 가능하다는 연암 선생의 가르침도 여기서 비롯된다. 가진 것은 적으면서 바라는 것만 크고 사치스러운 습관을 바꿔야 한다. 누에를 치든 먹둥구미**를 엮든 풀무를 불든 밭을 갈든, 우리에게 이롭다면 오랑캐 아니라 오랑캐의 할아비라도 찾아가서 배워야 한다는 것이다. 그들이 열을 안다면 우리는 백을 아니 천을 깨우쳐야 이로움을 얻고 참다운 어짊을 베풀 수 있다.

정만길이 다시 물었다.

"무슨 이유로 역관 조명수, 걸승 덕천, 검서관 이덕무, 중인 홍인태를 차례차례 죽였는가? 숨어서 몰래 박지원의 시문을 읽을 정도라면 그 사이가 각별했을 게 아니냐?"

갑자기 딸꾹질이 나왔다. 숨을 참아 봤지만 그치지 않았다.

"딸꾹! 그것은…… 연암 선생이 날…… 딸꾹! 수제자로 삼는다는 풍문 때문이었소."

가장 고통스러울 때 행복의 정점에 섰던 날들을 떠올린

---

* 힘껏 힘을 모아 빨리 걷다.
** 짚으로 둥글고 울이 깊게 켜를 지어 만든 그릇. 주로 곡식이나 채소 따위를 담는 데 쓴다.

다더니 슬픔이 밀려들 때마다 내 몸이 우스꽝스럽게 반응한다. 눈물을 쏟을 자리에 딸꾹질이라니!

"수제자라는 풍문?"

"그렇소. 헛소문이라오……. 나는 '열하광'에서 이것이 얼마나 허황된 풍문인가를 밝힐 작정이었다오……. 『열하』에 훌륭하게 담겼듯이 선생은 한 마리 딸꾹! 야생마라오……. 조선에서 흔히 보는 그런 작고 보잘것없는 말이 아니라 천리를 가는 절따말*! 비체법(飛遞法, 말이 바람을 낚아채듯 달리는 방법)에 능한 천리마는 후계 따윈 정하지 않소……. 새로운 들판을 달리기에도 시간이 모자라니까……."

돌에 눌린 것처럼 가슴이 무거웠다. 손이 묶여 가슴을 두드릴 수도 없었다. 정신을 잃어서는 아니 된다. 김진이 원하는 일을 마쳐야 진범을 잡을 수 있다. 마른침을 삼킨 후 기침을 해 댔다. 어느새 딸꾹질은 멎었지만 늦은 밤 심지가 타 버린 호롱불처럼 주위가 빠르게 어두워졌다. 눈물이 흘렀다. 엉엉 소리 내어 울고 싶었지만 이야기부터 마무리 지어야 했다.

"'열하광'에 참석한 네 사람은 내게 변명할 기회도 주지

---

* 털빛이 붉은 말.

않고 일방적으로 비난만 했소……. 내 시문이 얼마나 손방*
인가를 장황하게 설명한 후 그들은 이제 연암 선생도 믿을
수 없다 하였고 나아가 『열하』 자체를 폄하하고 비웃었다
오……. 스승을 욕하는 자들과 같은 하늘 아래 머무를 수
는 없는 일……!"

　김진의 요구에 따라 지어낸 기짓말이었지만, 막상 내 혀
와 이와 입술과 목으로 그 말을 만들어 뱉고 보니 끔찍했
다. 그 말은 칼날이고 창끝이며 폭약이었다. 바라보는 것만
으로도 듣는 것만으로도 만지는 것만으로도 내 몸과 마음
을 갈가리 찢었다. 오규(五竅, 눈, 코, 귀, 입, 항문)에서 동시에
피가 흘렀고 기어이 나는 정신을 잃었다. 팔팔결** 다른 곳
에서 전혀 다른 모습으로 깨어나고 싶었다.

---

* 아주 서툰 솜씨.
** 전혀.

19장

귀국한 뒤에는 물의(物議)라곤 조금도 있지 않았으며, 도리어 나의 이 여행을 부러워하는 자까지 있었소. 산중살이가 심심하고 지루해서 묵혀 둔 원고들을 모아 몇 권의 책자를 편성하였으니 이것이 바로 『열하일기』를 짓게 된 연유요. 안 본 것 없이 다 살펴보아 하나도 놓친 사물이 없다고 자부했으나, 문자로 옮겨 놓은 것은 구우일모(九牛一毛)에 지나지 않고, 필치도 쇠퇴하고 말았소. 잠이 깬 뒤 베개 고이고 읽어 보니 당초 여행에 나설 때의 마음과는 너무도 멀어졌소. 지난 발자취를 돌이켜 생각하면 구름도 물도 모두 사라지고, 이따금 낡은 초고를 펴 보면 우수마발이 함께 나타나니, 스스로 즐길 것도 못 되는데 누가 다시 보아 주겠소? 더욱이 중간에는 우환과 초상으로 간수해 둘 겨를조차 없었고, 또 벼슬길에 나선 이후로는 더욱더 유실되어, 겨우 그 이름만 남아 있었으니 도올과 같은 가증스러운 존재가 되고 말았소. 이것이 이른바 '오랑캐의 칭호를 쓴 원고' 라는 거지요.

— 박지원, 「이중존에게 답함」

전 의금부 도사 이명방이 연암체로 인해 심성을 해치고 살인까지 연이어 저질렀다는 김내손의 장황한 설명에 답하여 내려온 어명은 참으로 간단했다.

　"친시(親試)의 시작부터 끝까지 과장이 마련된 춘당대에 세워 두라!"

　상양(商羊)*처럼 뒤뚱거리며 춘당대에 닿았다.

　죄명을 목에 걸지도 않았고 무예를 익힌 내관들이 좌우에 지켜 서지도 않았다. 속옷은 물론 버선과 바지와 흰 두루마기와 갓까지 새것으로 갈아입었다. 내 인생에서 가장 굴욕적인 하루가 시작된 것이다. 무당이 제 굿 못하고 소

---

* 발이 하나뿐인 전설 속의 새.

경이 저 죽을 날 모른다고 했던가. 의금부 도사인 내게 이런 순간이 오리라고는 꿈에도 상상하지 못했다.

궐문이 열리자 수재(秀才)와 학구(學究, 과거를 준비한 서생들)들이 춘당대로 구름처럼 밀려들었다.

등용의 꿈을 이루기 위해 감여가(堪輿家, 음양설에 따라 묘를 잡는 사람)에게 물어 부모의 묏자리를 바꾼 이도 있었고 운우지락을 아예 끊은 이도 있었으며 서책을 베개와 구유* 대신으로 쓴 이도 있었고 당시와 송시 그리고 진한의 문장을 한 장 한 장 씹어 삼킨 이도 있었다.

과장으로 들기 위해서는 죄인 이명방의 앞을 지나야만 했다. 그들은 두려움 가득한 눈으로 내게서 최대한 멀리 떨어지기 위해 반원을 그리며 배돌았다. 자연스럽게 나는 외따로 떨어진 무인도 신세가 되었다. 발 없는 말이 천 리 간다 했던가. 내가 정만길에게 형신을 당한 보름 동안, 연쇄 살인범은 의금부 도사이자 종친인 이명방이며 살해된 자들 모두 패관기서를 은밀히 읽어 왔다는 풍문이 도성 가득 퍼졌다.

형신을 당하는 것만큼이나 꼼짝 않고 서 있는 것도 힘들었다. 보름 동안 붓고 터지고 찢어지고 갈라진 상처들이 돌아가며 아픔을 호소했다. 발바닥에 힘을 주면 머리끝이

---

* 털을 짜서 만든 담요.

쓰리고 왼 어깨를 젖히면 오른 무릎이 아렸다. 무엇보다 견디기 힘든 것은 나를 감싸고도는 침묵이었다.

이 망할 놈의 침묵은 많은 이야기를 품었다.

'이명방, 결코 너처럼 되진 않겠어!'

'문체 따위가 목숨보다 중해? 지금이라도 진한 시대 고문만 읽고 쓰고 외우겠다고 맹세해.'

'종친이라고 금상께서 불문에 부치리라 믿은 건 설마 아니겠지? 금상께서 어떤 난관을 극복하고 용상에 오르셨는지 잊었어? 가까운 친족일수록 더더욱 엄정하시지.'

'멍청한 놈! 백탑 서생에게 모든 잘못을 돌리고 빠져나와! 박지원? 박제가? 이덕무? 유득공? 그 사람들 때문에 네 인생을 망친 거잖아? 그들은 쓰레기야. 이제 곧 그들 전부에게 사약이 내릴걸.'

"정신 차려! 어명을 어길 참이야?"

정만길이 등 뒤에서 작지만 분명하게 말했다.

무릎이 꺾여 휘청댔던 모양이다. 고개를 돌리지 않고 정면을 바라본 채 짧게 물었다.

"화광은?"

그 순간 다시 서생들이 몰려왔다. 정만길은 답을 안 한 채 내관 하나를 데리고 과장 중앙으로 갔다. 급제자가 확정되면 금상께서 등용된 이들을 친림하실 예정이었다. 정

만길과 내관은 미리 용상을 찬찬히 살핀 다음 뒤에 가서
섰다.

내 앞을 지나가는 얼굴을 빠짐없이 살피기 위해 노력했
다. 혹시 그들 중에 김진이 섞여 들어오지 않을까. 하나 김
진이 과장에 들어온다고 해서 무엇이 달라지는가. 공맹의
도리밖에 모르는 서생들이 내 누명을 벗겨 줄 리 만무했다.

궐문에서 이미 한 차례 소지품 검사를 끝냈음에도 수협
관(搜挾官)들은 과장으로 들어서는 서생들의 옷과 소지품
을 다시 살폈다. 서책이라도 발견되는 날이면 응시 기회가
박탈된다. 겨드랑이나 사타구니에 교묘하게 서책을 숨겨
들어오는 경우가 종종 있었기에 수협관들의 손놀림은 빠
르면서도 예리했다.

서생들이 과장에 가득 찼다. 부지런한 이는 벌써 먹을
간 후 눈을 감은 채 기다렸고 겨우 과장에 도착한 이는 먹
을 가느라 바빴다. 나를 향한 경멸도 벌써 사라졌고 이 경
쟁에서 이겨야겠다는 욕망만 가득했다.

판의금부사 김내손이 영화당에 올라서서 시제(試題)가
담긴 두루마리를 폈다. 오늘 과문(科文)의 시제는 '태평성
대(太平聖代)'였다. 패관소품을 멀리하고 고문의 전통을 굳
건히 세우기 위해 참여한 서생들은 모두 문(文)을 지어야
했다. 응시생은 시권(試券)에 예조인(禮曹印) 도장을 받은

후 답안 오른쪽 끝에 자신의 성명, 나이, 본관, 거주지는 물론 부, 조, 증조의 관직과 성명 그리고 외조의 관직과 성명과 본관을 적은 다음 종이로 가려 붙여 봉미(封彌)하였다. 만에 하나 있을 부정 행위를 막기 위한 방법이었다.

그럼에도 응시생이 시관과 은밀히 내응하는 비법은 많았다. 특정 글자를 반복해서 쓴다든지 약속된 곳에 점을 찍는다든지 획을 흘려 쓴다든지 하여 실력 없는 많은 이들이 부당하게 등용되었다.

무과에 처음 나아갔을 때가 떠올랐다.

종친인 데다가 무예도 익혔으니 음서로도 무관직에 들수 있었지만 나는 편한 길을 택하지 않았다. 이 나라를 지킬 젊은 무인들과 정정당당하게 겨루고 싶었다. 병서(兵書)를 읽고 외우느라 반년 가까이 서안을 지키는 일은 힘들었지만 나는 최선을 다했고 등용되었다. 급제했다는 연통을 받았을 때는 왕실과 조정을 위해 이 한목숨 기꺼이 바치리라 다짐하고 또 다짐했다.

무과도 역시 문과처럼 문란한 구석이 없지 않았다. 한 응시생이 공골말*을 타고 달리다가 활을 쏘았는데 과녁에서 빗나갔다. 응시생은 다시 돌아와서 말을 멈추고 화살을

---

* 털빛이 누런 말.

과녁에 꽂았다. 시관이 왜 말을 멈추었느냐고 묻자 응시생은 말이 오줌을 누느라 섰다고 했다. 그 황당하고 뻔뻔스러운 응시생이 급제하여 지금 장용영 소속이다. 그 아비는 이름만 대도 아는 당상의 반열에 올라 있다.*

일찍이 박지원은 과장에서 스스로 물러났다. 나는 종종 그 이유가 궁금했다. 연암협 엄계(罨溪) 꽃나무 아래에서 『열하』를 옮겨 적던 밤, 기회가 왔다.

"두렵지 않으셨나요?"

"청운에 대한 미련을 떨치지 못할까 두려웠지."

예상과는 정반대의 두려움이다.

"혹자는 말합니다. 스승님의 가문이 훌륭하고 또한 재물이 넉넉하기 때문에 그 같은 결단을 내리셨다고."

"하하! 내가 이제껏 살아오며 만난 이들을 보면, 부자일수록 더 많은 재물을 탐하고 벌열일수록 더 높은 벼슬자리로 자손이 오르기를 원하더군. 청전 자네는 어떤가. 자넨 종친인 데다가 나보다도 더 재물이 넉넉한데 왜 꼭 무과를 거치려고 했는가?"

"그야……."

---

* 이것과 비슷한 일화가 유몽인 『어우야담』에 실려 있다. 거기서는 말이 아니라 소다.

대답이 궁했다. 박지원이 답을 기다리지 않고 말했다.

"망각은 참으로 무섭지. 주의해서 살피지 않는다면 사람들은 대부분 현재의 모습으로 과거를 덮어씌운다네. 내가 지은 시문이 젊은 서생에게 읽히니 이런저런 말들이 날 만도 하겠지. 하나 내가 과장을 뛰쳐나왔을 때는 전혀 달랐나네. 자넨 상상도 할 수 없을 만큼 육중한 고민이 어깨를 짓눌렀지. 그것들을 편담(扁擔)*처럼 지고 가려면 등용문이 너무 좁았네. 나는 과장에서 물러난 서생이 아니라 등용문이 아닌 문을 찾아 헤맨 최초의 서생으로 기억되고 싶네."

"그 문은 어디로 통해 있는지요?"

"열하!"

박지원은 분명 열하라고 했다. 등용문과는 다른 문. 이 세상 문제들을 철저하게 파헤치는 문. 어쩌면 해답까지도 발견할 수 있는 문.

열하를 다녀온 연행의 기록을 정리하고 있었기 때문에 열하라고 답했는지도 모른다. 다시 말해 그곳은 열하일 수도 있고 천축일 수도 있으며 더 나아가 파사일 수도 있다.

과장에서 물러난다는 것은 무엇인가. 전혀 다른 삶을 살겠다는 뜻이다. 과거를 보고 당하관이 되고 다시 당상관

---

* 양쪽 끝에 물통을 걸고 어깨에 메는 기구.

이 되어 이미 정해진 역할에 최선을 다하는 것이 아니라, 가문이나 학당에서 어울린 또래들이 이해하지 못하는 길로 가는 것이다. 박지원 역시 처음 가는 길이니 어찌 두려움과 떨림이 없었겠는가. 그러나 그는 쉼 없이 그 길을 갔고 열하에 닿았다. 그에게 열하는 대국 황제가 피서를 위해 머무는 고을일 뿐만 아니라 자신의 삶이 도달한 극점이다. 이런 연행도 이런 기행의 기록도 생애에 단 한 번뿐인 기회였다.

다리가 다시 휘청거렸다. 고개를 숙여 무릎을 살폈다. 가시나무들이 무릎에서 사방으로 뻗어 나왔다. 발등에서는 대나무가 자랐고 엉덩이로는 장미 넝쿨이 올라왔고 가슴으로는 느릅나무가 뒤틀려 솟았고 두 귀로는 국화가 뿔처럼 비스듬히 피었고 이마로는 소나무 가지 하나가 튀어나와 그 끝에 솔방울 대여섯 개가 종처럼 흔들렸다. 수십 가지 나무가 내 몸에서 섞여 들었다. 아, 나는 이대로 나무 괴물이 되는가. 그 뿌리들이 땅속 깊이 박혀 무릎과 허리에 힘을 빼도 저절로 섰다. 이번에는 눈동자가 근질거렸다. 늙은 매화가 두 눈을 동시에 뚫고 나와 코앞에서 뱀처럼 똬리를 쳤다. 너무 놀라 고함을 지르려고 하니 혀는 벌써 매화 뿌리에 감긴 뒤였다. 이제 평생 청맹과니로 늙겠구나 여겼는데 강한 빛이 코와 눈과 귀와 입 안을 환하게 밝혔다. 너무 밝고 뜨거워서 온몸이 타오르는 듯했다.

눈을 떴다. 꿈이었다. 나무를 무척 좋아하지만 내 몸이 나무가 되는 꿈은 처음이었다.

과거가 끝나 갔다.

시관들은 응시생들이 제출한 답안을 들고 영화당 안으로 들어갔다. 유함(愈涵)의 빛깔 좋은 말처럼* 백지를 그대로 낸 서생도 있고 다람쥐가 이 나무 저 나무 오르내리며 도토리를 줍듯 정신없이 답안을 끝까지 채운 서생도 있었다.

급제자를 가릴 때까지 규장각을 둘러봐도 좋다는 명이 내렸다.

급제자를 선발하기 위해서는 답안을 백 장씩 묶어 작축(作軸, 책으로 묶음)부터 한다. 친시이기 때문에 따로 역서(易書, 시험지를 겉봉과 답안으로 분할하고 서리가 답안을 붉은 글씨로 베끼는 것)는 하지 않으리라. 답안을 베껴 쓰는 번거로움을 없애고 본초(本草, 본래 답안지)와 주초(朱草, 서리가 베낀 답안지)를 살피는 시간을 덜기 위함이다.

서생들은 밝은 얼굴로 의춘문으로 들어갔고 연못을 돌

---

* 유함이란 서생이 과거 시험에 나갔다가 시험 문제를 보고 모두 아는 것이라 자신만만하게 급제 후 무슨 말을 탈까 고민하다가 그만 시간이 다하여 낙방하였다. 멋진 앞날을 공상하다가 현재 시험이나 일을 망치다.

아서 어수문을 올랐다. 학처럼 앉아 있던 서생들이 빠져나가 버리자 춘당대는 금세 을씨년스러워졌다. 춘당대에서 금상을 뫼시고 궁술을 선보이기도 했고 야뇌 백동수와 함께 마상재를 벌인 적도 있었다. 이 넓은 터는 서생이 모이면 과장이 되고 장졸이 들면 무예를 선보이는 자리로 바뀌었다. 그런데 오늘 내겐 치욕의 섬일 뿐이다.

구름에 가렸던 해가 나온 탓일까.

눈이 부시면서 어지러웠다. 목이 말랐다. 감로수(甘露水)라도 한 잔 시원하게 들이켜고 싶었다. 눈을 껌벅거리며 고개를 들었다.

햇빛을 중심으로 둥글게 모인 구름들은 층층이 빛깔과 모습이 달랐다. 옅은 바람에도 흩날려 오를 듯, 호랑이처럼 늑대처럼 달릴 듯, 부른 배를 참지 못하고 철퍼덕 땅으로 내릴 듯했다.

나는 결국 열하도 가 보지 못하고 죽는구나.

『열하』를 읽을수록 연행의 꿈이 커졌다. 연경까지는 다녀왔지만 열하로 갈 기회는 좀처럼 주어지지 않았다. 서쾌 노릇에 한동안 재미를 붙였던 김진은 열하는 물론 달려도 달려도 끝이 없는 초원까지 구경하고 왔지만 나는 박지원이 옮겨 놓은 글자를 하나하나 씹으며 지낼 수밖에 없었다. 이 일만 마치면 다시 한 번 연행에 끼리라 마음먹어도 좀처럼 기회가 오지 않았다. 『열하』를 붙잡고 상상하는 시간만 늘었다.

정만길과 함께 섰던 내관이 허리를 숙인 채 종종종종 다가왔다. 내 앞에 서서 고개를 쳐들었다.

흡. 숨이 막혔다.

자, 자네는…….

수염 하나 없는 그 사내는 바로 화광 김진이었다. 턱과 코밑 수염을 깎고 내관복을 입으니 사람이 전혀 달라 보였다.

"힘내. 조금만 참아."

김진이 소리내지 않고 입술만 움직였다. 주위를 살폈다. 정만길 외에는 우리를 보는 시선이 없었다.

"무슨 짓을 하려는 거야?"

내가 피딱지 앉은 입술로 물었다.

"간단해. 은잔이 바닥에 떨어지면 자넨 고함을 질러. 알겠지?"

김진은 내게 물도 주지 않았고 내 손을 붙잡고 부축하지도 않았다. 다만 자신이 무엇인가를 하고 있으며 곧 마무리 지을 테니 정신을 잃지 말고 조금만 더 견뎌 달라고 했다. 내가 그의 입술을 잘못 읽은 것이 아니라면, 잠시 후 나는 조선 개국 이래 가장 시끄럽고 가장 예법에 어긋난 괴성을 춘당대에서 내질러야 한다.

서생들은 들어갈 때와 마찬가지로 기대에 부푼 걸음으로 다시 의춘문을 나와서 춘당대로 돌아왔다.

　해마다 막대한 나랏돈을 들여 대국의 서책을 구입하였다. 궁궐 밖에서는 구경조차 하기 힘든 서책들이 규장각에 가득 차 있었다. 서생들은 꼭 급제하여 이 지식의 보고에서 일하기를 원했다. 오늘 모인 서생 중에는 머지않아 어수문을 매일 오르고 서향각에서 서책을 말릴 당하관이 나올 것이다. 서생들은 글을 지었던 각자의 자리에 서서 기다렸다. 용상에서 서생들까지의 거리는 겨우 삼십 보 정도였다. 영화당에서 급제자를 가린 김내손과 시관들이 춘당대 과장으로 나왔다. 김내손이 용상 오른편에 섰고 나머지 시관들도 벼슬의 높낮이에 따라 두 줄로 늘어섰다. 정만길은 용상 바로 뒤에서 주위를 살폈고 김진은 대열의 제일 끝에서 허리를 숙인 채 섰다.

　"주상 전하 납시오!"

　대전 내관의 우렁찬 목소리와 함께 금상께서 방금 서생들이 오간 바로 그 의춘문으로 들어오셨다. 서생들은 일제히 무릎을 꿇고 엎드렸다. 나도 삐걱대는 무릎을 겨우 추스르며 서생들 흉내를 냈다. 어전 행렬은 느리고 우아하게 내 앞을 지나갔다.

　보셨을까, 이렇게 외딴섬처럼 옹송그린 나를? 가슴이 다시 참기 힘들 정도로 울컥댔다. 행렬이 완전히 지나가기를 기다렸다가 양손으로 손나팔을 만들어 바닥에 대고 토했다. 형신을 당하느라 하루건너 겨우 한 끼 피죽을 먹은 탓에 희멀겋게 쉬어 터진 물만 나왔다. 냄새가 지독했지만 고개를 들 수 없었다. 소리가 새어 나가 금상께서 돌아보실까 두려웠다. 나는 지금 한 마리 개처럼 땅바닥에 머리를 박고 엎드렸다. 이 모습을 금상께 보여 드리는 것은 죽기보다 싫었다.

개가 되려고 의금부에 들어온 것이 아니다. 개가 되려고 밤을 새워 얼어붙은 실골목*을 지킨 것이 아니고 개가 되려고 칼이나 창을 몸으로 막아선 것이 아니다. 개가 되려고 무예를 익힌 것이 아니고 개가 되려고 시와 문을 외운 것이 아니며 개가 되려고 백탑 서생과 사귄 것이 아니고 개가 되려고 어명을 받들어 간자 노릇을 한 것이 아니다. 그런데 아, 나는 한 마리 개가 되었구나. 너무 더럽고 추하여 아무도 눈길 한 번 주지 않는 똥개로구나.

금상께서 용상에 앉으셨다. 나는 일어나 허리를 숙이고 기다렸다. 김내손이 서생들을 향해 소리 높여 말했다.

"들으시오. 시관들이 영화당에서 주묵(朱墨)으로 비점(批點)을 치며 문을 가리고 있을 때, 황공하옵게도 전하께서

---

* 좁고 가느다란 골목.

직접 나아오셨소이다. 시관들이 장원으로 천한 문장을 거듭 읽으시고는 진한의 문장에서 한 치의 모자람도 없다 칭찬하셨소이다. 오늘 장원으로 뽑힌 서생은 당장 규장각에 속하여 대국의 귀한 서책들을 정돈하는 일을 하게 될 것이오. 또한 어장(御章, 왕의 도장)이 찍힌 『경서정문(經書正文)』*을 받는 광영도 누릴 것이며, 어주도 이 자리에서 받을 것이오. 자, 이름이 불리는 서생은 속히 나아오시오. 오늘의 장원은 풍덕에서 온 박, 고, 명!"

과장 제일 뒤쪽 구석에서 한 사내가 일어섰다. 부러움에 가득 찬 서생들의 눈길을 뒤로하고 사내는 뚜벅뚜벅 자신 있게 걸어 나와서 대열 앞에 엎드렸다.

대전 내관이 호리병과 술잔이 든 소반을 용상으로 가지고 왔다. 금상께서 직접 은잔에 술을 따르셨다. 대전 내관이 그 소반을 높이 들고 열 걸음쯤 내려와서 기다리고 있던 김진에게 건넸다. 김진은 그 소반을 들고 장원 급제자인 박고명(朴高明)에게 다가가 그 옆에 섰다.

김내손이 미소를 머금은 채 말했다.

"장원 급제 박고명은 속히 어주를 들라."

---

* 정조가 사서삼경을 원문만을 모아 편집한 책. 『영락대전』에 있는 주석을 제외했다.

명을 받은 박고명이 허리를 펴며 고개를 들었다. 시선을 돌려 소반을 쳐다보았다. 은잔을 좀 더 편히 들도록 높이를 맞추기 위해 김진이 읍을 하듯 허리를 깊이 숙였다. 박고명이 은잔을 양손으로 쥐고 들었다. 그리고 내관의 얼굴을 스치듯 살피다가 그만 은잔을 떨어뜨렸다.

"어허어어어엇!"

나는 허리를 펴며 있는 힘을 다하여 소리를 내질렀다. 처음 '어'는 낮게 땅을 바라보며 소리를 깔았고, 그다음 '허'부터는 북한산으로 흘러가는 구름을 쥘 듯 소리를 높였다. 금상은 물론 대신들과 서생들과 또 방금 술잔을 떨어뜨린 박고명까지 나를 향해 시선을 돌렸다.

고함이 이어지는 동안 정만길이 뛰어나와 박고명을 포박했고 김진은 바닥에 넙죽 엎드렸다. 당황한 김내손이 급제자 명부를 흔들며 말했다.

"이 무슨 짓인가? 장원을 포박하다니? 당장 풀지 못하겠는가? 정 도사, 빨리 풀어!"

정만길은 꼼짝 않고 고개를 숙인 채 버텼다. 고함이 멎자 김진이 대신 답했다.

"전하! 어심을 어지럽힌 죄 죽어 마땅하옵니다. 하나 신 규장각 서리 김진, 중벌을 받기 전에 한 가지만 말씀 올리도록 허락하여 주시오소서."

"고개를 들라."

하고는 차갑고 짧았다. 김진이 천천히 고개를 들고 용안을 우러렀다.

"정말 규장각 서리 김진이구나. 규장각을 나고 드는 데 불편함이 없는 네가 어찌하여 내관의 옷을 입고 수염까지 깎았는고?"

김진이 시선을 내가 선 영화당 쪽으로 돌리며 아뢰었다.

"전하! 전 의금부 도사 이명방의 충심을 굽어살피시오소서. 결코 연쇄 살인을 저지를 위인이 아니옵니다. 역관 조명수와 걸승 덕천, 역권 홍인태를 살해하고, 검서관 이덕무의 서실에 독이 든 환약을 두고 나온 것까지 이 모두를 행한 이는 이명방이 아니옵니다."

곧바로 하문하셨다.

"하면 누구란 말이냐?"

김진이 손을 들어 박고명을 가리켰다.

"그자는 바로 정 도사가 방금 포박한 서생 박고명이옵니다. 이자는 도성으로 올라와선 줄곧 역관 조명수로 살았사옵니다."

조명수, 조명수라고?

지금 화광이 무슨 소릴 하는 것인가?

조명수는 두미포에서 화살 두 대를 맞고 실종되었으며

서빙고 강가에서 이미 시체를 확인했다. 가슴에 꽂힌 부러진 화살까지 똑똑히 살폈다. 이미 죽은 사람이 어찌 살인을 저지를 수 있단 말인가.

"거짓말! 거짓말이옵니다. 전하, 신은 박고명이옵고 저자가 방금 입에 올린 사람들과는 일면식도 없사옵니다."

김진이 박고명의 절규를 무시하고 다시 아뢰었다.

"박고명과 조명수가 동일인임을 간단히 증명할 수 있사옵니다. 소생과 의금부 도사 이명방은 조명수와 막역한 사이이오니, 우선 이명방을 가까이 부르시오소서."

김내손이 끼어들었다.

"전하! 성심을 굳건히 하시오소서. 저 어리석은 서리로 인해 친시가 엉망이 되었사옵니다. 지금이라도 서리를 끌어내고 급제자를 계속 호명하도록 허락하여 주시오소서."

정만길에게 하명하셨다.

"이명방을 데리고 오라 당장!"

정만길이 급히 나를 끌고 가서 장원 급제자 옆에 앉혔다.

그는…… 조명수가 아니다. 눈썹은 치켜 올라가고 코는 뭉툭하며 턱은 코보다 더 앞으로 튀어나왔다. 내가 아는 조명수는 천하의 호남이다.

"자, 이제 증명해 보이라."

"예, 전하!"

김진이 내 귀에 대고 들릴락 말락 속삭였다.

"볼 쥐어질러!* 힘껏."

이제 나는 죽은 목숨이다. 그러나 내게는 다른 길이 없다. 박고명의 멱살을 쥐고 힘껏 오른뺨을 때렸다. 흐르는 코피에 아랑곳 않고 다시 왼뺨을 때렸다. 투둑. 바닥에 진흙으로 절묘하게 만들어 붙인 턱과 코가 떨어졌다. 춘당대에 모인 서생들이 동시에 놀라움의 탄성을 질렀다. 눈을 질끈 감은 김내손의 양손과 턱이 심하게 떨렸다.

"너, 너는……."

김진의 장담대로 조명수가 분명했다.

"전하! 이자는 조명수이옵니다. '열하광' 광인들 중에서 처음으로 살해되었던 바로 그 역관이옵니다."

김진이 틈 없이 말자루를 잡았다.**

"전하! 자초지종을 모두 말씀드리겠사옵니다. 주위를 물리쳐 주시오소서."

---

* 뺨치다.
** 말의 주도권을 잡다.

20장

　　근래에는 문풍이 점점 변하여 이른바 붓을 잡은 선비는 시서육예의 문장에 바탕을 두지 않고 머리를 싸매고 마음 쓰는 것이 도리어 패가(稗家) 소품의 책에 있고, 발분하여 시문이나 변려체를 지으면 붓이 종이에 닿기도 전에 기운이 이미 빠져 버린다. 비유하자면 마치 혼수에 빠진 사람이 때때로 헛소리를 하는 것 같은데, 스스로는 극히 공교롭고 기묘함을 통하였다고 여긴다. 남의 문장을 흉내 내지도 못한 글은 마치 마술쟁이의 속임수 같아서, 향당(鄕黨)에 사용하려고 하면 도리어 시골 훈장의 해묵은 언사만도 못하고 조정에 사용하려고 하면 크고 작은 사명(詞命)을 행할 수 없다. 전대에 찾아보아도 이러한 체재는 없었고 우리 동방에 상고하여 보아도 이러한 품격은 없었다. 이것이 과연 누구를 따라서 전해진 법이냐. 내 이를 민망히 여겨 매번 연신(筵臣)을 대하면 문체를 변경하여야 한다는 설을 반복하여 거듭 간절히 당부하지만, 내 말 듣기를 아득히 하여 효력이 막연하다. 만약 지저귀는 누추한 문장을 씻어 버리고 모두 순정한 지역으로 돌아가 경술을 내포하고 문장을 밝혀 한 시대의 문체를 이루어서 팔방의 보고 듣는 것을 새롭게 하려면, 그 도리를 어떻게 해야 하겠느냐?

―정조, 『책문』, 「문체(文體)」

영화당에 모인 사람은 다섯이었다.

용상에 앉은 금상께서는 허리를 꼿꼿하게 펴고 시선을 내린 채 침묵하셨다. 그 뒤에 정만길이 서서 용상 앞에 엎드린 네 사람을 노려보았다. 조명수를 가운데 두고 김진과 내가 좌우로 자리를 잡았다. 김내손도 뒤따르겠다고 했지만 친시 급제자를 가리고 포상하는 일을 마무리 지으라 명하셨다.

"조명수가 박고명이고, 박고명이 조명수이옵니다."

김진은 방금 전 춘당대에서 밝힌 놀라운 사실을 상기시키는 것으로 이야기를 시작했다. 나는 옆에서 떨고 있는 사내의 얼굴을 계속 살폈다. 야윈 뺨에 오뚝한 콧날, 좁은 미간의 사내는 틀림없이 조명수였다.

하문하셨다.

"서생 박고명이 어찌 역관 조명수가 되며, 죽었다던 조명수가 어찌 살아서 친시에 장원 급제할 수 있단 말인가? 둘 중 어떤 것이 허명인고?"

사내는 즉답을 못 한 채 머리만 조아렸다. 김진이 대신 답했다.

"송도 역관 조명수도 실명이옵고 풍덕 서생 박고명도 실명이옵니다. 다만 조명수는 박고명이 아니옵고 박고명 또한 조명수가 아니온데, 풍덕 서생 박고명이 도성에 와서 삼 년 남짓 역관 조명수 행세를 하며 살았사옵니다."

"이 무슨 해괴한 일인고. 역관이 양반 흉내를 낸다면 모를까, 양반이 어찌하여 역관으로 내려앉는단 말인가? 답답하구나. 어서 소상히 고하라."

김진이 나와 눈을 맞추고 고개를 끄덕인 뒤 긴 이야기를 시작했다.

"'열하광'에 참가한 이들은 모두 여섯이옵니다."

"여섯이라고? 조명수, 홍인태, 덕천, 이덕무, 이명방 외에 나머지 한 사람은 누구인가?"

"양반가 서녀로 지금은 필동에서 붓을 팔아 생계를 꾸리고 있는 명은주가 독회의 마지막 미치광이이옵니다."

금상께서는 질책의 뜻을 담아 나를 노려보셨다. 나는 끝까지 명은주를 감추고 싶었는데 김진은 숨길 마음이 없었나 보다.

"계속하라."

"억권루에서 폭약이 터진 날 밤, 그러니까 딱 하루를 얻어 진범을 잡기 위해 나왔던 그 밤, 이명방과 명은주는 신과 함께 안암에 머물렀나이다. 하온데 갑자기 괴한들이 급습하는 바람에 그녀는 화를 피하려다가 절벽에서 떨어져 목숨을 잃었사옵니다."

목숨을 잃었다!

놀란 눈으로 김진을 쳐다보았다. 절벽에서 떨어진 것은 사실이지만 죽지는 않았다. 김진은 감히 탑전에 거짓을 아뢴 것이다.

어찌 하려고 그러는가. 거짓을 아뢴 신하는 극형을 면하기 어렵다. 설마 이곳을 죽을 자리로 정한 건 아니겠지?

김진은 내 눈길을 무시하고 계속 이야기를 이어 나갔다.

"이명방을 제외하곤 '열하광' 미치광이들 모두가 목숨을 잃었사옵니다. 살아남은 자가 범인으로 몰릴 수밖에 없는 상황이었습지요. 신은 홍인태의 서재인 억권루에서 이명방의 목숨을 구했사옵고, 또한 이명방을 죽이기 위해 안암골까지 찾아든 괴한들과 격투를 벌였사옵니다. 이명방은 멀리 달아나라는 제 충고를 뿌리치고 궁궐로 돌아왔고, 저는 그런 그의 뒷모습을 아끼게 되었사옵니다.

이 연쇄 살인은 '열하광'의 사정을 속속들이 아는 자의 소행이옵니다. 절벽에서 추락한 명은주를 마지막으로 이명방을 제외하곤 모두 목숨을 잃었으니, 신은 잠시 '열하광' 밖 누군가의 범행일지도 모른다는 추측도 해 보았사옵니다. 하나 곧 마음을 고쳐먹었사옵니다. 신이 새로 만든 누추한 서재의 이름은 상운루이온데, 그 상운루를 짓는다는 사실을 아는 이는 '열하광' 광인들뿐이었기 때문이옵니다. 절친한 검서관 유득공이나 직각 남공철에게도 귀띔하지 않았사옵니다.

처음으로 돌아가서 모든 가능한 경우를 다 열어 두고 살피기로 했사옵니다. 살아남은 사람이 없다면 죽은 자를 의심하자는 생각이 불현듯 들었사옵니다. 걸승 덕천과 서쾌 홍인태, 검서관 이덕무, 필동 서녀 명은주의 시신은 확인이 되었사옵니다만 역관 조명수는 화살을 맞고 강물에 떨어진 뒤 서빙고 강가에서 그와 비슷한 시신 하나가 발견되었을 뿐이옵니다."

나는 그 대목에서 끼어들었다.

"신이 직접 서빙고 강가로 가서 시신을 확인하였사옵니다. 얼굴이 심하게 손상되어 알아보기 어려웠사오나 팔뚝과 가슴에는 분명 부러진 화살이 박혀 있었사옵니다. 또한 조명수가 평소에 아끼던 청옥 담뱃대 역시 근처에서 찾았사옵니다."

하문하셨다.

"한데 조명수가 저렇듯 살아 있으니 그 시신은 이명방 너를 속이기 위해 마련된 것이겠구나. 그렇지 않느냐?"

얼굴이 화끈거렸다. 박고명의 유인책에 완전히 걸려들었던 것이다.

김진에게 하문하셨다.

"한데 조명수가 박고명이란 사실은 어찌 알아냈느냐?"

"우선 송도 관아로 가서 조명수란 역관이 있는가 알아보았사옵니다. 과연 대대로 송도에서 역관을 하는 조씨 문중에 조명수란 이가 있긴 하온데 만날 수는 없었사옵니다. 대신 조명수의 아비 조만을 만났사옵니다. 조만에게는 조명수, 조청수 두 아들이 있는데, 각각 왜국 말과 대국 말을 나누어 가르쳤다고 하옵니다. 왜국 말을 익히는 재미에 깊이 빠졌던 조명수인지라 왜관쯤에서 오화당(五花糖)*을 즐기거나 아예 배를 타고 왜국으로 건너가서 아란타인(阿蘭陀 人, 네덜란드인)과 어울리는지도 모르겠다 하였사옵니다."

나도 모르게 혼잣말을 했다.

---

* 일본에서 생산하는 둥글고 아주 단 사탕.

"이상하군."

작은 말도 놓치지 않고 하문하셨다.

"무엇이 이상하단 말인가?"

"조명수는 대국 말과 반자체(半字體)*에는 능통하였사오
나 왜국 말은 전혀 못 하였사옵니다. 성 부사**를 모시고 왜
국 사정을 들은 적이 있사온데, 그 자리에서 조명수는 왜
국 지명과 왜인들의 이름을 대국식으로 읽다가 핀잔을 받
았사옵니다."

김진이 이어받았다.

"신도 그 부분이 의심스러웠사옵니다. 송도를 중심으
로 장단, 강화, 풍덕의 향청을 두루 찾았사옵니다. 평소
에 조명수가 송도와 그 주변 풍광을 소상히 논하고 또 거
기에서 자라는 동식물의 종류까지 세세히 기억하였기 때
문이옵니다. 삼 년 전 조명수가 사라질 즈음 또 하나의 조
명수가 도성에 등장한 것을 보면, 가짜 조명수는 진짜 조
명수와 안면이 있거나 혹은 진짜의 사정을 잘 알 만큼 가
까운 고을에 살았을 것이옵니다. 하여 장단, 강화, 풍덕 고
을 향청에 가서, 현재 도성에서 과거 공부를 하는 젊은 서

---

* 글자를 간략하게 획을 생략하여 짓는 것.
** 성대중.

218

생 중 대국어에 능한 이가 누구누구인지 수소문하였사옵니다. 대략 세 사람 정도의 이름을 얻었사옵니다. 도성으로 돌아와서 세 사람을 각각 찾아갔사온데, 성균관 상재생인 최진중, 이종택은 만났사오나 박고명은 행방이 묘연하였사옵니다. 박고명의 할아비 박준서가 마침 손자에게서 온 서찰을 보여 주었사온데 '2월에 있는 춘당대시(春塘臺試)에서 꼭 장원 급제한 후 금의환향하겠습니다.'라고 적혀 있었사옵니다. 박고명이 머무른다는 광통교 집은 글공부하는 서생이 머물기에는 적합하지 않은 옷감 파는 가게였사옵니다."

"그것만으로는 조명수가 박고명이라고 보긴 어렵지 아니하냐?"

"조명수가 박고명이든 아니든, 신들이 교유한 조명수와 송도 역관 조명수가 다른 인물이라는 사실이 중요하옵니다. 이름과 신분을 속이면서까지 백탑 서생에게 접근하고 또한 '열하광'에 든 이유를 그 시점에선 파악하기 어려웠사오나, 이자가 스스로를 조명수로 위장한 것처럼 자신의 죽음도 꾸며 내지 않았을까 의심하는 것은 충분히 가치 있는 일이라 사료되었사옵니다."

지금까지 고개를 숙인 채 듣고만 있던 박고명이 눈을 지릅뜨며 김진의 이야기를 가로챘다.

"억울하옵니다. 신은 풍덕 출신 박고명이옵고 송도 역관 조명수와는 송악산 유람에서 두어 차례 만났사옵니다. 신은 삼 년 전 한양으로 과거 공부를 위해 왔사옵니다. 하오나 과거 공부보다는 어려서부터 흠모했던 백탑 서생들을 만나고 싶은 마음이 더 컸사옵니다. 이름을 바꾼 것은 본명으로 백탑 서생과 어울리며 패관소품을 즐겼다가 그 사실이 문중에 알려질까 저어했기 때문이옵니다."

날카로운 하문이 날아들었다.

"백탑 서생과 사귀기 위해 이름을 바꾸었다? 한데 왜 너는 두미포에서 화살을 맞았지? 또 너와 꼭 닮은 시신이 서빙고 강가에서 발견된 것은 어찌 설명하려느냐?"

박고명이 기다렸다는 듯이 답했다.

"두미포로 간 것은 억권루에서 '열하광' 모임이 무산되면 각자 흩어졌다가 두미포에서 다시 모이기로 약조했기 때문이옵니다. 신은 약조한 대로 두미포로 갔으며 '열하광' 광인들을 기다리다가 괴한들이 쏜 화살에 맞아 강에 빠진 것이옵니다. 사중구생(死中求生)으로 어부에게 구조되어 최근까지 그 집에서 간호를 받다가 친시를 위해 입궐하였을 뿐이옵니다. 서빙고 강가에서 발견된 시신은 신과는 무관한 일이옵니다."

자신이 조명수로 이름을 바꾼 것은 백탑 서생과 가까이

어울리면서도 문중의 비난을 피하기 위함이었고 두미포에서는 정말 화살을 맞았다는 주장이었다. 힘써 주장을 폈으나 군데군데 허술한 구석이 많았다.

"상처를 보이라."

하명은 간단하면서도 핵심을 짚었다.

"예?"

박고명의 두 눈이 두려움으로 가득 찼다. 양손을 너무 떨어 옷고름을 쥐지도 못했다. 정만길이 성큼 나아와서 박고명의 옷고름을 풀어 맨가슴을 드러냈다. 가슴도 팔뚝도 깨끗했다.

"두 달도 지나지 않았는데 상처가 말끔히 아물었구나. 아니 처음부터 상처 따윈 없었겠구나. 박고명은 들으라. 과인이 하문하기 전까지는 김진의 이야기에 끼어들지 말라. 김진은 이 흉터 하나 없는 가슴과 팔뚝에 대해 할 말이 많을 듯하구나."

"솜을 잔뜩 넣은 가죽옷을 속에 겹겹으로 입었고 화살 역시 쇠촉이 아니라 나무촉이었으리라 사료되옵니다. 또한 화살을 쏜 자는 오랫동안 전문적인 훈련을 받은 궁수이옵니다. 궁수는 미리 약속한 자리에 정확히 화살을 맞혔고, 박고명은 이명방을 완벽하게 속이려고 강물에 빠졌으며, 화살이 꽂힌 곳과 똑같은 부위에 상처를 낸 시신을 서

덜길*로 옮겨 서빙고 강가에 버린 것이옵니다."

"화살을 쏘았다고 자처하는 거지가 있었지 않느냐? 광통교 거지 협무에 대해서는 어찌 생각하느냐?"

"협무가 전 장용영 초관 백동수와 호형호제하면 제법 의협의 풍모가 있사오나 먼 거리를 명중시키고 날치**에도 능할 정도로 궁술 솜씨가 출중하지는 않사옵니다. 협무가 그 같은 거짓을 아뢴 이유는 협무가 이끄는 광통교 거지패를 모조리 도성에서 쫓아내겠다는 위협을 받았기 때문이라 사료되옵니다."

용안에 웃음이 차올랐다.

"과인도 그리 생각하느니라. 이번에는 걸승 덕천에 대하여 이야기를 해 보라. 이명방은 덕천과 북한산에 간 적이 없다고 주장했지만 밀주를 파는 범한과 서생 이옥은 두 사람을 북한산에서 보았다고 했느니라. 이 역시 의금부의 윽대김*** 때문에 만들어진 거짓이냐?"

"둘은 그 사정이 매우 다르오며 둘 다 협박 때문은 아니옵니다. 먼저 범한은 당장 잡아들이시오소서. 범한과 그 무리는 북한산과 두미포뿐만 아니라 사람들이 모여 즐기는

---

* 냇가나 강가 따위에 나 있는 돌이 많은 길.
** 날아가는 새를 쏘아 잡는 일.
*** 난폭하게 윽박질러 위협하다.

산과 강에는 모두 작당을 두어 밀주를 팔아 왔사옵니다. 은밀히 술을 만들어 비싸게 파는 것 자체가 나랏법에 어긋나거니와 범한은 박고명과 짜고 두미포에서 걸승 덕천과 의금부 도사 이명방에게 정신을 혼미하게 만드는 약을 섞은 술을 먹였사옵니다. 또한 이명방을 북한산에서 보았다고 거짓 증언까지 했사옵니다. 범한은 이 일로 톡톡한 사례를 받았을 것이오니 거처를 급습하면 물증을 찾을 수 있을 것이옵니다."

"이옥은 어찌 다르단 말이냐?"

"신은 일찍이 이옥과 함께 시문을 논한 적이 있사옵니다. 검서관 유득공의 사촌이니, 대묘동을 오가는 이들 중에도 그 사람 됨됨이를 아는 이가 적지 않사옵니다. 시문에 대한 욕심은 하늘에 닿을 정도지만 화살 날아가는 자리로 과녁을 몰래 세워 사사로운 이익을 취할 위인은 못 되옵니다. 신이 보기에는 오히려 그런 정직함을 저들이 이용한 것이 아닌가 하옵니다."

"정직함을 이용하였다?"

"그러하옵니다. 이옥은 옥천암을 내려오는 산길에서 덕천과 이명방을 닮은 두 사람을 정말 보았을 것이옵니다. 다만 덕지덕지 구토물로 얼룩진 두루마기를 입은 사내와 걸승을 그곳에 일부러 세워 둔 사실을 눈치채지 못한 것이 문제라면 문제겠지요."

"그 말은 박고명이 이옥을 속였다는 것이냐? 많고 많은
서생 중에서 왜 하필 이옥이란 말인가?"

"박고명은 대묘동을 드나들면서 이옥의 됨됨이를 살폈
을 것이옵니다. 이옥이 북한산 옥천암에서 서책을 읽는다
는 사실도 알아냈을 테고, 밀주를 파는 범한의 증언만으로
는 이명방이 북한산에 있었다는 걸 확증 짓기 어렵기 때문
에 이런 연극을 만든 것 같사옵니다."

"잠깐, 한데 왜 하필 북한산이지? 네 말대로 덕천이 범
한의 술을 마시고 정신을 잃었다면, 두미포 근방에서 죽여
도 상관없는 일이 아니더냐? 왜 힘들여 북한산까지 옮겨
왔다고 보는가?"

하문은 날카로웠다. 나 역시 김진의 주장을 인정하면서
도 두미포에서 북한산까지 덕천을 옮겨서 죽였다는 추측
은 받아들이기 어려웠다. 쉽게 두미포에서 죽여 강에 던져
버릴 수도 있는 일이다.

"그 점이 중요하옵니다. 박고명이 처음부터 '열하광' 광
인 전체를 죽이고 그 죄를 이명방에게 뒤집어씌우려 했음
을 알 수 있기 때문이옵니다. 이를 위해서는 이명방의 주
장을 '열하광' 광인들이 의심하도록 만들어야 하옵니다. 이
명방은 계속 자신은 두미포에서 덕천과 밀주를 마시고 정

신을 잃었으며 북한산에는 간 적이 없다고 주장하였사옵니다. 하나 두미포에서 술을 팔던 범한이 재빨리 그곳을 떠난 데다가 이옥의 증언까지 이어지자, 이덕무 홍인태 명은주 등은 이명방을 믿지 않게 되었사옵니다. 이덕무가 죽자 홍인태가 이명방을 연쇄 살인마로 단정 지었던 것도 덕천을 북한산에서 죽었기 때문에 가능한 일이옵니다."

"나장 손무재는 덕천의 목을 관통한 표창이 이명방의 것이라고 증언하였느니라. 과인도 이명방이 즐겨 쓰는 표창을 아느니라."

내가 김진보다 먼저 아뢰었다.

"전하! 그 표창은 분명 신의 것이옵니다. 하오나 신은 그 표창을 손무재에게 선물로 주었나이다. 손무재가 신으로 인해 몸이 크게 다쳐 그 사실을 숨기고 있사옵니다만 엄히 문초하시면 사실을 고할 것이옵니다."

김진이 이어받았다.

"이명방은 오랜 세월을 의금부에서 보낸 노련한 관원이옵니다. 그가 덕천을 죽였다면 시신에 표창을 꽂아 두고 물러났겠사옵니까?"

"계속하라. 검서관 이덕무의 서실에서 발견된 독환은 어찌 설명하려느냐?"

"우선 그 환약을 이덕무가 먹지 않았다는 사실을 분명

히 할 필요가 있사옵니다. 시장(屍帳)에서는 이덕무가 독살당한 것으로 나와 있으나 그것은 반계법만을 사용하였기 때문이옵니다. 의금부 도사 동기협이 죽기 직전 이덕무의 시신을 점반법으로 다시 검시하였사온데 독살의 기운이 없었다 하옵니다. 함께 검시에 참여한 의원 최철병과 또 그가 작성한 문서를 가져왔으니 보시오소서. 이덕무는 독살된 것이 아니라 감환으로 인한 폐병이 깊어 숨을 거둔 것이 분명하옵니다. 박고명은 이명방이 전날 대묘동으로 문병 온 것을 알고, 이덕무가 죽고 경황이 없을 때, 몰래 서실로 가서 이명방의 환약을 거두고 독이 담긴 환약을 두고 나온 것이옵니다. 또한 그 입에 독이 담긴 환약을 넣어 독살로 위장한 것이 분명하옵니다.”

금상께서는 김진이 올린 서찰을 찬찬히 살피셨다.

“환약은 그렇다 쳐도, 이덕무의 하인 종남이 말하기를, 이명방이 자송문을 찢었다고 했다. 그것이 정녕 사실이라면 과인은 이명방을 용서할 수 없느니라.”

나는 자송문을 찢지 않았다고, 가슴 아픈 글을 찢은 이는 이덕무라고 고할 뻔했다. 나보다 먼저 김진이 답했다.

“종남은 이덕무를 위하여 목숨까지도 던질 하인이옵니다. 하나 독이 든 환약을 발견한 후 이명방에 대한 적의가 심해졌고, 또한 이덕무가 자송문을 찢고 죽은 것을 못내 아쉬워하여, 제 주인을 위하고자 이와 같은 거짓을 아뢴 것이라 사료되옵니다. 종남을 불러 이명방이 제 주인을 독살한 것이 아님을 밝히면 자송문을 이명방이 찢었다는 주장이 거짓임을 토설할 것이옵니다."

이제 억권루의 대폭발을 설명할 차례였다.

"박고명이 '열하광' 광인들을 죽인 죄를 이명방에게 씌울 작정이었다면, 억권루에서 터진 폭약은 어찌 설명하려느냐?"

"산 자는 계속 이야기를 만들어 내지만 죽은 자는 말이 없기 때문이옵니다. 저들은 이명방이 열하와 『평산냉연』을 입에 올려 너무 쉽게 하루를 탑전에서 얻어 내는 것을 보고 놀랐을 것이옵니다. 홍인태와 이명방을 함께 폭사시켜 이명방이 살인을 저지르지 않았노라 항변 못 하도록 완전히 입을 막기로 정한 것이옵니다. 억권루에서 이명방이 살아 나오지 않고 홍인태와 함께 죽었다면 이명방은 지금쯤 연쇄 살인마로 낙인 찍혔을 것이옵고 시신마저 갈기갈기 찢겨 그 머리는 서문 밖에 높이 매달리고 그 몸은 팔도로 떠돌며 짓밟혔을 것이옵니다."

박고명은 이마를 바닥에 댄 채 꼼짝도 하지 않았다. 김진이 눈으로 본 것처럼 하나하나 상황을 짚어 나갈 때마다 움찔 어깨를 떨었다. 김진의 목소리가 점점 높아졌다.

"전하! 이토록 엄청난 일들은 결코 박고명 혼자 저지를 수 없사옵니다. 이명방이 하루 동안 말미를 얻어 홍인태에게 간다는 것을 미리 알린 판의금부사 김내손을 중벌로 다스리시오소서."

김내손이 귀띔하지 않았다면 박고명이 억권루에 몰래 폭약을 설치하지 못했을 것이다. 즉답을 미루고 박고명에게 하문하셨다.

"정녕 김내손의 명을 따른 것이더냐? 김내손이 시관으로 뽑혔다는 것을 알고 친시에 나선 것이렷다. 연쇄 살인을 저지르는 대가로 장원 급제를 약속받았더냐?"

박고명이 천천히 고개를 들었다. 두 눈에서 굵은 눈물이 주르륵 흘러내렸다.

"아니옵니다. 이 일은 모두 신이 혼자 하였사옵니다. 판의금부사 김내손은 작은 배려를 베풀었을 뿐이옵니다. 신에게 중벌을 내려 주시옵소서."

박고명으로부터 연쇄 살인을 저지른 이유를 들을 차례였다. 천하의 김진도 그 부분만은 알아내지 못했다. 박고명은 눈물을 훔친 뒤 가슴속에 꼭꼭 묻어 둔 이야기를 시작했다. 처음에는 어깨가 떨리고 숨소리도 거칠었지만 점점 눈이 빛나고 목소리도 우렁차져서 끝날 때는 마치 의협(義俠)이나 된 것처럼 당당했다. 금상께선 눈을 꼭 감으신 채 침묵하셨고 김진과 나도 더 이상 묻거나 간섭하지 않았다.

"신 박고명 돈수백배하고 아뢰옵니다.

신의 아비 생원 박찬(朴燦)은 천성이 어질고 글 읽기를 즐겨 어려서부터 서책을 손에서 놓지 않았사옵니다. 『논어』를 읽은 것이 이백 회요, 『맹자』를 읽은 것이 오백 회며 특히 『시경』을 아껴 천독(千讀)을 하고도 다시 천독을 더하겠나 하였사옵니다. 진한의 고문(古文)을 존숭하고 한유와 유종원의 문장을 흠모하는 마음 역시 『시경』에 못지 않았사옵니다.

문장을 지을 때는 순정하고 질박한가를 가장 먼저 살피고, 기묘하거나 지나치게 감정을 드러내는 문장은 덜어 내거나 여러 번 고쳤사옵니다. 그렇게 이십여 년을 일매지게* 서책을 읽고 글을 쓰는 일에 게을리 하지 않았기에, 송도 근방에서는 서생 박찬의 문장이 가장 동뜨다**는 평을 듣게 되었사옵니다.

신의 아비 박찬은 한양으로 올라왔습니다. 몇 가지 문중의 일을 보기 위함이기도 했으나 그는 그 일을 마친 후에도 풍덕으로 돌아가지 않았사옵니다. 어스름 해 질 녘부터 밤까지 계속 백탑 주위를 어슬렁거렸사옵니다. 조선 제일

---

* 모두 다 고르고 가지런하다.
** 다른 것들보다 훨씬 뛰어나다.

문장이라는 박지원을 비롯한 백탑 서생과 교유하기 위함 이었사옵니다.

마침 시주회가 열려 신의 아비 박찬은 백탑의 여러 서 생과 자리를 나란히 하였사옵니다. 그 밤에 박지원은 몸이 아파 불참하였고 홍대용 또한 오강(五江)*을 돌며 철금 연 주를 하러 갔다가 돌아오지 않았사옵니다. 자연스럽게 시 주회의 좌장은 이덕무가 맡았사옵니다.

흥겨운 대화와 술이 오가는 가운데, 이덕무와 박제가와 유득공이 차례차례 시를 읊었사옵니다. 시어가 생경하고 자극적이었지만 신의 아비 박찬은 처음 참석한 자리이므 로 눈을 내리깔고 몸을 바르게 하였사옵니다.

이윽고 이덕무가 시문으로 동참할 것을 권하자, 신의 아 비 박찬은 그동안 힘써 지은 문장 중에서 두 편을 내어놓 았사옵니다. 백탑 서생들이 계속 술을 마시면서 그 두 편 의 문을 돌려보았사옵니다. 박제가가 먼저 신의 아비에게 물었사옵니다.

'즐겁게 술 마시고 돌아가기를 원하십니까? 아니면 솔 직한 품평을 원하십니까?'

신의 아비는 당연히 후자라고 답하였사옵니다. 뜻을 고

---

* 한강에서 다섯 군데 나루가 있는 곳.

상하게 갖고 스스로 만족할 줄 아는 선비가 무릇 사람을 사귈 때 술보다 시문이 앞서는 것은 당연한 이치이겠사옵니다. 백탑 서생들의 품평이 시작되었사옵니다.

'문장은 단단하고 정돈돼 있으나 너무 심심하오이다. 각 사물의 이름 또한 대국에서 빌려 온 것이 많으니 그쪽에서는 귤인 것이 우리에게는 탱자에 불과할 수도 있음이외다. 인용이 많은 것 또한 이 글을 위해 지은이가 들인 공을 드러내지만 그 전거를 상세히 밝히지 못하고 또 더러는 어색한 부분도 없지 않아 문장에 대한 믿음을 떨어뜨립니다.'

이것은 유득공의 지적이옵니다.

'갓을 지고 서책을 팔러 다니면 어찌 그 갓을 팔 수 있겠습니까? 황제가 머무는 곳과 제왕의 도읍을 전부 '장안(長安)'이라 칭할 수는 없습니다. 더러운 것은 더럽다 해야 하고 추한 것은 추하다 해야 합니다. 그것을 이런저런 방식으로 피한다면 어찌 세상을 온전히 담아낼 수 있겠습니까?'

이것은 박제가의 지적이옵니다.

'서시가 예쁘다고 하여 매일 서시처럼 얼굴을 찡그릴 수만은 없소이다. 진짜 자신만의 문장을 찾았으면 좋겠소이다. 술로 치자면 배움술*부터 다시 시작하여야겠지요.'

---

* 처음으로 술을 배울 때 마시는 술.

이것은 마지막으로 이덕무의 지적이옵니다.

신의 아비는 몇 마디 말로 자신의 문장을 옹호하려 하였사옵니다. 하나 그 말은 오히려 백탑 서생의 격렬한 반발을 샀사옵니다. 입에 담기조차 민망한 이야기들이 오갔으며, 백탑 서생은 신의 아비의 문을 절대로 닮아서는 아니 되는, 늙어 빠진, 현실을 담지 못하고 대국의 서책 속에서만 노니는 글로 폄하하였사옵니다. 옻진아비*처럼 굴지 말고 물러가라 하였사옵니다.

정번(鄭蕃)의 정재인(呈才人)**처럼, 풍덕으로 돌아온 신의 아비는 그 후로 단 한 편의 문도 짓지 않았사옵니다. 짧은 척독 한 줄도 없사옵니다. 미친 사람처럼 소리를 지르거나 통곡하였사오며 겉잠도 자꾸 깨어 시위잠***마저도 이루지 못하였사옵니다. 지독한 광증이었사옵니다. 마음이 아프니 몸도 견뎌 내기 어려웠사옵니다. 열꽃이 피어 온몸에 붉은 점이 수천수만을 헤아렸고 가려움증 때문에 잠을 이루지 못하였사옵니다. 마고(麻姑)의 긴 손톱이 못내 아쉬웠사옵

---

* 내기나 경쟁에서 자꾸 지면서도 다시 하자고 달려드는 사람.

** 정번은 사람 이름, 정재인은 궁중 연회에서 춤추고 노래하던 천인. 정번이 과거에 장원 급제한 후 정재인을 앞세워 크게 자신이 장원 급제되었음을 알리며 가다가 급제가 취소되었다는 소식을 듣고 입을 다물고 가게 되었다. 시작은 창대하였으나 끝은 미약해지는 것을 비유.

*** 활시위 모양으로 웅크리고 자는 잠.

니다. 피부를 벅벅 긁어 대자 피딱지가 곰팡이처럼 들어앉았사옵니다. 누런 진물이 흐르면서 피딱지 아래 살들이 썩기 시작했사옵니다. 눈을 잃어 앞을 보지 못하게 되었사옵고 코가 뭉개져 냄새를 맡지 못하게 되었사옵고 귀가 떨어져 나가 소리를 듣지 못하게 되었사옵고 입술이 갈라 터지고 이가 모짝* 빠지고 혀까지 잘려 나가 맛을 모르고 말을 못 하게 되었사옵니다. 손가락 발가락 마디마디가 뚝뚝 떨어져 그 형상이 마치 문둥이와 같았사옵니다. 온몸을 바동거리며 방바닥을 돌아다녔사옵니다. 용한 의원의 솜씨도 장함초(獐含草)**도 소용이 없었사옵니다.

백탑 서생을 만나고 온 지 석 달 만에, 신의 아비는 이 세상에 존재하는 모든 고통을 다 겪고 세상을 떠났사옵니다. 그 죽음을 슬퍼하기보다 그 고통이 그친 것을 감사할 지경이었사옵니다. 신의 아비가 죽고 열흘 만에 신의 어미도 그 슬픔을 이기지 못한 채 절명하였사옵니다. 신의 아비가 지은 글들을 품에 꼭 안은 채 서실에서 엎드려 죽어 있었사옵니다.

천하에 옳고 옳은 문장이 바로 고문(古文)이온데, 신의

---

* 한 번에 있는 대로 다 몰아서.
** 노루가 물고 온 풀이라는 뜻으로 악창 치유에 쓰이는 약초.

아비는 고문을 아끼고 따른 잘못으로 씻을 수 없는 치욕을 맛보았사옵니다. 백탑 서생은 지금까지도 연경에 다녀온 것을 자랑 삼아 떠들며 헛된 문장으로 젊은 서생들을 현혹하고 있사옵니다. 이 어찌 촌닭 관청에 간 것*과 다름이 있겠사옵니까. 고문도 그 시절에는 금문(今文)이었다며 고문과 금문의 차이를 없애 버렸사옵니다. 까마귀도 언제 어떻게 보느냐에 따라 다르다며 검은 까마귀 대신 푸른 까마귀 붉은 까마귀도 좋다 하였나이다. 그림자가 줄어들고 늘어나는 것을 예로 들며 아무리 옛글을 닮으려 하여도 그것은 단지 밤눈 어두운 말이 워낭 소리 듣고 따라가듯** 흉내에 그칠 뿐이라 하였나이다. 옛 시절도 그때는 지금이었으며 지금도 훗날에는 또한 옛 시절이 되리라 하옵니다. 이런 주장에는 곧 자신이 짓는 문장이 고문처럼 훌륭하다는 자부심이 담겨 있사옵니다. 그들이 조선의 국풍 운운하며 한유나 유종원 그리고 주자와 어깨를 나란히 하겠다는 것은 참으로 오만한 발상이 아닐 수 없사옵니다. 백탑 서생들의

---

* 촌닭 관청에 간 것 같다. 시골서 처음으로 큰 도시에 오거나, 경험이 없는 일을 만나 어리둥절하고 있는 사람을 보고 하는 말.
** 밤눈 어두운 말이 워낭 소리 듣고 따라간다. 밤눈이 어두운 말이 자기 턱밑에 달린 쇠고리의 소리를 듣고 따라간다는 뜻으로, 맹목적으로 남이 하는 대로 따라 함을 비유적으로 이르는 말.

헛된 자만이 그들먹하게 담긴, 비루함과 자질구레함으로 가득 찬 대표적인 서책이 바로 『열하』일 것입니다.

신은 백탑 서생들의 패악한 언행을 용서할 수 없었사옵니다. 상소 몇 장으로 그들의 죄를 논하기보다는 그들이 『열하』를 중심으로 얼마나 불충한 언행을 하였는가를 살피는 것이 중요하다고 판단하였사옵니다. 그리하여 평소에 면식이 있던 역관 조명수로 이름을 바꾸고 '열하광'에 참가한 것이옵니다. '열하광'에서 일어난 일들은 따로 소상히 기록하여 신의 서실 책장 제일 윗자리에 올려 두었사옵니다.

이들은 극악하고 불충한 자들이옵니다. 바른 문장을 업신여기는 것은 곧 바른 마음을 지우는 것과 같사옵고, 그것은 곧 왕실과 조정을 차 치고 포 치듯 제멋대로 취급하는 것과 같사옵니다. 하나 젊은 서생들은 이들을 백탑파라느니 사검서라느니 연암 일파라느니 하며 존경하고 따랐사옵니다. 숨어 『열하』를 읽고 세상을 반드시 이처럼 살리라 마음을 벼리는 것을 곁에서 보았사옵니다.

신은 이 추악한 짓거리를 일벌백계로 다스리고 싶었사옵니다. 자송문 정도로 그들을 용서하는 것은 훗날 더 큰 환란을 불러올 것이기 때문이옵니다. 신은 비록 살인의 죄를 짓지만 대역무도한 나라의 죄인들을 죽이는 일이기에

기꺼이 요참(腰斬)*이라도 받아들이기로 뼈물고** 이 일에
나서게 되었사옵니다.

  고문을 더욱 높이시옵고, 패관기서와 소품문에 탐닉하
는 자들을 대역죄로 엄히 다스리시옵소서. 전하!"

---

* 허리를 잘라 죽이는 벌.
** 무슨 일을 하려고 자꾸 벼름.

21장

무섭게 하는 것은 부끄럽게 만드는 것만 못하고, 억눌러 이기는 것은 순순히 굴복하게 하는 것만 못하니, 이른바 '죄는 면하되 염치가 없어진다.'는 것은 이김을 두고 이름이요, '염치도 가지려니와 바르게 된다.'는 것은 굴복시킴을 두고 이름입니다.

— 박지원, 「진정(賑政)에 대해 단성 현감 이후에게 답함」

그 밤, 상운루로 돌아왔다.

김진이 광통교 서재에서 며칠 머물며 상처를 치료하자고 권했지만 나는 도성을 떠나고 싶었고 명은주 곁으로 가서 그녀의 등을 만지고 싶었다. 정만길이 나를 업고 안암 골짜기를 누볐다. 걸음을 옮길 때마다 최대한 추썩거림을 막기 위해 조심하는 마음이 고마웠다. 말은 안 했지만 이렇게라도 내 몸에 상해를 입힌 일을 사죄하고 싶었으리라. 나 역시 지난밤 싸다듬이*에 관해서는 따로 이야기하지 않았다. 그는 그의 일을 한 것이고 나는 나의 일을 한 것이다. 동기협을 잃은 분노가 매질하는 손에 힘을 더 실었겠지만,

---

* 매나 몽둥이로 함부로 때리는 짓.

그 역시 사람의 일이므로 탓할 부분이 아니다.

내 몸이 얼마나 만신창이가 되었는지를 감추고 싶었다. 손가락 한 마디 흔들리고 발목 조금 돌아가도 저절로 신음이 흘러나왔다. 그때마다 정만길은 깊은 한숨을 내쉬었다.

김진은 말없이 산길을 따라 걸었다. 영화당에서 소리 높여 나를 옹호하던 모습은 온 데 간 데 없었다. 귀머거리처럼 아무 소리도 듣지 못하는 양했고, 벙어리처럼 아무 말도 하지 않았다. 상운루 지붕이 보일 즈음 정만길이 나를 내려놓았다. 그에게 허락된 자리는 거기까지였다.

"돌아오실 거죠?"

목소리가 젖어 들었다.

"내가 돌아가기를 바라나?"

김진이 건네준 지팡이에 겨우 의지하여 되물었다.

"이 도사님께 배울 것들이 아직 너무나 많으니까요."

정만길에게 한 걸음 다가서서 왼 어깨를 쥐었다.

"자넨 하산해도 좋네. 이미 다 배웠으니까. 함께 일할 기회가 주어진다면 서로 가르치고 서로 배우도록 하세. 동 도사 몫까지 자네가 열심히 뛰게."

"명심하겠습니다."

정만길이 환하게 웃으며 눈물을 뚜욱뚝 흘렸다.

상운루에 들어가자마자 저녁을 꺼귀꺼귀 먹었다. 입술과 잇몸이 터지고 갈라져 물컹한 맛이 났지만, 흰 쌀밥과 고깃국과 나물들은 허기를 채우고도 남았다.

"오늘 내가 올 줄 어떻게 알았소? 화광 자네가 미리 귀띔하였는가?"

화광이 동김지 국물을 숟가락으로 떠서 삼킨 후 답했다.

"아닐세. 낭자는 다만 매일 하루 세 끼 자네 몫까지 챙겨 두었다네."

언제든지 내가 오면 먹을 수 있도록 아침저녁으로 솥 씻어 두고 기다렸다는 뜻이다. 가슴이 따뜻했다.

식사를 마친 후엔 납작소반에 차린 조촐한 술상을 내왔다. 명은주는 직접 나와 김진의 잔을 따라 주었다. 나는 호리병을 넘겨받아 그녀의 잔을 채우면서 문득 김진에게 물었다.

"왜 은주가 이미 죽었다 거짓으로 고하였는가?"

김진이 잔을 든 채 빙긋 웃었다.

"저들이 혹시 딴마음을 먹지나 않을까 걱정해서라네."

"저들이라니? 조명수와 김내손을 잡아들였으니, 남은 잔당이야 오합지졸일 테지."

"그게 그렇지가 않으이. 억권루 앞에서 자넬 급습한 자들과 또 이 상운루까지 올라왔던 자들은 의금부 관원이 아니었네. 한낱 서생에 불과한 박고명이 무공 높은 장정들을 그처럼 많이 거느릴 수는 없는 일이네. 조선에서 그런 장정을 부리는 자라면……."

김진이 말끝을 흐렸다. 나는 허리를 앞으로 숙이며 김진을 쏘아보았다.

"자네 설마 전하께서 '저들'에 속한다고 의심하는 건 아니겠지?"

"전하께선 억권루에서 자네가 기습당한 일과 상운루에서 은주 낭자가 절벽에서 떨어진 일에 대해서는 자세히 하문하시지 않으셨네. 연쇄 살인의 시작과 끝에 놓인 두 일을 무관심으로 지나치신 건 전하답지 않은 일이라네."

나는 김진의 말을 잘랐다.

"그만두게. 공맹의 가르침을 따르며 바른길만을 가시는 군왕이시라네."

명은주가 끼어들었다.

"군왕은 공맹의 도리도 주자의 학문도 따르지 않아요. 군왕은 오로지 군왕의 도리만을 따른답니다."

군왕은 군왕의 도리만을 따른다? 이 동어반복에는 슬픔과 분노가 묻어났다. 김진이 명은주 편을 들었다.

"우린 거대한 착각에 사로잡혔는지도 모르네. 사검서가 규장각으로 들어갔던 날부터, 알게 모르게 우리는 조선의 군왕이 백탑 서생의 편이라고 믿었던 거네. 노론 벌열의 횡포 때문에 때론 만족스럽지 못한 하명을 받고 때론 끝까지 나아가지 못하고 중간에서 돌아서야 했지만, 그것은 어심 때문이 아니라 저들 탓이라 여겼던 게지. 영조대왕부터 몇십 년간 조정 공론을 주도하고 또 왕세자까지 죽인 저들이 아닌가. 언젠가는 저들까지 몰아내고 조선이 부국강병에 이르는 참 길을 전하와 함께 가리라 마음먹었던 걸세.”

사실이었다. 검서관 특채가 결정되었을 때 함께 모여 기뻐하던 백탑 서생들의 환한 얼굴이 떠올랐다. 금상께서 서얼허통에 적극적이시니 이제 꿈을 펴게 되었다며, 변모없는* 백동수는 덩실덩실 춤까지 추지 않았던가.

“백탑 서생을 아끼신 것은 사실이지 않는가. 구석(九錫)**을 더해 주시진 않았으나 검서관에게 내린 서책이며 갖가지 하사품만 해도 이 방을 가득 채우고도 남았을 걸세.”

김진이 고개를 끄덕였다.

“맞네. 백탑 서생은 참으로 지극한 성은을 입었으이. 하나 그렇다고 전하께서 백탑 서생의 편인 건 아니라네. 그 같은 하사품을 받은 것은 백탑 서생이 전하의 수족처럼 입

---

* 남의 체면을 돌보지 아니하고 말이나 행동을 거리낌 없이 하다.
** 왕이 신하에게 베푸는 아홉 가지 하사품.

의 혀처럼 움직였기 때문일세. 규장각에서 장용영에서 도화원에서 관상감에서 어심을 가장 충실히 받든 것이 바로 우리 백탑 서생이었다네. 각 관청이 삐걱거릴 때 거멀못* 역할을 도맡은 것도 우리라네. 그때도 물론 백탑 서생은 패관기서를 즐겼고 소품문을 지었으며 삼원(三袁)을 돌려 읽었다네. 한데 이제는 그 일로 백탑 서생을 내치려 하시네. 자송문이란 무엇인가. 지금까지 자신이 지은 글을 모조리 부정하라는 요구 아닌가. 이보다 더한 치욕은 없다네. 청장관이 비록 중한 병이 들어 북망산으로 갔으나 자송문을 지으라는 명만 없었다면 어찌 목숨까지 잃었겠는가. 부여에 있는 정유 형님 역시 시력을 잃을 날이 더욱 당겨질 걸세. 군왕은 오로지 군왕의 편임을 전하께선 남김없이 보여 주셨다네. 이제 백탑 서생의 꿈은 사라졌어. 새로운 나라 조선을 세우겠다는 희고 큰 꿈은 무너졌으이. 전하께서는 다람쥐처럼 토끼처럼 곰처럼 우리에게 재주를 넘도록 명하셨던 게야. 재주야 원숭이도 제법이고 뱀도 가능하니 꼭 백탑 서생일 필요는 없지.”

김진의 절망이 너무 깊었다. 그래도 나는 금상께서 저들에 속할지 모른다는 주장만은 받아들일 수 없었다.

---

* 벌어질 염려가 있는 자리에 겹쳐 박는 못.

"『열하』를 금서로 삼고 소품문으로 글을 짓는 자는 과거에 응시할 권리조차 박탈하시겠다는 지엄하신 영을 내리셨으나 이 때문에 죽거나 다친 이는 없으이. 남공철과 이상황 그리고 김조순도 반성의 뜻을 확인하는 선에서 그치셨고, 정유 형님과 청장관께도 자송문을 바치라는 하교만 하셨을 뿐일세. 또한 연암 선생께는 남공철을 통해 은밀히 자송의 뜻이 담긴 문장을 바치라 배려하시지 않았는가. 연쇄 살인은 오로지 조명수가 앞장을 서고 김내손과 그 잔당들이 도와 벌어진 일일세. 전하께선 저들과 어떤 상관도 없으시다네."

김진이 즉답했다.

"나는 군왕이 오로지 군왕의 편이라고 했으이. 백탑 서생의 편이 아니듯 저들의 편도 아닐 테지. 하나 과연 의금부 관원들과 또 정체를 알 수 없는 무예가 뛰어난 장정들이 도성을 우르르 몰려다니는 짓이 어심의 묵인 없이 가능할까. 그 누구의 편도 들지 않고 가만히 계셨지만, 그것이 결국 누군가의 편을 드는 결과를 초래한 것일세. 그 편이 공맹의 도리와 나랏법을 어기지만 않는다면, 조명수나 김내손 대신 자네 목숨이 달아났을 수도 있음이야."

나는 다시 이의를 달았다. 처음 백탑 서생을 살피라 명하실 때 내리신 하교를 더듬었다.

"저들에게 백탑 서생이 당할 것을 염려하여 미리 단속하신 것일지도 모르지 않는가?"

"과연 그럴까. 규장각과 장용영에도 또 화성 건설에도 노골적으로 불만을 토로하는 저들은 그냥 두고, 저들이 휘두르는 창에 찔릴까 걱정하여, 수족을 스스로 잘라 앉은뱅이에 곰배팔이로 만들어 버렸다는 말씀을 자넨 정말 믿는가. 독사가 흡독석(吸毒石)*까지 미리 준비하는 법은 없으이."

짧지만 무거운 침묵이 흘렀다.

우리가 격론을 주고받는 사이 은주는 석 잔 넉 잔 다섯 잔 계속 술잔을 비워 나갔다. 발그레한 볼이 예뻤다.

"하나만 더 묻겠네. 조명수가 박고명이고 과장에 나올 줄 알았다면 왜 친시를 시작하자마자 포박하지 않았는가?"

김진이 스스로 잔을 채우며 쓸쓸히 웃음 지었다.

"만용을 부려 본 것일세. 세상을 살며 진정한 적수를 만나기란 어려운 일이지. 적수를 대할 땐 예의를 다해야 하지 않겠는가. 빙빙 에둘러 고하기 싫었으이. 스스로 깨닫는

---

* 독기를 빨아들이는 신비의 돌. 크기는 대추만 하고 검푸른 빛을 띤다. 이 돌에 대한 설명은 『열하일기』「동란섭필」에 자세하다.

자리를 내 눈앞에 만들고 싶었네."

"그 말은……."

"고문에 정통한 장원 급제자가 살인마로 바뀌는 바로 그 순간 용안을 살피고 싶었네. 문체와 인품이 반드시 일치하는 게 아니라는 참으로 단순한 진리를 깨달으시길 바랐시. 빅고명은 이번에는 꼭 급제하겠다는 서찰을 조부에게 올릴 만큼 자신감이 넘쳤네. 언질이 있었겠지. 김내손이 미리 박고명에게 시제를 흘렸을 가능성이 크고 어쩌면 함께 고문으로 답안을 미리 연습했을 수도 있으이. 과장에 나왔다면 응당 장원을 차지해야 할 테니까. 전하께서도 그 문체를 보시고 매우 흡족해하셨네. 성 부사의 글보다도 더 고문의 품격을 지켰으니까. 한데 정말 웃기지 않은가. 소품문을 쓰는 이들은 천박하며 고문을 쓰는 이들은 공맹의 도리를 충실히 따른다고 여러 번 하교하셨는데, 그리하여 청장관과 정유 형님께는 천박한 성품을 고친 증거를 고문으로 증명하라고까지 하셨는데, 최고의 고문을 지은 장원 급제자가 최악의 살인마로 드러났지."

"감히 전하를 가르치려 들었단 말인가?"

"규장각 서리 따위가 어찌 전하를 가르칠 수 있겠는가. 다만 스스로 바른 길을 깨달으시도록 자리를 마련했을 뿐일세. 자네 말대로 지금까지도 문체 때문에 서생을 옥에

가두거나 벼슬을 빼앗은 일은 없으이. 앞으로도 더 이상 큰 바람은 불지 않을 듯싶네."

김진은 명은주 쪽을 돌아보며 내게 말했다.

"부탁이 있으이. 아무래도 규장각 일은 이제 그만 접어야겠네."

"그 무슨 말인가? 청장관이 아니 계시니 김진 자네가 더욱 많은 일을 해야지."

"군왕이 오로지 군왕의 편이듯, 나도 이제 오로지 내 편으로 살아 보고 싶다네. 드난* 노릇도 그만둘 때가 되었어. 김내손과 조명수는 중벌을 받겠으나 저들은 여전히 조정 중론을 이끌고 있으이. 내가 저들과 사냥개처럼 물고 뜯으며 싸우는 꼴을 보고 싶은가. 후후! 청장관도 돌아가시고 정유 형님과 연암 선생도 없는 규장각에서 나 홀로 버티긴 싫으이. 광통교의 서책을 상운루로 옮긴 후 떠나겠네. 돌이켜 보면 백탑 서생은 참으로 호랑이처럼 용맹 정진하였으이. 연암 선생을 뵈면 누구나 장백산 호랑이를 떠올렸다지 않은가. 선생의 그늘 아래 머문 우리들도 저들의 눈엔 모두 개호주**로 보였을 게야. 선생이 옥전현 어느 가게에서

---

* 임시로 남의 집 행랑에 붙어 지내며 그 집의 일을 도와주다.
** 호랑이의 새끼.

보았다는 기문(奇文)을 기억하는가?"

"「호질(虎叱)」말인가?"

"그래.「호질」첫머리에 보면 호랑이를 잡아먹는 무시무시한 짐승들이 나오네. 비위, 죽우, 오색사자, 자백, 표견, 황요, 활, 추이, 맹용.* 내가 규장각에 머물면 저들은 순간순간 모습을 섞바꾸며 날 잡아먹으려 들 걸세."

"하면 나도 허릅숭이** 짓을······."

"아닐세. 청전 자넨 계속 의금부에 남아 주게. 야박하게 들릴지는 모르겠으나 자넨 아직 자네만을 위해 살 때가 아닌 듯하이. 종친으로서 또 의금부 도사로서 더욱 전하를 위해 드리게. 이번 일로 의금부의 많은 도사와 나장들이 자네를 믿고 따를 걸세. 의금부 하나만이라도 조선의 앞길을 비춰 주는 조족등 역할을 맡아야 하지 않겠는가. 떠날 수 없다는 건 나보다 자네가 더 잘 알 걸세."

정만길의 등에 업혀 줄곧 그 생각을 했다. 몸의 상처는 길어야 며칠이면 아물겠지만 마음의 상처는 어찌할까. 이 참혹한 기억을 안고 과연 나는 의금부로 돌아갈 수 있을까. 어명을 받들기 위해 목숨을 내던질 수 있을까. 정만길

---

* 『열하일기』「관내정사」에 자세하다.
** 일을 실답게 하지 못하는 사람을 낮추어 이르는 말.

이 상운루 앞에서 물었을 때, 나는 돌아가지 않겠다고 답하지 못했다. 미련일 수도 있고 책임감일 수도 있지만, 적어도 나는 김진처럼 훌훌훌 모든 것을 털어 버리고 완전히 떠날 마음은 아니었다. 성함과 쇠함은 도섭스러운* 구석이 있지만 옳고 그름의 구별만은 사라지지 않는다 했던가.

김진이 없는 도성은, 광통교는, 규장각은 어떠할까.

봄과 함께 천하는 또 한 번 탈바꿈을 시작하리라. 북한산도 아름답고 한강도 아름답고 운종가도 아름답고 꽃도 아름답고 나무도 아름답고 소와 말도 아름답고 늠름한 사내도 아름답고 수줍은 처녀도 아름답고 촐랑촐랑 뛰며 댕갈댕갈 지껄이는 아이들도 아름다운데, 김진이 없는 내 옆구리만 쓸쓸하겠구나. 슬프겠구나. 둥근 땅이 스스로 도니하루도 한 해도 다시 처음으로 돌아오건만 김진과 보낸 한 시절은 흘러내려 사라질 따름이겠구나.

"안암의 두 서재는 어찌하고 떠나겠다는 것인가?"

김진이 명은주와 웃음을 주고받았다.

"여기 은주 낭자께 힘든 부탁을 드렸다네. 매일 집을 비우는 앞뒤가 꽉 막힌 고약한 성미의 의금부 도사와 혼인을 하고 그 자식들까지 키우면서도 서실들을 맡아 줄 수 있겠

---

* 주책없이 능청맞고 수선스럽게 변덕을 부리다.

느냐고. 오늘 새벽 잔입*에 허락을 받았다네."

나는 깜짝 놀란 눈으로 명은주를 쳐다보았다. 그녀가 가만히 내 손을 쥐었다.

"절벽에서 떨어질 때 그런 생각이 들었답니다. 여기서 죽지 않고 산다면 의금부 도사 이명방이란 사내와 혼인하겠다고. 서녀란 이유로 마음에 담아 둔 사내와 이별하는 것만큼 덩둘한** 일은 없다고."

김진이 놀려 댔다.

"무엇하는가. 낭자를 계속 저리 부끄럽게 두려 하는가. 늦었지만 어서 영각***이라도 지르게."

---

* 자고 일어나서 아직 아무것도 먹지 아니한 입.
** 매우 둔하고 어리석다.
*** 암소를 찾는 황소가 길게 우는 소리.

다시, 열하의 꿈

땅덩어리가 한 번 구르니 하루가 가고 달이 한 번 땅덩어리를 두르니 한 달이 가고 해가 한 번 땅덩어리를 두르니 한 해가 갔다.*

김진에게 겹겹층층 내 중요한 기억들이 가려져 끄집어내기 힘든 까닭을 물었다. 김진은 덕천과 나눠 마신 술에 섞은 약 때문일 것이라고 추정했다. 심혼단(心混丹)이란 천축의 약이 그런 효능을 보인다는 것이다. 환령단(還靈丹)을 해독제로 먹은 후 그 겨울 일은 백탑에 내린 흰 눈송이까지 선명하게 기억하게 되었다.

---

* 지구의 자전과 우주에 관한 논의는 『열하일기』「혹정필담」에서 자세하게 논한다.

갑인년(1794년) 겨울 청장관의 문집을 간행하라는 명이 내렸다. 연암 선생이 어명을 받들어 행장을 지으셨고, 청장관의 아들 이광규는 탑전에 나아가 따뜻한 위로의 하교와 함께 검서관에 특별히 임명되었다. 인쇄에 보태라며 내탕전(內帑錢)* 오백 냥까지 함께 내리셨다.

지금 내 서안 옆 손이 가장 가까이 닿는 책장에 놓인 서책이 바로 『아정유고(雅亭遺稿)』다. 연암 선생이 지으신 「형암행장(炯菴行狀)」을 펴고 눈에 잡히는 대로 듬성듬성 읽는다.

'마음의 바탕이 맑고 투철하며 마음의 활동이 섬세하고.'

'기이하고 날카로우면서도 진실하고 절실함에서 벗어나지 않았고.'

'뜻을 굳건히 지키고 운명을 믿어 담담히 욕심이 없으며, 쓸쓸한 오두막집에 살면서 가난을 감수하였다.'

전무후무(前無後無)라는 대목도 눈에 띄고 규벽(奎璧)**의 소임을 다하였다는 언급도 있다.

청장관의 시문뿐만 아니라 백탑 서생의 서책으로 책장 하나를 가득 채웠다. 거기에는 『녹앵무경』도 있고 『발합경』도 있으며 『백화보』도 있고 『북학의』도 있고 『발해고』

---

* 왕의 사유 재산.

** 왕의 친필과 인장. 규장각에서 관리했다.

도 있으며『신법중성기(新法中星記)』*도 있다.『열하일기』도
물론 있다.

『아정유고』가 발간되기 전에도 나는 대부분의 시간을
의금부 도사로 일했고 탑전으로 나아가 독대하여 하명을
받았다. 문체에 관한 하문은 없었고 내가 먼저 패관기서나
소품문에 대한 이야기를 꺼내지도 않았다.

정사년(1797년) 2월 청장관의 문집이 인쇄를 마친 날, 영
화당으로 오라는 전갈을 받았다. 김진이 나를 위해 목청을
높였던 그곳은 그때나 지금이나 달라진 것이 없었다. 서안
에는 청장관의 문집이 놓였고, 금상께서는 춘당대를 바라
보고 뒤돌아서 계셨다. 떨어지는 빗방울 사이사이 쓸쓸함
이 묻어났다.

"과인 곁에 와서 서라."

발소리를 죽이며 금상의 왼편으로 나아갔다. 넓은 춘당
대 마당을 계속 바라보며 하교하셨다.

"과인은 이덕무와 박제가를 지켜 주고 싶었느니라. 규
장각 장서들이 그 두 사람의 안목에 의해 가려지고 정리되
었음을 잘 알고 있느니라. 총애가 깊으면 질투하는 눈들도
많아지는 법. 서얼 출신 검서관들을 내쫓아야 한다는 의논

* 김영의 저서.

254

들도 적지 않았지. 저들은 검서관의 문체를 큰 문제로 삼으려 했느니라. 패관기서와 소품문을 일삼는 무리란 결국 두 사람을 가리키는 것이었느니라. 과인이 먼저 두 사람의 문체를 거론하며 자송문을 받음으로써, 저들이 이리위 저리위 하며* 다시 두 사람을 규장각에서 내쫓는다거나 위리안치 시키는 삭당을 못 히도록 막으려고 했느니라. 한데 박제가는 과인의 뜻을 알고 글을 올리되 옳고 그름을 당당히 따졌건만 이덕무는 미욱하게도 자송문을 붙들고 고민하다 죽어 버렸구나. 오늘 문집을 받고 보니 더더욱 이덕무의 장고가(掌故家)**다운 박람강기(博覽强記)***와 날렵함과 밤을 꼬박 새워서라도 맡은 바 책무를 다하는 의지가 그립구나."

나는 김진이 상운루에서 들려주었던 이야기를 떠올리며 아뢰었다.

"이덕무는 서책을 읽고 외우며 물으면 답할 뿐 스스로 포부를 밝힌 적이 없었사옵니다. 밝은 때라 하여 절의를 드러내고자 애쓰지 않았고 어두운 때라 하여 행실을 게을리 하지 않았나이다. 전하! 어찌 신에게 이렇듯 열복(熱福)

을 멀리하고 청복(淸福)에 만족하는 백탑 서생을 감시하라 하명하셨사옵니까?"

"이덕무처럼 지나치게 근심할 것을 염려한 탓이니라. 또한 김내손이나 조명수처럼 백탑 서생의 문체를 경계하는 하교를 멋대로 새겨 분란을 일으킬까 저어했기 때문이니라. 이 도사, 너라면 백탑 서생과 가장 가까운 거리에서 그들을 지켜 주리라 믿었느니라."

나는 점점 더 억울하고 울적해졌다.

"처음부터 백탑 서생을 지키라 하교하셨으면 이덕무를 살릴 수도 있었사옵니다."

"의금부 도사에게 누구누구를 삽살개처럼 지키라 명할 수는 없었느니라. 백탑 서생뿐 아니라 노론의 촉망받는 신하들까지 문체를 따져 개 꾸짖듯 나무라는 마당이었음이야. 서문표(西門豹)*의 지혜가 필요했느니라."

"박지원에 대한 질책도 이덕무나 박제가와 같사옵니까? 『열하』를 금서로 두고 영원히 읽지 못하도록 하겠다는 하명도 달리 살펴야 하는 것이옵니까?"

고개 돌려 나를 보셨다. 용안에서 쓸쓸한 기운은 어느새

---

* 전국 시대 위나라 사람. 당장 겉으로는 힘들지만 결국 백성들을 편하게 하는 정책을 많이 펴 뛰어난 관리로 명성을 얻었다.

사라지고 총명과 강인함만 가득했다. 하교하셨다.

"나라에서 서책을 읽지 못하게 금하는 것은 하수 중에서 하수니라.『야소경』이든『열하』든 서책을 불태우고 읽는 이를 하옥시킨다면, 잠시 그 기운이 꺾일 수는 있겠으나 더 많은 이들이 흥미를 느껴 숨어 읽고 즐기게 되느니라. 공맹의 가르침을 높이 세우면 그런 보잘것없는 가르침들은 스러지게 마련이니라. 과인이『열하』를 꼭 집어 거명한 것은 젊은 서생들이 지나치게 완물상지에 경도되는 것을 경계하기 위함이었니라.『열하』가 모두 소품문으로 채워진 것이 아니며 그 안에는 고문에 합당한 글 또한 상당함을 과인도 읽어 잘 아느니라. 하나 이 서책이 패관기서의 첫머리에 자리 잡고 있으니, 다른 서책들까지 함께 경계하기 위해서는 박지원을 꼽을 수밖에 없었느니라. 자, 보라. 이덕무가 죽던 그 겨울부터 지금까지『열하』를 읽었다 하여 잡혀 들어온 서생이 있더냐."

"……없, 없사옵니다."

"잘 새겨들으라. 고문이 그 시절의 금문이었다 하여 지금 쓰는 금문도 곧 고문만큼 가치가 있다 우겨서는 아니 되느니라. 고문은 망각의 세월과 맞서 싸워 살아남았느니, 한 글자 한 구절도 보태거나 지우지 못하는 이유는 그만큼 갈고 닦여 완전해졌기 때문이니라. 문장의 법도는 육경

(六經)에 근본을 두며 제자(諸子)로 날개를 달고 의리로 물을 주어 꽃을 피워야 하느니라. 제멋대로 지은 글을 고문이 되리라 우기는 것도 우습거니와 옛글이라고 무조건 자구만 흉내 내는 것 또한 해망쩍다.* 앞으로 이와 같은 안목을 기르는 데 진력하라. 알겠느냐?"

독대는 거기서 끝이 났다.

턱없이 부족한 내가 어심의 행방을 가려 살피기란 처음부터 가능한 일이 아니다. 금상께서 청장관과 정유 형님을 각별히 아끼신 것은 천하가 아는 일이다. 그러나 그 겨울 자송문을 쓰도록 명한 것이 정말 그 총애의 연장선상이었을까.

화광 김진은 규장각으로 돌아오지 않았고 나는 명은주와 혼인했다. 어리석지 않고 귀먹지 않으면 지아비 노릇하기가 어렵다지만 그녀를 위해서라면 바보 흉내쯤은 문제도 아니었다. 김진이 혹시 올까 기다렸지만 끝내 혼례식장에 나타나지 않았다.

은주는 이름을 옥갑으로 고쳤다. 옥갑(玉匣)은 홍순언, 변승업 그리고 허생의 이야기가 실린 연암 선생의 「옥갑야화」에서 따온 이름이다.

---

* 영리하지 못하고 아둔하다.

신방에서 그녀에게 힘겹게 물었다.

"날 떠날 줄 알았어. 간자 노릇 한 거 용서해 줄 거야?"

그녀는 답을 내리지 않고 되물었다.

"당신은 당신을 용서했어요?"

어떤 야단받이*보다 날카롭고 아팠다. 평생 나는 그 겨울의 두 마음, 두 행동을 뉘우치며 살아가리라. 백탑 벗들을 고변하지는 않았으나 온 마음을 다해 그들을 변호하고 지키지 못한 것 또한 사실이다.

"그런 거 같아!"

얼버무리는 걸 용서하지 않는 여인이 바로 옥갑이다.

"그러면 그런 거고 아니면 아닌 거지, 그런 거 같은 건 또 뭔가요? 당신은 내가 당신 아내인 것 같다고 하면 받아들이겠어요?"

"용서했어. 용서했다고!"

옥갑이 나를 꼭 안았다. 내 머리를 제 가슴에 품고 나지막하게 속삭였다.

"당신이 얼마나 아파했는지 알아요. 야뇌 선생이라면 더 강하게 나갔겠지만 당신은 야뇌 선생이 아니니까요. 대신 나중에 이 일들을 이야기로 남기세요. 비록 야뇌 선생

---

* 남의 꾸지람이나 야단을 받는 일.

처럼 나서지는 않았으되 당신 가슴에 아로새긴 상처들에게 말을 할 기회를 주세요. 당신이 매설을 짓겠다며 이런저런 이야기를 할 때, 특히『임진록』에서 얼마나 승전이 과장되고 패전은 축소되었는가를 조목조목 열거할 때 문득 그런 생각이 들었답니다. 매설이란 상처가 많은 사람이 그 상처를 위로하기 위해 짓는 것이구나. 상처가 클수록 허탄한 이야기도 많아지겠지만 그것 또한 상처를 열심히 치료하겠다는 의지이기도 하겠구나. 당신도 꼭 그 겨울『열하』를 둘러싼 웃지 못할 소동을 쓰도록 하세요. 난 당신을 지키는 작은 상자(匣)가 되어 드릴게요. 약속!"

그녀는 도성 밖 상운루에서 서책을 정돈하며 시간을 보냈고 나는 도성 안 의금부에서 흉악범들을 쫓느라 분주했다. 일을 하나 마무리 지을 때까지 열흘이고 한 달이고 상운루에 오르지 못했지만 그녀는 불평하지 않았다. 맹강(孟姜)보다도 더 배움이 깊고 몸가짐이 발랐다. 모처럼 상운루에서 운우지락을 나눌 때면 나는 풍마(風馬, 발정난 말)를 닮았고 그녀는 더욱 아름다웠다. 내가 유아 살해범을 잡으러 개마고원을 오를 때 첫째 아들이 태어났고, 거제도 앞바다에서 나라에 바칠 통영갓을 훔친 도적을 죽일 때 둘째 딸이 첫울음을 터뜨렸다. 그 후로도 딸 둘이 더 생겼지만 나는 그녀 곁을 지키지 못했다.

경신년(1800년) 참으로 망극한 일이 일어났다.

독살이라는 풍문이 돌았으나 벌을 받은 이는 없었다. 더러 탑전을 원망하는 엉절거림*이 오갔으나 나는 침묵했다. 금상께서 물론 나같이 미천한 인간의 벗이 될 수는 없겠으나, 무릇 벗과는 절교는 하더라도 악평은 말라 했다.

용상의 주인이 바뀌자마자 억풍이 불어닥치고 버력(하늘이나 신령이 사람의 죄악을 징계하려고 내린다는 벌)이 내렸다. 문효세자(文孝世子)**께서 돌아가시지 않고 즉위하셨다면 이런 참담함은 겪지 않았겠으나 살고 죽음을 정하는 것은 인간의 몫이 아니었다. 이십삼 년 쌓아 올린 탑이 삼 년도 되기 전에 완전히 무너졌다. 야소교에 대한 대대적인 박해가 이어졌다. 도성에서 벼슬살이를 하거나 성균관에 들어 이제 등용문으로 나설 서생 중 상당수가 의금부로 끌려가서 맞아 죽거나 귀양을 가서 사약을 받았다. 도성 백성들은 불행을 당한 서생들의 당파가 대부분 남인이라는 사실을 말밥에 얹었으나*** 죽은 자는 말이 없었고 살아 있는 자는 숨기 바빴다.

---

* 군소리로 원망하는 뜻을 나타내다.
** 정조의 첫아들(1782~1786년). 1784년에 세자로 책봉되었으나 이 년 만에 병으로 죽었다.
*** 말밥에 얹다. 좋지 아니한 화제의 대상으로 삼다.

야소교에 대한 박해뿐만 아니라 서얼허통의 기미도 짓밟혔다. 규장각 검서관으로 필명을 날렸던 정유 형님도 억울한 누명을 쓰고 종성까지 귀양을 갔다. 잘코사니*야! 저들은 외쳤으리라. 십 보 앞 바위도 살피지 못하는 그가 험한 골짜기와 높은 산으로 가득한, 겨울에는 손끝 발끝이 모두 얼어붙는 북삼도 추위를 견디기는 어려웠다. 초구(貂裘, 담비 가죽으로 만든 비싼 갖옷) 한 벌 마련하여 보내 드렸으나 죄인이 입을 옷이 아니라며 사양하였다.

을축년(1805년) 정유 형님이 돌아가셨다.

끼니 거르는 것은 안회와 같고 꼼짝 않는 것은 노자와 같고 활달한 것은 장자와 같고 술을 마셔 대는 것은 유영(劉伶)과 같고 거문고 타는 것은 자상(子桑)과 같고 만인을 사랑하는 것은 묵적과 같았던** 연암 선생도 정유 형님과 같은 해에 돌아가셨고 나는 의금부 도사에서 물러났다. 남은 벗이 새벽별만큼 드물었다.

도성을 떠나 연암협에 육침(陸沈)하여 오건(烏巾)을 쓰기 시작한 것도 바로 그 겨울이다. 비로소 명성과 이익과 권세로부터 완전히 벗어난 것이다. 제비들이 둥지를 튼 바위

---

* 미운 사람의 불행을 고소하게 여기는 것.
** 『연암집』 「소완정의 하야방우기에 화답하다(酬素玩亭夏夜訪友記)」에서 인용.

틈을 살피거나 바위 아래를 휘감아 도는 낚시터를 살피거나 그 바위 위로 밀려드는 저녁 노을에 젖어 들며 하루하루를 보냈다.

생각은 전부 망상이요 인연은 전부 악연이라고 했던가.

계속 불꾸러미*도 한 점 없는 암흑이 이어졌고 백탑 서생의 꿈은 어디서도 찾기 어려웠다. 아니다. 돌이켜 생각해 보면 백탑 서생의 시절은 이덕무가 죽던 그 겨울로 끝나 버렸는지 모른다. 물론 연암 선생을 비롯한 백탑 서생들은 맡은 바 자리에서 제 몫을 다했지만, 이미 한번 금이 간 관계는 다시 회복되지 못했다. 신유년(1801년)**의 광풍은 후폭풍일 뿐이다.

김진은 돌아온 듯 떠나가고 떠나간 듯 돌아왔다. 그사이 명옥갑이 병들어 죽었다. 그녀의 무덤 앞에서 새 우는 소리 꽃 피는 소리 물 흐르는 소리 산이 푸르게 바뀌어 가는 소리를 들으며 정(情)에 관해 드문드문 생각했다. 자식들도 짝을 찾아 연암협을 떠나니 이제 홀로 쌍륙(雙六)이나 고누를 즐기게 되었다.

『방각살인』을 짓기 오 년 전, 김진은 연경 유리창은 물

---

* 불씨를 옮기기 위하여 짚 뭉치 따위에 옮겨 붙인 불.
** 대대적으로 천주교도들을 잡아들인 신유박해가 있었다.

론 안남과 유구까지 둘러보고 오겠노라며 길을 나섰다. 떠나는 그를 붙들고 『고금도서집성(古今圖書集成)』이나 『단궤총서(檀几叢書)』와 견줄 만큼 집대성했다는 천여 권의 전서를 보여 달라 했다. 하나 김진은 허튼 풍문일 뿐이라며 웃어넘긴 후 오히려 내게 무르익다 못해 썩을 지경인 글 솜씨를 어서 세상에 펼쳐 놓으라고 농담처럼 권했다. 육전(陸展)* 같은 어색한 짓은 하기 싫다 했지만 나는 우리 생의 마지막 절정을 언젠가는 쓰리라 예감했다.

물론 이 매설은 연암 선생의 불후의 걸작 『열하』에 비하자면 사막을 떠도는 한 점 모래알이요 대초원에 누운 한 떨기 풀꽃이며 선생 베개 속에나 어울리는 침계(枕鷄)나 침마(枕馬)이다.** 하나 소리개도 삼 년이 넘으면 꿩 한 마리는 잡는다 했던가. 이미 이 세상에 없는 연암 선생도 청장관도 정유 형님도 내게 『서상기』보다 재미있는 백탑파만의 매설을 지으라 때로는 타이르고 때로는 독촉하고 때로는 거짓 협박으로 얼굴을 붉히기까지 하셨다. 『방각살인』, 『열녀비록』, 『열하광인』을 통해 그 위대한 문사들의 바람을 늦게나마 이룬 듯하여 기쁘고 안타깝다. 화광이 직접

---

* 첩에게 젊어 보이려고 머리를 염색한 남자.
** 베개 속에서 울음을 우는 꼬마 닭과 꼬마 말. 침계와 침마에 대해서는 『열하일기』「태학유관록」에 자세한 설명이 있다.

매설을 지었다면 이보다 더 빨리 더 뛰어난 필력으로 백탑을 휘감았겠으나, 말똥구슬을 만들어도 여의주처럼 위하겠다며 그는 끝까지 이 시절의 회고를 내 몫으로 돌렸다. 예덕선생(穢德先生)*을 닮아 영원히 대은으로 지내려는 것이다.

화광 김진은 일찍이 말했다. 군왕은 군왕의 편이라고.

거듭 따져 보아도 백탑 서생은 결코 백탑 서생의 편이었던 적이 없다. 규장각으로 들어가기 전에 백탑 아래 모여 술과 계면조 노래와 시문으로 즐겼던 시절부터 밤낮없이 규장각과 장용영과 도화원과 관상감에서 불목하니**처럼 일하던 시절을 지나 패관기서와 소품문을 일삼는 무리라는 비난을 입었던 시절까지, 또 그 후로 한 사람 한 사람 세상을 떠날 때까지, 백탑 서생 그 누구도 파당을 지어 천하를 더럽히지 않았다. 이계(耳溪)를 노래한 글에 기대어 본다면, 그들 마음은 깔끔하기가 옹달샘과 같았고 아득하기가 구멍 하나 없는 태초의 혼돈을 닮았으며 끼끗하기가 밝은 보름달보다 더했다.***

* 박지원의 「방경각외전」에 「예덕선생전」이 실려 있다. 예덕선생의 직업은 똥 치는 일이며 자신의 더러움을 감추고 세속에 숨은 이로 존경을 받았다.
** 절에서 밥을 짓고 물을 긷는 일을 맡아서 하는 사람.
*** 이계 풍경은 홍양호의 「유이계기(遊耳溪記)」에서 인용.

세상에는 이상한 상상을 하는 자들도 있어 혹자는 대역죄로 몰려 죽더라도 백탑 서생이 백탑 서생의 편이었다면, 여우볕*도 들지 않는 암흑은 없었으리라 주장한다. 내 앞의 암흑이 영원할 것이라는 불안감에서 나온 단견에 일일이 답하고 싶지는 않다. 다만 다시 한 줄기 빛이 암흑을 뚫고 내리비치는 날이 올 때, 그 빛은 하얀 탑 꼭대기에 가장 먼저 내려앉아 도성을, 팔도를, 나아가 천하를 아름답게 비추리라. 이것이 곧 열하의 꿈이다.

어둑새벽이다.

김진은 낮게 코를 골며 잠이 들었다. 이경까지 산해관 근방에서 꺾어 왔다는 풀꽃을 옮겨 그리느라 분주했다. 이 꽃미치광이는 내가 이야기를 쓰다 찢고 쓰다 또 찢을 때 멀거니 바라볼 뿐 재촉하지 않았다. 굿이나 보고 떡이나 먹을 생각이라고도 했다. 다만 이야기가 잘 풀려 신나게 붓을 놀릴 즈음에는 엉뚱하게 시비를 걸었다. 가령 어제도 내 손목을 붙들고 난데없이 수수께끼를 하나 던졌다.

"이 동물의 이름을 맞혀 보게나. 말이구나 하면 굽이 두 쪽인 데다가 꼬리가 소를 닮았고, 소구나 하면 머리에 뿔도 없고 얼굴은 양을 닮았고, 양이구나 하면 털이 전혀 꼬

---

* 궂은 날 잠깐 났다가 숨어 버리는 볕.

부라지지 않은 데다가 등에 뫼봉우리가 떠억 두 개가 솟았고, 머리를 치켜들면 아주 큰 거위도 닮았고 눈을 떴다 감았다 하는 모양새는 청맹과니가 따로 없거든.*"

내 기억력을 시험하는 것인가. 『열하』를 천독한 내가 어찌 답을 모를까.

"알겠네. 수리처럼 날아오르지 않고 낙타처럼 또박또박 걸어감세."

일찍이 스승께서는 특별한 새벽을 이렇게 노래하셨다.

요동 벌판 언제나 끝이 날까	遼野何時盡
열흘 지나도 산이라곤 보이지 않네	一旬不見山
새벽 별 말 머리 위로 날고	曉星飛馬首
아침 해 밭 사이로 솟아오르네	朝日出田間

—— 박지원, 「요동 벌판을 새벽에 지나다(遼野曉行)」

머리맡에 막 탈고한 『열하광인』을 놓고 마당으로 나왔다. 늙고 병드니 성정에 반(反)하는 세 가지 일이 내게도 닥쳤다. 슬퍼도 눈물이 흐르지 않는 일과 밤에 잠이 없는 일과 최근 일을 잊는 일이 그것이다. 다시 말해 웃을 때 눈물

---

* 『열하일기』「성경잡지」에서 인용.

이 나오며 낮에 잠이 많고 젊은 날의 일들이 더욱 또렷하게 떠오른다.

김진이 일어나서 내 졸작을 자릿조반* 대신으로 삼킬 때까지, 나는 배따라기 곡조에 맞춰 골짜기를 느릿느릿 걸으며 백탑 서생의 얼굴을 떠올리고 그들과 함께 나누던 순간을 어둠과 밝음이 함께 스민 새벽 숲에 그려 나갈 것이다. 새벽 찬 공기가 담결핵(痰結核)에 나쁘긴 하지만, 천 년 묵은 석회에 초를 섞어 떡을 만들어 붙였으니 돌아와서 김진의 평을 들을 때까지 큰 불행은 없으리라. 오른손에 들린 지팡이를 내려다보다가 문득 '나무가 거꾸로 자라면 사람이 바로잡아 주고 사람이 위태롭게 걸으면 나무가 부축해 준다.(木倒生 人正之 人行危 木支之)'**는 명(銘)이 기억났다. 나무도 또한 나의 벗인 것이다.

이제 김진에게 답할 수 있다. 군왕이 군왕의 편이었다면 지금 나는 내 기억의 편이라고. 그리고 그 기억을 함께 나눈 백탑 서생의 편이라고. 나를 알아주지 않는 이들 앞에서 죽음으로써 분노를 씻어 내고 싶다고 말했던 자도 있었다.*** 나는 이 한 편의 이야기로 그 겨울 밀어닥친 울분의

---

* 아침에 잠에서 깨어나는 대로 그 자리에서 먹는 죽이나 간단한 식사.

** 이용휴의 「장명(杖銘)」 전문.

*** 이탁오가 「다섯 가지 죽음(五死篇)」에서 이렇게 말했다.

뜨거움과 깊이를 대대손손 전하고 싶다.

일찍이 연암 선생께서는 벗을 사귈 때 살필 세 가지를 말씀하셨다. 누구를 벗하는지, 누구의 벗이 되는지, 누구와 벗하지 않는지! 일생 동안 내 벗은 오로지 백탑 서생뿐이었으며 그들 또한 나를 벗으로 받아 주었다. 그들이 싫어하는 자들과는 아무리 벼슬이 높고 재주가 많아도 우정을 나누지 않았다. 후추를 통째로 삼키고 수박을 겉만 열심히 핥는 이와는 그 맛을 논하기 어려운 법이다.

착함(善)을 권하고 어짊(仁)을 도와 여기까지 함께 왔다. 일찍이 공자는 자신을 알아준 것도 『춘추』요 자기를 책망한 것도 『춘추』라고 했다. 내게는 백탑파가 『춘추』였다. 매설을 마치고 나니 스승께서 이렇게 물으시는 것 같다.

"청전! 네 속이 시원하냐?"

"시원합니다."

"울고 싶으냐?"

"엉엉엉엉! 울고 싶습니다."*

아름다워라, 벗과의 사귐을 기억한다는 것은!

(끝)

---

* 박지원의 『연암집』 「어떤 이에게 보냄(與人)」에서 인용.

참고 문헌

    『열하광인』은 여러 국학자들의 탁월한 연구 성과에 힘입어 창작되었다. 특히 김명호, 정옥자, 강명관 선생님의 논문과 저서 그리고 역서를 읽으며 많은 것을 배웠다. 1987년 대학에 입학해서 처음으로 읽은 우리 고전이 『열하일기』였고, 이태 후 통독한 박사 논문이 김명호 선생님의 「열하일기 연구」였다. 신호열 선생님과 함께 번역하신 『연암집』은 『열하광인』을 쓰는 내내 버팀목이 되었다. 선생님의 논저와 역서가 없었다면 연암 박지원의 사상과 문학을 배우고 익히기가 훨씬 힘겨웠을 것이다. 정옥자 선생님의 국왕 정조와 규장각에 대한 논저 덕분에 이 황금시절의 역사적, 문화적 의미를 폭넓게 이해할 수 있었다. 선생님의 가르침을 따라 주자학과 고문에 대한 정조의 식견을 알아 가는 재미가 각별했다. 강명관 선생님의 논저를 통독하며 문체 반정과 금서에 얽힌 다양한 문제를 일목요연하게 정리할 수 있었다. 『열하광인』을 정조와 백탑파의 대립구도로 힘차게 끌고 간 것은 강명관 선생님의 선명한 관점에 힘입은 바 크다. 백탑파 3부작에 직접 인용하거나 간접으로 녹인 중요한 참고 문헌을 아래에 모두 제시한다.

자료편

강희안, 『양화소록』, 서윤희 · 이경록 역, 눌와, 1999.

강희영, 『19세기 선비의 의주 · 금강산 기행』, 조용호 역주, 삼우반, 2005.

김기동 편, 『 사본 고전 소설 전집』, 아세아문화사, 1980~1982.

김동욱 편, 『고소설 판각본 전집』, 인문과학연구소, 1973~1975.

김홍도, 『단원 풍속도첩』, 민음사, 2005.

남공철, 『작은 것의 아름다움』, 안순태 역, 태학사, 2006.

동국대 한국학연구소, 『활자본 고전 소설 전집』, 아세아문화사, 1976.

박재연 · 김영 교주, 『평산냉연』, 이회, 2003.

박제가, 『 정전서』, 아세아문화사, 1992.

박제가, 『궁핍한 날의 벗』, 안대회 역, 태학사, 2000.

박제가, 『북학의』, 안대회 역, 돌베개, 2003.

박제가 외, 『무예도보통지』, 임동규 역, 학민사, 1996.

박제가 외, 『사가시선』, 여강출판사, 2000.

박종채, 『나의 아버지 박지원』, 박희병 역, 돌베개, 1998.

박지원, 『국역 열하일기』, 민족문화추진회 편, 1967.

박지원, 『연암 박지원 산문집』, 리가원 · 허경진 역, 한양출판, 1994.

박지원, 『비슷한 것은 가짜다』, 정민 역, 태학사, 2000.

박지원, 『국역 열하일기』, 리상호 역, 보리, 2004.

박지원, 『고추장 작은 단지를 보내니』, 박희병 역, 돌베개, 2005.

박지원, 『연암집』, 신호열 · 김명호 역, 돌베개, 2007.

박지원, 『연암산문정독』, 박희병 외 편역, 2007.

박희병 편역, 『선인들의 공부법』, 창작과비평사, 1998.

서유구, 『산수간에 집을 짓고』, 안대회 편역, 돌베개, 2005.

서호수 · 성주덕 · 김영 편저, 『국조역상고』, 이은희 · 문중양 역, 소명출판, 2004.

성대중, 『부사산 비파호를 날 듯이 건 』, 홍학희 역, 소명출판, 2006.

성대중, 『궁궐 밖의 역사』, 박소동 역, 열린터, 2007.

성주덕, 『서운관지』, 이면우 · 허윤섭 · 박권수 역, 소명출판, 2003.

세종대왕 기념사업회 편, 『정조실록』, 1991.

심노숭, 『눈물이란 무엇인가』, 김영진 역, 태학사, 2001.

영조 · 장조, 『영조 · 장조 문집』, 한국정신문화연구원, 1997.

원굉도, 『역주 원중랑집』, 심경호 외 역, 소명출판, 2004.

원중거,『조선후기 지식인, 일본과 만나다』, 소명출판, 2006.

원중거,『와신상담의 마음으로 일본을 기록하다』, 소명출판, 2006.

유금,『말똥구슬』, 박희병 역, 돌베개, 2006.

유득공,『경도잡지』, 이석호 역, 을유문화사, 1969.

유득공,『발해고』, 송기호 역, 홍익문화사, 2000.

유득공,『영재집』, 민족 문화 추진회 영인 표점, 한국문집총간 260, 2000.

유득공,『누가 알아주랴』, 김윤조 역, 2005.

유만주,『흠영』, 서울대학교 규장각, 1997.

유몽인,『어우야담』, 신익철 외 역, 돌베개, 2006.

이광사,『원교 이광사 문집』, 심경호 외 역, 시간의 물레, 2005.

이규상,『18세기 조선 인물지』, 민족문화연구소 한문학분과 역, 창작과
　　비평사, 1997.

이덕무,『국역 청장관전서』, 민족문화추진회 역, 1981.

이덕무,『한서 이불과 논어 병풍』, 정민 역, 열림원, 2000

이옥,『역주 이옥전집』, 실시학사 고전문학연구회 역주, 소명출판, 2001.

이용휴 · 이가환,『나를 돌려다오』, 안대회 역, 태학사, 2003.

이종묵 편역,『누워서 노니는 산수』, 태학사, 2002.

이지,『분서』, 김혜경 역, 한길사, 2004.

이혜순 · 김경미 편역,『한국의 열녀전』, 월인, 2002.

인천대 민족문화연구소 편,『구활자본 고소설 전집』, 1983.

임방,『천예록』, 정환국 역, 성균관대학교 출판부, 2005.

정극, 『절옥귀감』, 김지수 역, 소명출판, 2001.

정민 역·평설, 『돌 위에 새긴 생각 ── 학산당인보기』, 열림원, 2000.

정조, 『국역 홍재전서』, 민족문화추진회 편, 1998-2003.

정조, 『홍재전서·영재집·금대집·정유집』, 송준호·안대희 역, 고려대 민족문화연구소, 1996.

진재교 편역, 『알아주지 않은 삶』, 태학사, 2005.

진재교 편역, 『조선후기 인물전』, 현암사, 2005.

채제공, 『번암집』, 민족문화추진회 영인 표점, 한국문집총간 236~237, 1999.

현풍 곽 씨, 『현풍 곽 씨 언간 주해』, 백두현 주해, 태학사, 2003.

홍길주, 『19세기 조선 지식인의 생각창고』, 정민 외 역, 돌베개, 2006.

홍대용, 『국역 담헌서』, 민족문화추진회 편, 1974.

홍대용, 『임하경륜·의산문답』, 조일문 역, 건국대학교 출판부, 1975.

홍대용, 『산해관 잠긴 문을 한 손으로 밀치도다』, 김태준·박성순 역, 돌베개, 2001.

이외 고전 소설 『빙빙전』, 『사씨남정기』, 『소문록』, 『소현성록』, 『여와전』, 『완월회맹연』, 『유씨삼대록』, 『유효공선행록』, 『투색지연의』, 『황릉몽환기』.

연구편

강명관,『조선시대 문학 예술의 생성 공간』, 소명출판, 1999.

강명관,「문체와 국가장치 : 정조의 문체반정을 둘러싼 논의들」,《문학과 경계》 2집, 문학과경계사, 2001.

강명관,「이덕무와 공안파」,《민족문학사연구》 21집, 민족문학사학회, 2002.

강명관,『조선의 뒷골목 풍경』, 푸른역사, 2003.

강명관,「연암 시대의 양명좌파 수용」,《대동한문학》 23집, 대동한문학회, 2005.

강혜선,『박지원 산문의 고문 변용 양상』, 태학사, 1999.

강혜선,『정조의 시문집 편찬』, 문헌과해석사, 2000.

강혜선,「조선 후기 여성 묘주 묘지명의 문학성에 대한 연구」,《한국한문학연구》 30집, 한국한문학회, 2002.

고미숙,『열하일기, 웃음과 역설의 유쾌한 시공간』, 그린비, 2003.

구본기,「고전 소설에 나타난 선비의 진퇴 의식」,《고전문학연구》 11집, 1996.

김경미,「박제가 시의 연구」, 연세대 박사학위논문, 1991.

김경미,「조선후기 소설론 연구」, 이화여대 박사학위논문, 1993.

김균태,「이옥의 문학이론과 작품세계의 연구」, 서울대 박사학위논문, 1985.

김균태, 「이덕무의 전 연구」, 《한남어문학》 25집, 2001.

김동철, 「체제공의 경제 정책에 관한 고찰」, 《부대사학》 4집, 1980.

김명호, 『박지원 문학 연구』, 성균관대 대동문화연구원, 2001.

김명호, 『『열하일기』 연구』, 서울대 박사학위논문, 1989.

김문식, 『정조의 경학과 주자학』, 문헌과해석사, 2000.

김문식, 『정조의 제왕학』, 태학사, 2007.

김영진, 「조선후기의 명청소품 수용과 소품문의 전개양상」, 고려대 박사
학위논문, 2003.

김영동, 『박지원 소설 연구』, 태학사, 1988.

김영호, 『조선의 협객 백동수』, 푸른역사, 2002.

김용찬, 『18세기 시조 문학과 예술사적 위상』, 월인, 1999.

김일근, 『언간의 연구』, 건국대 출판부, 1986.

김태준, 『홍대용』, 한길사, 1998.

김태준 외, 『조선의 지식인들과 함께 문명의 연행길을 가다』, 2005.

김태준 외, 『연행의 사회사』, 경기문화재단, 2005.

김혈조, 『박지원의 산문 문학』, 성균관대 대동문화연구원, 2002.

김호, 「규장각 소재 '검안'의 기적 검토」, 《조선시대사학보》 4집, 1998.

김호, 「『신주무원록』과 조선 전기의 검시」, 《법사학연구》 27집, 한국법사
학회, 2003.

김호, 『조선 과학 인물 열전』, 휴머니스트, 2003.

김호, 『원통함을 없게 하라』, 프로네시스, 2006.

김호, 『조선의 명의들』, 살림, 2007.

노혜경, 『조선후기 수령 행정의 실제』, 혜안, 2006.

류재일, 『이덕무의 시문학 연구』, 태학사, 1998.

류준경, 「방각본 영웅 소설의 문화적 기반과 그 미학적 특성」, 서울대 석
　사학위논문, 1997.

류탁일, 『완판 방각 소설의 문헌학적 연구』, 한문사, 1981.

류탁일, 『한국 문헌학 연구』, 아세아문화사, 1990.

박광용, 『영조와 정조의 나라』, 푸른역사, 1998.

박무영 외, 『조선의 여성들, 부자유한 시대에 너무나 비범했던』, 돌베개,
　2004.

박성순, 『박제가와 젊은 그들』, 고즈윈, 2006.

박수밀, 『박지원의 미의식과 문예이론』, 태학사, 2005.

박수밀, 『18세기 지식인의 생각과 글쓰기 전략』, 태학사, 2007.

박현모, 『정치가 정조』, 푸른역사, 2001.

박희병, 『한국의 생태 사상』, 돌베개, 1999.

박희병, 『연암을 읽는다』, 돌베개, 2006.

백승종, 『역모사건의 진실게임』, 푸른역사, 2006.

변광석, 『조선 후기 시전 상인 연구』, 혜안, 2001.

서대석, 『군담 소설의 구조와 배경』, 이화여대 출판부, 1985.

서대석 외, 『한국 고전 소설 독해 사전』, 태학사, 1999.

소재영 외, 『연행노정, 그 고난과 깨달음의 길』, 박이정, 2004.

송성욱, 「가문 의식을 통해 본 한국 고전 소설의 구조와 창작 의식」, 서울대 석사학위논문, 1990.

송성욱, 『한국 대하 소설의 미학』, 월인, 2002.

송성욱, 『조선시대 대하 소설의 서사 문법과 창작 의식』, 태학사, 2003.

송영배 외, 『한국 실학과 동아시아 세계』, 경기문화재단, 2004.

송준호, 『유득공의 시문학 연구』, 태학사, 1985.

신명호, 『조선 왕실의 의 와 생활, 궁중 문화』, 돌베개, 2002.

신용하, 『조선 후기 실학파의 사회 사상 연구』, 지식산업사, 1997.

심경호, 「낙선재본 소설의 선행본에 관한 일고찰 ─ 온양 정 씨 필사본 「옥원재합기연」과 낙선재본 「옥원중회연」의 관계를 중심으로」, 《정신문화연구》 38집, 한국정신문화연구원, 1990.

심재우, 「18세기 옥송의 성격과 형정 운영의 변화」, 《한국사론》 34집, 1995.

심재우, 「조선 후기 인명 사건의 처리와 '검안'」, 《역사와 현실》 23집, 1997.

안대회, 「백탑 시파의 연구」, 연세대 석사학위논문, 1987.

안대회, 『18세기 한국 한시사 연구』, 소명출판, 1999.

안대회 편, 『조선 후기 소품문의 실체』, 태학사, 2003.

안대회, 「18, 19세기 주거 문화와 상상의 정원」, 《진단학보》 97집, 진단학회, 2004.

안대회, 「정 박제가의 인간면모와 일상」, 《한국한문학연구》 36집, 2005.

안대회,『선비답게 산다는 것』, 푸른역사, 2007.

안대회,『조선의 프로페셔널』, 휴머니스트, 2007.

안세현,「문체반정을 둘러싼 글쓰기와 문체 논쟁」,《어문논집》54집, 2006.

안순태,「남공철의 문예취향과 한시」,《한국한시연구》12집, 태학사, 2004.

오주석,『단원 김홍도』, 열화당, 2004.

유봉학,『조선 후기 학계와 지식인』, 신구문화사, 1998.

유승훈,『다산과 연암, 노름에 빠지다』, 살림, 2006.

유홍준,『화인열전 1 · 2』, 역사비평사, 2001.

윤민구,『한국 천주교회의 기원』, 국학자료원, 2003.

윤재민,「문체반정의 재해석」,《고전문학연구》21집, 한국고전문학회, 2002.

이가원,『연암소설연구』, 을유문화사, 1987.

이경수,「이덕무의 신운론 수용과 한시의 문예미」,《한국한시연구》12집, 태학사, 2004.

이민희,『16~19세기 서적중개상과 소설 · 서적 유통관계 연구』, 역락, 2007.

이상택,「조선조 대하 소설의 작자층에 대한 연구」,《고전문학연구》3집, 한국고전문학회, 1986.

이상택,『한국 고전 소설의 이론 1 · 2』, 새문사, 2003.

이성배,『유교와 그리스도교』, 분도출판사, 1979.

이이화,『문화 군주 정조의 나라 만들기』, 한길사, 2001.

이종주,『북학파의 인식과 문학』, 태학사, 2001.

이종묵,『한국 한시의 전통과 문예미』, 태학사, 2002.

이지양,『홀로 앉아 금을 타고』, 샘터, 2007.

이지하,「「옥원재합기연」 연작 연구」, 서울대 박사학위논문, 2001.

이창헌,「경판 방각 소설의 상업적 성격과 이본 출현에 대한 연구」,《관악어문연구》12집, 1987.

이창헌,「경판 방각 소설 판본 연구」, 서울대 박사학위논문, 1995.

이철성,『조선후기 대청무역사 연구』, 국학자료원, 2000.

이현식,『박지원 산문의 논리와 미학』, 이회, 2002.

이화형,『이덕무의 문학 연구』, 집문당, 1994.

임미선 외,『정조대의 예술과 과학』, 문헌과해석사, 2000.

임형택,「박연암의 인식론과 미의식」,《한국한문학연구》11집, 1988.

임형택 외,『세계화 시대의 실학과 문화예술』, 경기문화재단, 2004.

장시광,「대하 소설의 여성 반동인물 연구」, 서울대 박사학위논문, 2004.

장효현,『한국 고전소설사 연구』, 고려대 출판부, 2002.

전성호,『조선후기 미가사 연구』, 한국학술정보, 2007.

전여강,『공자의 이름으로 죽은 여인들』, 이재정 역, 예문서원, 1999.

정민,『조선 후기 고문론 연구』, 아세아문화사, 1989.

정민,『미쳐야 미친다』, 푸른역사, 2004.

정민,『18세기 조선지식인의 발견』, 휴머니스트, 2007.

정병설,「조선 후기 장편 소설사의 전개」,『한국 고전 소설과 서사 문학』, 집문당, 1998.

정병설,『나는 기생이다』, 문학동네, 2007.

정옥자 외,『정조 시대의 사상과 문화』, 돌베개, 1999.

정옥자,『정조의 수상록『일득록』연구』, 일지사, 2000.

정옥자,『정조의 문예 사상과 규장각』, 효형출판, 2001.

정재영 외,『정조대의 한글 문헌』, 문헌과해석사, 2000.

정창권,『향랑, 산유화로 지다』, 풀빛, 2004.

주영하 외,『19세기 조선, 생활과 사유의 변화를 엿보다』, 돌베개, 2005.

지연숙,「「여와전」연작의 소설 비평 연구」, 고려대 박사학위논문, 2001.

지연숙,『장편 소설과 「여와전」』, 보고사, 2003.

최기숙,『문 밖을 나서니 갈 곳이 없구나』, 서해문집, 2007.

최숙인,「여행자 문학의 관점에서 본 이덕무의 「입연기」 연구」,《비교문학》35집, 한국비교문학회, 2005.

최완수,『겸재의 한양진경』, 동아일보사, 2004.

최정동,『연암 박지원과 열하를 가다』, 푸른역사, 2005.

한국 고소설연구회 편,『고소설의 저작과 전파』, 아세아문화사, 1994.

한국고전여성문학회 편,『조선 시대의 열녀 담론』, 월인, 2002.

한국기독교연구소,『한국 기독교의 역사』, 기독문화사, 1989.

한양대 한국학연구소 편,『18세기 조선 지식인의 문화 의식』, 한양대 출판부, 2001.

한정희, 『한국과 중국의 회화』, 학고재, 1999.

허경진, 『사대부 소대헌 · 호연재 부부의 한평생』, 푸른역사, 2003.

홍선표 외 지음, 「17~18세기 조선의 외국서적 수용과 독서실태」, 혜안, 2006.

홍인숙, 「이덕무 척독 연구」, 《한국한문학연구》 33집, 한국한문학회, 2004.

풍속, 사전류

권문해, 『대동운부군옥』, 남명학연구소 경상한문학연구회 역, 소명출판, 2003.

권오창, 『인물화로 보는 조선시대 우리 』, 현암사, 1998.

김규홍, 『이 땅의 큰 나무』, 눌와, 2003.

김기춘, 『조선시대형전』, 삼영사, 1990.

김대길, 『시장을 열지 못하게 하라』, 가람기획, 2000.

김기빈, 『600년 서울 땅 이름 이야기』, 살림터, 1993.

김문식 외, 『조선의 왕세자 교육』, 김영사, 2003.

김상보, 『조선시대의 음식문화』, 1987.

김왕직, 『한국건축용어사전』, 동녘, 2007.

김용숙,『조선조 궁중풍속 연구』, 일지사, 1987.

김진일,『우리 곤충 백가지』, 현암사, 2002.

김태정,『우리 꽃 백가지』, 현암사, 1900.

나영일 외,『조선 중기 무예서 연구』, 서울대 출판부, 2006.

민족문화추진회 역,『국역 신증동국여지승람』, 민족문화문고간행회, 1969.

민승기,『조선의 무기와 갑 』, 가람기획, 2005.

민족문화대백과사전 편찬부,『민족문화대백과사전』, 한국정신문화연구원, 1995.

민충환,『임꺽정 우리말 용례 사전』, 집문당, 1995.

박남일,『좋은 문장을 쓰기 위한 우리말 풀이사전』, 서해문집, 2004.

박상진,『궁궐의 우리나무』, 눌와, 2001.

박영규,『환관과 궁녀』, 김영사, 2004.

박재연 외,『홍루몽 고어사전』, 이회, 2005.

법제처,『고법전용어집』, 1979.

변원림,『조선의 왕후』, 일지사, 2006.

빙허각 이 씨,『규합총서』, 이민수 역, 기린원, 1988.

서대석 외,『한국고전소설독해사전』, 태학사, 1999.

서민환 외,『쉽게 찾는 우리나무』, 현암사, 2000.

송재선,『주색잡기속담사전』, 동문선, 1997.

신동원,『조선사람의 생로병사』, 한겨레신문사, 1999.

신명호, 『조선의 왕』, 가람기획, 1998.

신명호, 『조선 왕실의 의 와 생활, 궁중문화』, 돌베개, 2002.

신명호, 『궁녀』, 시공사, 2004.

신영훈, 『한옥의 고향』, 대원사, 2000.

안길정, 『관아이야기』, 사계절, 2000.

안상현, 『우리 별자리』, 현암사, 2000.

양진숙, 『조선시대 관모사전』, 화산문화, 2005.

왕여, 『신주무원록』, 김호 역, 사계절, 2003.

이강철 외, 『역대 인물 초상화 대사전』, 현암사, 2003.

이근술 외, 『토박이말쓰임사전』, 동광출판사, 2001.

이배용 외, 『우리나라 여성들은 어떻게 살았을까』, 청년사, 1999.

이유미, 『한국의 야생화』, 다른세상, 2003.

이찬 편, 『한국의 고지도』, 범우사, 1991.

이흥구 역, 『조선궁중무용』, 열화당, 2000.

임동권, 『속담사전』, 민속원, 2002.

임종욱, 『한국 한자어 속담사전』, 이회, 2001.

장사훈, 『우리 옛 악기』, 대원사, 1990.

장승욱, 『재미나는 우리말 도사리』, 하늘연못, 2004.

장희흥, 『내시, 권력을 희롱하다』, 경인문화사, 2006.

정민, 『한시 속의 새 그림 속의 새』, 효형출판, 2003.

정성희, 『조선의 성 풍속』, 가람기획, 1998.

정연식,『일상으로 본 조선시대 이야기』, 청년사, 2001.

정우기,『살려 쓸 우리말 4500』, 예여 커뮤니케이션, 1993.

정은임 외,『궁궐 사람들의 삶과 문화』, 태학사, 2007.

정진명,『우리 활 이야기』, 학민사, 1996.

정형지 외,『17세기 여성생활사 자료집』 1 · 2 · 3 · 4, 보고사, 2006.

조완묵,『우리 민족의 놀이문화』, 정신세계사, 1995.

최종덕,『조선의 참 궁궐 창덕궁』, 눌와, 2006.

최진규,『약이 되는 우리 풀 · 꽃 · 나무』, 한문화, 2001.

한국고전용어사전 편찬위원회,『한국고전용어사전』, 세종대왕기념사업
회, 2002.

한국고문서학회,『조선시대 생활사』 1 · 2 · 3, 1996 · 2000 · 2006.

한복려,『궁중음식과 서울음식』, 대원사, 1995.

한영우,『조선의 집 동궐에 들다』, 효형출판, 2006.

한영우,『〈반차도〉로 따라가는 정조의 화성행차』, 효형출판, 2007.

허균,『한국의 정원』, 다른세상, 2002.

허균,『사료와 함께 새로 보는 경복궁』, 한림미디어, 2005.

허동화,『우리 규방 문화』, 현암사, 1997.

허준,『동의보감』, 동의과학연구소 역, 휴머니스트, 2002.

홍순민,『우리 궁궐 이야기』, 청년사, 1999.

홍윤표 외,『17세기 국어사전』, 태학사, 1995.

초판 작가의 말

이 소설을 쓰기 위해 역사 소설가가 되었다.

1995년 가을의 결심이다.

금서(禁書)를 읽으며 대학 시절을 보내고 고전 소설에 파묻혀 대학원 생활을 마친 후 해군 소위로 사관생도에게 국어를 가르치던 그 가을, 나는 섬세한 비평가나 온후한 학자나 좋은 남편이 아니라 '한 사람의 소설가'가 되기로 마음먹었다. 지인들은 다 늦게 무슨 이야기꾼 타령이냐며 만류했지만 나는 '읽는 인간'이 아니라 '쓰는 인간'이기를 갈망했다. 도대체 무엇을 쓴단 말인가. 나는 답을 안다고 믿었다. 운이 좋아 등단하고 더 운이 좋아 장편 소설을 감당할 만큼 필력이 생긴다면, 정말 그런 날이 온다면, 금서를 꼭 한 권 쓰리라!

금서란 무엇인가. 세상의 모든 금기를 넘어서려는 의지며 용기다. 노래며 피다. 칼이며 불덩어리다. 안온한 질서를 넘어 불안한 혼돈으로 나아감이다. 개인과 시대의 한계를 정면 돌파하는 주인공의 처절한 투쟁과 아득한 패배를 실감나는 이야기로 옮기며 평생을 살아가리라 확신했다. 백탑파에 홀려 삼 대를 훌쩍 보낸 것도 이 때문이다.

빛이 찬란하면 그림자는 더 크고 짙은 법일까.

국왕 정조가 1792년에 일으킨 문체(文體)에 관한 논란은 많은 것을 고민하게 만든다. 규장각과 장용영에 특채된 백탑파는 정조를 위해 헌신해 왔다. 정조라면 조선을 개혁시키리라 굳게 믿고 젊음을 바쳤던 것이다. 그러나 정조는 그 겨울 박지원의 『열하일기』를 금서로 꼽으며 백탑파에게 자송문을 바치라는 명을 내린다. 지금까지 연마한 패관소품체를 버리고 고문체를 받들라는 것이다. 정조에 대한 백탑파의 믿음이 금 가는 순간이었다.

'혁신'이라는 기치를 반성하기 위해 이 소설을 썼다.

수구와 혁신에서의 양자택일은 이미 낡은 도덕적 틀이다. 이제는 누구를 위한 혁신인가를 더 깊이 따져 보아야 한다. 1792년, 정조의 혁신이 있었고 백탑파의 혁신이 있었다. 둘은 오랫동안 한 몸인 듯했으나 결국 다른 미래를 꿈

꾸었음이 분명해졌다. 강자인 정조는 약자인 백탑파의 세속적인 문체를 비난하였고, 문풍을 더럽힌 책임자로 박지원을 꼽았다. 정조는 주자의 말씀을 중심으로 문풍을 바로잡고자 했지만, 이옥을 비롯한 젊은 서생은 연경과 열하를 돌아본 박지원의 연행록에 마음을 빼앗겼다.

『열하일기』는 상반된 의미로 타오르는 책이다. 사실적인 묘사와 명쾌한 논리로 젊은 서생의 영혼을 불태우는 책이자 문풍을 어지럽힌 죄로 권력에 의해 불태워질 책! 이것이 바로 금서의 운명이기도 하다.

지금 이 순간에도 나는 단 한 권의 금서를 꿈꾼다.

국가나 제도나 도덕이 붉은 낙인을 찍은 금서가 아니라 나 스스로 금서로 인정하는 책. 지식을 쌓고 체력을 키우고 발바닥을 더 재게 놀려도 더 이상 바깥이 없는 책. 도스토옙스키도 플로베르도 카프카도 그리하여 연암 박지원도 작품을 더 완벽하게 만들지 못한 아쉬움을 토로했지만, 절대 도달할 수 없는 절대 수준을 체험하려는 욕망을 지닌 족속이 곧 소설가다. 독자에게 받는 최고의 찬사는 이것이리라. "나는 단 한 권의 책을 만났고 일평생 불행했다. 그 책은 나만의 금서였다."

초고를 읽고 독후감을 들려주신 고마운 분들이 있다. 미진한 부분을 꼼꼼하게 짚어 주신 안대회 선생님께 감사드린다. 선생님을 뵐 때마다 백탑파의 모습을 상상할 수 있어 참 좋았다. 백탑파와 관련된 여러 논저와 자료를 오래 검토하도록 배려해 주신 육소영 선생님께 감사드린다. 백탑파 3부작을 쓰는 내내 집필실을 지킨 정미진과 지용신에게도 고마움을 표한다. 한국 최초의 역사 추리 소설 시리즈로 백탑파 시리즈를 다듬고 가꾼 민음사와 황금가지 편집진 덕분에 마음껏 상상력과 추리를 버무릴 수 있었다. 이원태 피디와의 신나는 토론 속에서 이야기가 좀 더 흥미진지하게 바뀌었다. 원태야! 인간으로서 자긍심을 느끼게 하는 소설 꼭 지으마.

작가도 독자도 등장인물도 함께 늙어 가는 책을 쓰겠다. 백탑파는 현재진행형이다.

2007년 9월
상암동 STORY CT에서
김탁환

개정판 작가의 말

책을 펴고 고개를 숙인 채 책에 빠져든 적이 있는가. 나는 그 순간에야 비로소 책이 완성되기 시작한다고 믿는 편이다. 물론 작가는 공들여 책을 쓴다. 하지만 독자가 단어와 문장을 읽어 가면서 자신의 경험과 상상을 덧붙여 받아들일 때 '더 큰 책'이 되는 것이다. 혼자 더 큰 책을 만들기도 하지만, 때로는 삼삼오오 모여 책을 읽고 소감을 나누며 더 큰 책을 만들어 가기도 한다. 동서양을 막론하고 오래전부터 이렇게 더 큰 책을 만드는 모임은 있어 왔다. 2007년에 출간된 『열하광인』도 소박하게는 더 큰 책 만들기의 아름다움을 담고자 한 작품이다.

그런데 그 책이 금서라면 이야기는 달라진다. 즐겁게 모여 신나게 떠들면서 누군가에게 권할 길은 처음부터 봉쇄

된다. 어떤 책이 과연 금서가 되는가. 그 금서를 읽고 더 큰 책을 꿈꾸는 자들은 누구인가. 더 큰 책에서 꿈꾼 것들을 이루기 위해 무엇을 하였는가. 몰래 숨어 책을 읽는 독자들과 그들을 탄압하는 권력자가 등장하면, 책의 문제는 곧 그 국가와 사회가 인정하는 사상과 표현의 범위를 논하는 문제로 옮겨 간다.『열하광인』은『열하일기』를 중심으로 펼쳐졌던, 금서를 둘러싸고 벌어진 살벌한 쟁론의 풍광을 따져 보려 했다.

이데올로기는 종말을 고했고 이 나라에서 금서 따윈 없다는 주장이 공공연하게 제기된다. 역설적으로 작가에겐 금서의 문제가 여전히 중요하다. 금서가 없다는 것은 국가와 사회의 한계까지 나아가서, 그 경계를 넘나드는 책이 없다는 뜻이다. 정해 놓은 상식의 틀 안에 안주하며 좋은 게 좋다는 식으로 살아가는 지식인의 한심함을 연암 박지원은 우물 안 개구리로 꼬집었다. 금서가 문제가 아니라 금서가 없어서 문제고, 금서에 육박하는 책을 쓰는 작가가 없어서 문제다.

『열하일기』는 여행기다. 마음만 먹는다면 우린 언제나 연암 선생의 연행길을 가 볼 수 있다. 그러나 그 먼 길을 걸어도『열하일기』를 온전히 아는 것은 아니다. 박지원 이전에 이덕무와 박제가가 오갔고 또 그 전에는 홍대용이 오갔다. 『열하일기』는 백탑파의 구성원들이 미리 다녀와서 쓰고 말한 것들의 토대 위에서 탄생한 거작이다. 즉 더 큰 책을 만들고자 모인 사람과 장소와 시간이 없었다면 『열하일기』까지 나아가지 못했을 것이다.

더 큰 책은 참여한 이들의 출세나 명예나 부유함을 보장하지 않았다. 오히려 이 과정에서 다치거나 내쫓기거나 심한 경우 목숨까지 잃었다. 그럼에도 불구하고 거듭 금서를 짓고 금서를 읽고 논해 온 까닭은 무엇일까. 『열하광인』을 쓰고 8년 동안 백탑파 곁에 가지 않았다. 탑골 공원을 지날 때도 일부러 고개를 돌리고 걸었다. 지금이라도 이들에게 돌아온 것은 내 손이 너무 차갑고 내 어깨가 너무 무겁기 때문이다. 뜨겁게 쓰면서 살고 살면서 쓴 백탑파의 광(狂)과 치(癡)를 배우며 따르고 싶다. 독자들도 이 열망을 나눠 갖고 인생이란 여행의 걸음걸음을 떼길 바란다.

2015년 2월
김탁환

● '소설 조선왕조실록'을 펴내며

　인생의 향기가 유난히 강한 곳엔 잊지 못할 이야기가 꽃처럼 놓여 있다. 이야기들은 시간의 덧없는 풍화를 견디면서, 생사의 경계와 세대의 격차 혹은 거리의 원근을 따지지 않고 영원을 향해 자신을 밀어붙인다. 역사가 그 움직임의 거대한 구조에 주목한다면, 소설은 그 움직임의 구체적 세부를 체감하려 든다.

　인류는 현재의 화두로 과거를 끊임없이 재구축해 왔다. 미래는 아직 오지 않은 과거이기에, 과거를 고찰하는 것은 곧 현재를 뛰어넘어 미래로 도약하는 방편이다. 선조의 삶을 핍진하게 담은 어제의 신화, 전설, 민담 역시 오늘의 소설로 재귀해야 한다. 60여 권이 훌쩍 넘는 '소설 조선왕조실록'에서 다룰 대상은 500여 년을 이어 온 나라 조선이다. 조선은 빛바랜 왕조에 머무르지 않는다. 국가의 운명을 둘러싼 정치 경제적 문제에서 일상에 스며든 생활 문화적 취향에 이르기까지, 21세기 한국인의 삶에 계속해서 육박하는 질문의 기원이 그 속에 자리 잡고 있다.

　일찍이 한국 근대문학의 선구자인 이광수를 비롯하여 김동인, 박태원, 박종화 등 뛰어난 작가들은 조선에 주목하여 소설화에 힘썼다. 이 왕조의 중요 인물과 사건을 이야기로 담는 일이 개화와 독립 그리고 건국의 난제를 넓고도 깊게 고민하여 해결책을 찾는 길임을 예지했던 것이다. 그 당시 독자들은 이들을 읽으면서, 각자에게 닥친 불행의 근거를 발견했고 눈물을 쏟았고 의지를 다졌고 벅차올랐다. 등장인물들은 오래전 흙에 묻힌 차디찬 시신이 아니라 더운 피가 온몸으로 흐르는 젊은 그들이었다. 안타깝게도 이 걸작들은 세월과 함께 차츰 망각의 강으로 가라앉았다. 21세기 독자들과 만나기엔 문장 감각도 시대 인식도 접점을 찾기 어려웠다.

최근 들어 조선을 다루는 소설과 드라마 혹은 영화의 확산은 환영할 일이다. 하지만 붓끝을 지나치게 자유로이 놀려 말단의 재미만 추구하고 예술적 풍미를 잃은 작품이 적지 않은 것도 사실이다. 역사소설의 '현대성'은 사실의 엄정함을 주로 삼고 상상의 기발함을 종으로 삼되, 시대의 문제를 정면으로 응시하고 국학계의 최신 연구 성과를 두루 검토한 후 그에 어울리는 예술적 기법을 새롭게 선보이는 과정에서 획득된다.

'소설 조선왕조실록'은 새로운 세기에 걸맞도록 조선 500년 전체를 소설로 재구성하는 작업이다. '소설 조선왕조실록'을 평생 걸어갈 여정의 깃발로 정한 이유는, 세계기록문화유산으로 등재될 만큼 정밀하면서도 풍부하게 하루하루를 기록한 이들의 정신을 본받기 위함이다. '조선왕조실록'이 궁중 사건만을 다룬 기록이 아니라 정치, 경제, 사회, 문화 모두를 포괄하는 기록이듯이, '소설 조선왕조실록' 역시 정사와 야사, 침묵과 웅변, 파괴와 생성의 세계를 넘나들며 인생과 국가를 탐험할 것이다. 아직 작가의 손이 미치지 못한 인물과 사건은 신작으로 발표하고 이미 관심을 두었던 부분은 기존 작품을 보완 수정하여 펴내, 거대한 퍼즐을 맞추듯 조선을 소설로 되살리겠다. 한 왕조의 흥망성쇠를 파노라마처럼 체험하는 것은 작가에게도 독자에게도 특별한 경험이리라.

세르반테스는 『돈키호테』에서 일찍이 강조했다. "역사는 진실의 어머니이며 시간의 그림자이자 행위의 축적이다. 그리고 과거의 증인, 현재의 본보기이자 반영, 미래에 대한 예고이다." 이제 조선에 새겨진 우리의 미래를 찾아 들어가려 한다. 서두르지 않고 황소걸음으로 한 문장 한 문장 최선을 다하겠다. 이 길고 오랜 여정에 독자 여러분의 강렬한 격려를 바란다.

김탁환

소설 조선왕조실록 08

열하광인 2

1판 1쇄 펴냄 2007년 9월 28일
1판 5쇄 펴냄 2012년 1월 2일
2판 1쇄 찍음 2015년 2월 10일
2판 1쇄 펴냄 2015년 2월 25일

지은이 김탁환
발행인 박근섭·박상준
펴낸곳 ㈜민음사

출판등록 1966. 5. 19. 제16-490호
주소   (135-887) 서울특별시 강남구 도산대로1길 62(신사동)
          강남출판문화센터 5층
대표전화 515-2000 | 팩시밀리 515-2007
홈페이지 www.minumsa.com

ISBN 978-89-374-4209-4 04810
ISBN 978-89-374-4201-8 04810(세트)